東野圭吾
作品集
11

信

手紙

前略 元気にしていますか。
気がついたら、今年もあと少しで終わりなんだな。
なんだかここにいると時間の流れ方がよくわからない。
毎日同じことの繰り返しだし、曜日なんて何の意味
もないからな。ただ月がかわることを楽しみにしている
やつは多い。手紙を書けるし、中には面会に来てくれる
人間がいるやつもいるからな。
というわけで、おれも一か月ぶりに手紙を書いてい
いうわけだ。ところがいざ書こうと思っても、何に
んだよ。さっきも書いたけど、かわりばえ
。ここのところ急に寒くなって
ろについては大
しだよ。

信

Contents

總導讀——林依俐

由不屈的堅持所淬鍊出的奇蹟

如果你問我，東野圭吾是位什麼樣的作家？

我會回答你，他是位不幸的作家。

你一定會覺得奇怪，光是以《嫌疑犯X的獻身》（二〇〇五）一書，便幾乎囊括了二〇〇六年日本推理文學相關獎項，同書在日本的銷售量更是打破五十萬大關的「暢銷作家」東野圭吾，怎會有什麼不幸可言？

在說明之前，請讓我先簡單介紹一下東野圭吾這位作家。

東野圭吾一九五八年生於大阪，大學畢業後進入汽車零件製作公司擔任工程師。由於希望能在工作以外，也能在私生活之中有個較為不同的目標，所以開始著手撰寫推理小說，投稿日本推理文學代表性的公開徵選長篇小說獎「江戶川亂步獎」。

這並不是東野第一次寫推理小說。早在他十六歲的時候，由於看了小峰元的作品《阿基米德借刀殺人》（一九七三，第十九屆江戶川亂步獎作品）大受感動，之後又讀了松本清張的《點與線》（一九五八）、《零的焦點》（一九五九）等作品。一頭推理熱的他便曾試著撰寫長篇推理小說，而且第一作還是以重大社會問題為主題。然而由於完成於大學時期的第二作被周遭朋友嫌棄，「寫小說」這件事便從他的生活之中消失了好一陣子。

而獲得亂步獎的夢想讓東野重拾筆桿。在歷經兩次落選後，他的第三次挑戰——以發生在女子高中校園裡的連續殺人事件為主軸展開的青春推理《放學後》（一九八五）——成功奪下了第三十一屆江戶川亂步獎。之後他很快地辭了工作，前往東京致力於寫作。自從一九八五年《放學後》出版以後，東野圭吾幾乎是每年都會有一到三部甚至更多的新作問世。他不但是個著作等身的多產作家，其筆下的內容也橫跨了推理、幽默、科幻、歷史、社會諷刺等，文字表現平實，但手法卻絲毫不拘泥於形式，多變多樣。

看到這裡，如果你對於近年的日本推理有一定程度的瞭解，或許你會聯想到宮部美幸——多彩的文風、平實的敘述、充滿令人訝異的意外性；但是在兩者之間卻又有著決定性的不同。

那就是——相對於宮部美幸出道約二十年來，陸續囊括高達十項的日本各式文學獎，筆下著作本本暢銷；東野圭吾卻是一直與日本的各式文學獎項擦肩而過，且真正開始被稱為「暢銷作家」，也是出道後過了十多年的事。

實際上在《嫌疑犯X的獻身》同時獲得直木獎與本格推理大獎，並且達成日本推理小說三大排行榜——「這部推理小說了不起！」、「本格推理小說BEST10」、「週刊文春推理小說BEST10」——前所未有的三冠王之前，東野出道二十年來所寫下的六十本小說（包含短篇集）裡，除了在一九九九年以《祕密》（一九九八）一書獲得第五十二屆日本推理作家協會獎之外，其他作品雖然一再入圍直木獎、吉川英治文學新人獎等獎項，卻總是鎩羽而歸。

在銷售方面，他也不是那種只要出書就大賣的暢銷作家。在打著「江戶川亂步獎」招牌的出道作《放學後》創下十萬冊的銷售紀錄之後（江戶川亂步獎作品通常都能賣到十萬冊），整整歷經了十年，東野才終於以《名偵探的守則》（一九九六）打破這個紀錄，而真正能跟「暢銷」兩字確實結緣，則是在《祕密》之後的事了。

或許是出道作《放學後》帶給文壇「青春校園推理能手」的印象過於深刻，東野圭吾本人雖然一直想剝下這個標籤，過程卻不太順利。書評家們往往不是很關心他在寫作上的新挑戰。這也難怪，在東野出道後兩年，也就是一九八七年，以綾辻行人等年輕作家為首，提倡復古新說推理小說的「新本格派」盛大興起。從文風與題材選擇看來，東野圭吾作品用字簡單，謎題不求華麗炫目，內容既不夠社會派又不像新本格，自然不會是書評家們熱心關注的對象。

就這樣出道十餘年，雖然作品一再入圍文學獎項，卻總是未能拿到大獎；多少有機會再版，卻總是無法銷售長紅；傾注全力的自信之作，卻連在雜誌的書評欄都佔不到個像樣的位置。

所以我才會說，東野圭吾是個不幸的作家。說真話這何止是不幸，實在是坎坷，簡直像是不當的拷問。

在獲得江戶川亂步獎後，抱著成為「靠寫作吃飯」之職業作家的決心，東野圭吾辭去了在大阪的穩定工作來到了東京。這個決定使得他沒有退路，不管遭遇什麼樣的挫折，都只能選擇前進。於是只要有機會寫，東野圭吾幾乎什麼都寫。

二〇〇五年初，個人有幸得以見到東野圭吾本人並進行訪談時，曾經談到關於他剛出道不久時，在推理小說的範疇內不斷挑戰各式題材時期之心境。他是這麼回答的：

「那時的我只是非常單純地覺得自己必須持續寫下去，必須持續地出書而已。只要能夠持續出書，就算作品乏人問津，至少還有些版稅收入可以過活；只要能夠持續地發表作品，至少就不會被出版界忘記。出道後的三、五年裡，我幾乎都是以這種態度在撰寫作品。」

不過畢竟是背負著亂步獎的招牌出道，畢竟是身處日本泡沫經濟蓬勃、推理小說新風潮再起的八〇年代後半至九〇年代，向其邀稿的出版社當然也都希望東野圭吾能夠以「推理」為主題書寫。配合這樣的要求，以及企圖擺脫貼在自己身上那「青春校園推理」標籤的渴望，東野嘗試了許多新的切入點，使出渾身解數試著吸引讀者與文壇的注意。於是古典、趣味、科學、日常、幻想，在他筆下似乎沒有什麼題材不能入推理，似乎沒有題材不能成為故事的要素。或許一開始只是為了貫徹作家生活而進行的掙扎，但隨著作品數量日漸累積，曾幾何時也讓東野圭吾在日本文壇之中，確實具備了「作風多變多樣」這難以被輕易取代的獨特性。

是的，東野圭吾是位不幸的作家。但也因此我們才得以見到，那些誕生於他坎坷的作家路上，由歷經幾多挫折仍不屈的堅持所淬鍊而成，在簡素之中卻有著數不清面貌的故事。以讀者的角度而言，能與這樣的作家共處同一個時代，還真是宛如奇蹟一般的幸運。

在推理的範疇裡，東野圭吾從不吝惜挑戰現狀。從初期以詭計為中心的作品，漸漸發展出許多具有獨創性，甚至是實驗性的方向。其中又以貫徹「解明動機」要素（WHYDUNIT）的《惡意》（一九九六）、貫徹「找尋兇手」要素（WHODUNIT）的《其中一個殺了她》（一九九六）、貫徹「分析手法」要素（HOWDUNIT）的《偵探伽利略》（一九九八）三作，可說是東野在踏襲傳統推理小說元素之下，卻又充分呈現了屬於現代風貌的鮮麗代表作。

而出身於理工科系的背景，也讓東野在相較之下，比其他作家更擅長消化並駕馭以科技為主軸的題材。像是利用運動科學的《鳥人計畫》（一九八九）、涉及腦科學的《宿命》（一九九〇）和《變身》（一九九一）、生物複製技術的《變身》（一九九一）、虛擬實境的《平行世界戀愛故事》（一九九五），還有之後以湯川學為主角展開的「伽利略系列」裡，東野都確實地將自己熟悉的理工題材，在分解組合後以最簡明的方式呈現在讀者眼前。

另一方面，如同「處女作是作家的一切」這句俗語所述，高中第一次寫推理小說便企圖切入當時社會問題的東野圭吾，由《以前我死去的家》（一九九四）中牽涉兒童虐待的副主題為開端，對於社會人心的描寫，似乎也成了他作家生涯的重要課題。例如以核能發電廠為舞台的《天空之蜂》（一九九五）、試探日本升學教育問題的《湖邊凶殺案》（二〇〇二）、直指犯罪被害人及加害人家族問題的《信》（二〇〇三）和《徬徨之刃》（二〇〇四），都在在顯露出東野對於刻畫社會問題與人性的執著。

東野圭吾這種立足於推理，進而衍生至科技與人性主題上的寫作傾向，在發表於二〇〇五年的《嫌疑犯X的獻身》中，可說是達到了奇蹟似的調和，也因為這部作品，在二〇〇六年贏得各種獎項，讓東野圭吾正式名列「家喻戶曉的暢銷作家」之列。加上這幾年來，東野作品的紛紛電視電影化，他的不幸時代成為過去，並站上前人未達之高峰。二十年來的作家生涯開花結果，創造了日本推理文壇近年來難得一見的奇蹟。

好了，別再看導讀了。快點翻開書頁，用你自己的眼睛與頭腦，去感受確認東野作品中理性與感性並存，而又如此引人入勝的獨特魅力吧！那將會勝於我在這裡所寫的千言萬語。

本文作者介紹

動漫畫、文學愛好者，曾前往日本學習動畫製作。目前為《挑戰者》月刊總編輯。

楔子

剛志之所以鎖定那戶人家作為下手目標，並沒有特別的理由。勉強要說的話，只是多少知道那戶人家的底細。然而，當他下定決心要犯案時，最先浮現腦海的卻是住在那間房子裡，姓緒方的老太太。她將一頭漂亮的銀髮梳整得一絲不苟，衣著高雅。

「辛苦了。年紀輕輕就能吃苦耐勞，真了不起。」緒方老太太說完，便塞給剛志一個小紅包。剛志事後一看，裡面裝了三張千圓紙鈔。他當搬家工人以來，第一次收到這麼多錢。

從她臉上的表情，可以感覺到她是個正派的人。微笑時，臉上刻劃出一道道和藹的皺紋。當時，剛滿十九歲的剛志忙不迭地鞠躬，前輩在一旁叱道：「喂，好好謝謝人家！」那是四年前的事。

江東區木場從江戶時代(*1)起，便聚集許多木材批發商，木場這個地名也是由此而來。坐上卡車，前往緒方家的路上，前輩告訴剛志，緒方家從前也是其中一家批發商，商號就叫做「緒方商店」。但目前老本行只是徒具形式，緒方商店是將原本堆放木材的土地另做他用，賺取收入。

「所以就算他們整天玩樂，肯定也不愁吃穿。」前輩在卡車上羨慕地說，「而且不光是停車場，鐵定還有公寓。老太太一個人花不完的錢，每個月都會大筆大筆地存入銀行。所以囉，她兒子想要自己的房子，她就能輕易拿出一大筆錢來。」

「老太太兒子的新家是她出錢的嗎？」剛志驚訝地問。

「我不知道，但八九不離十啦。因為聽說她的兒子不想繼承店鋪，一般上班族哪買得起房子呢？」

顯然前輩只是光憑想像，信口胡謅。然而抵達緒方家時，剛志心想，或許前輩說的也有幾分是事實。和洋合璧的宅第，是時下罕見的平房。也就是說，這棟房子佔地廣闊。房子對面有一座包月出租的停車場，看板上寫著「緒方商店」這四個字。

南邊是一片寬廣的庭院，足夠再蓋一間小房子；有隻小牛大小的白狗在庭院裡走來走去。老太太告訴剛志，牠是隻大白熊犬。狗還沒看見剛志他們之前，便一副要打架似地狂吠起來。牠大概老早就察覺到陌生人侵入了吧。

「吵死了，那隻公熊。」前輩一面用厚墊包住櫃子，一面啐道。狗被栓在狗屋，在剛志他們搬運期間吠個不停。

「但是有一隻那麼大的狗，老人家獨居也能放心。平常應該沒綁住吧？小偷一翻越圍牆，肯定被牠狠狠咬上一口。」另一名前輩說。

當時的工作，只是將原本與老太太同住的長男一家的行李搬到另一處房屋去。長男是個年

*1 為江戶幕府統治日本的時代，由一六〇三至一八六七年。

逾四十的排骨男；沉默寡言，一臉對搬家不太感興趣的表情。他身材臃腫的妻子始終一副興高采烈的模樣，看來滿腦子想的都是新家總算到手了，老家的事完全被她拋諸腦後。

「長男大概個性軟弱，被老婆牽著鼻子走，所以決定搬離老家。」前輩照慣例又信口開河。「一般的話，這裡只要改建一下，問題就解決了。但是這麼一來，老太太就會和他們一起住。加上這間房子應該是登記在老太太名下，長男一家子可說是寄人籬下。那個胖媳婦才不肯和婆婆同住在一個屋簷下呢，所以逼她老公買一間屬於自己的房子。你看，那個媳婦的表情，一副自己的時代來臨的德性。」前輩咧嘴笑道。

剛志一行人將所有行李堆上卡車後，向老太太打招呼。老太太並沒有要隨同去新家看剛志他們卸貨。

「好好加油！」她特別只對剛志說。或許是因為他看起來最年輕，而且最令人不放心。他點頭回應。

後來過了一年左右，緒方家附近有人搬家。剛志在休息時間吃完便利商店買來的便當後，獨自一人走到緒方家前面。氣派的石牆仍是一年前的模樣，但是靠近大門時，剛志感到一股異樣。他沒有立刻發現是哪裡不同，等到走向庭院時才察覺，原來是沒聽見那隻大狗的叫聲。

剛志站在石牆旁，試著窺探庭院。狗屋依舊在原處，但是不見狗的蹤影。當他正想會不會是老太太帶牠去散步時，看見狗屋旁豎著一根細長的木棒，上面纏著藍色的項圈。剛志想起當時大白熊犬脖子上就是戴著那個項圈。

剛志猜想長男一家搬走，又痛失愛犬，那名老太太想必很孤單吧。當時他腦中只想到這件事，縱然只是天馬行空地胡思亂想，剛志對於生活富裕的獨居老太太，完全沒有加害的念頭。實際上，往後三年他連想都沒有想起她。要不是現在窮途末路，他或許一輩子都不會想起她。

他來到那棟房子旁，和洋合璧的宅第四周圍著圍牆，悄然佇立。

時序進入了風起時會感到涼意的季節。再過一個月，大概不縮起脖子走路就會覺得難受吧。接著是十二月、一月。到時街頭肯定人聲鼎沸，每個人忙碌地四處採購。因為有工作，所以能隨意採購；因為有錢，所以能歡度年節。

但是我兩樣都沒有……

剛志並不是想要買聖誕蛋糕，也不是想在過年大啖年糕。他想要的是一筆令直貴放心的錢；能讓直貴毫不猶豫地上大學的錢。

剛志幻想，首先將一大筆錢存進銀行定期存款戶頭，然後拿存摺給直貴看。怎麼樣？我一直沒告訴你，其實我有這麼多存款。有了這些錢，不管是考試費用或學費，我都不放在眼裡，所以你什麼都不用擔心……，剛志想這樣對弟弟說。

剛志知道，直貴對於上大學已經死了半條心，也知道他瞞著自己偷偷打工。弟弟知道如果去找工作，哥哥會生氣，所以沒有明講，但他私底下在搜集公司簡介資料。

剛志心急如焚，他心想，得快點弄到錢，卻苦於沒錢存定期存款。現在甚至連賺錢的方法都沒了。

他在兩個月前辭去了搬家公司的工作，原因是腰痛和膝痛。他原本就不是正式員工，所以無法調到業務部門。除了搬家之外，原本他還兼運送新家具的工作，但是那份工作的契約也到期了。

剛志手腳笨拙，記性又差，唯獨對體力有自信，所以選擇了能夠善用體力的工作，但卻弄壞了身體。身體一弄壞，就沒有老闆肯雇用他。就連上週之前還在做的外送，也因為送到一半，腰痛難耐打翻了餐盒而遭到解雇。就算想找一份工地的工作，這副身體也力不從心。左思右想，竟找不到一條生路。

聽說全世界都不景氣，但是看在剛志眼中，除了自己之外，大家都過著衣食無虞的生活。雖說特價商店生意興隆，但是許多不在乎價錢、什麼都買得起的人仍然令人稱羨。他認為健康食品之所以大行其道，說穿了都是因為有錢人手頭寬裕。如果那富裕的幾分之一能分給他們兄弟倆的話該有多好。

雖然他並不認為貧窮就可以偷別人的東西，但是他想不出其他賺錢的方法。無論再怎麼長吁短嘆或祈求上蒼，錢也不會從天上掉下來。既然如此，只好靠自己這一雙手設法變出錢來。

這時，老太太和藹的表情浮現腦海。聽說她的錢多到用不完，就算遭竊，應該也不會對她的生活造成重大影響。不，總覺得假如她知道小偷是像自己這樣的人，應該會被原諒。不過，當然不能讓她知道是他偷的。

剛志環顧四周。這個鎮上民房和小工廠混雜，卻幾乎找不到商店。或許是這個緣故，路上沒有半個行人。一旁矗立著好幾棟大型公寓，每棟公寓的大門都位在幹道兩側，因而公寓的住戶似乎很少會從小巷出入。

他短短的影子落在柏油路面。他不知道正確的時間，但他猜測大概是下午三點左右，他十分鐘前進入便利商店確認過時間。他進入便利商店是為了買棉質手套，其實在他來到這裡之前，甚至沒想到會留下指紋這件事。

他知道現在緒方家裡沒人，因為他從便利商店外打公共電話確認過了，電話號碼就寫在緒方家對面的包月出租停車場看板上。電話通了，但是傳進耳裡的是電話答錄機的語音。

剛志緩緩靠近緒方家的門。當然，他心裡是猶豫的。抵達門前的幾秒鐘內，他自問自答：這樣做好嗎?當然不好。但是還有什麼辦法?只能搶別人的財物。既然如此，只好對有錢人家下手。可是如果被抓到怎麼辦?不可能會被抓到。哎呀，住在這裡的只有那個老太太。就算被她發現，腳底抹油就好了。她追不到我，不會被抓到的。

小門沒有上鎖，門一打開，微微發出金屬磨擦的聲音。即使如此，他還是覺得聲音很響，不禁掃視四周，感覺沒有被人發現。

剛志迅速鑽進門內，屈身接近玄關。褐色的門由一整塊木板刨製而成。他從別人口中得知，光是這扇門就要一百多萬圓。

他戴著棉質手套的手握住把手，試圖以拇指扳下把手上的金屬零件，但是卻扳不動。門果然上了鎖，不過，這是預料中的事。

剛志放輕腳步，繞到房子北邊。南邊有庭院較容易下手，但是可能會被圍牆外的人看見。北邊圍牆和宅第間的空隙雖窄，但是緊鄰隔壁人家的牆壁，除非發出巨響，否則應該不太需要擔心會暴露行蹤。

除此之外，選擇北邊還有一個重大的理由：剛志記得那裡有一扇舊式窗戶。其他地方都是鋁窗，唯有那裡的窗框和窗櫺都是木製的。而且，鎖也不是月牙鎖，而是舊式的螺絲鎖。搬家那一天，骨瘦如柴的長男對母親說，北邊的窗既不美觀又不牢靠，要不要換成鋁窗。氣質高雅的老太太一聽，一臉平靜地反駁說，唯獨佛堂她不想弄成西式。剛志對這件事印象特別深刻。

那扇防不了宵小的窗戶仍維持當時的模樣，剛志見狀鬆了口氣。雖然即使是鋁窗，他也有自信能用一支螺絲起子加以開啟，但是需要耗費極大的精力。木頭容易變形，然而鋁製品卻非常堅固。

剛志取出插在腰帶上的兩支螺絲起子。這種能夠插入多種工具的腰帶，是當搬家工人時前輩送的。

剛志將兩支「一」字形螺絲起子分別插進兩扇窗戶底下的縫隙。光是這麼一個小動作，兩扇以螺絲鎖連在一起的窗戶底下，便露出了兩公釐左右的小縫。剛志雙手握住螺絲起子的柄，利用槓桿原理慢慢撐起窗戶，確認底下的縫隙變得更大之後，慎重地往前推。兩扇連在一起的窗戶稍微向前滑動。這對剛志而言，已是一大進展。

他一面改變螺絲起子的插入位置，一點一點地挪動窗戶。窗戶鑲著玻璃，如果打破玻璃的話，事情就好辦了，但是他不想那麼做。除了竊取金錢之外，他不想對那名老太太造成任何困擾。而且，他希望盡量延遲她發現家中遭竊的時間。

窗戶總算卸了下來，比想像中花了更多時間。他將窗戶放在屋外，脫鞋悄悄溜進屋內。

裡面是一間四坪大的和室，有壁龕，壁龕旁是一個櫃子大小的佛壇。剛志上次搬家時，不曾進入這間房間。榻榻米比近年來蓋的房子內部還大，線香的氣味瀰漫整間房間。

剛志打開紙拉門，走到走廊上。往右是玄關，往左應該是廚房。他往左走，餐廳和廚房相鄰，面向南邊的庭院。剛志想先打開那扇落地窗的鎖。他曾聽說，小偷闖空門都會先確認逃脫路線。

廚房和餐廳各約三坪大小，整理得一塵不染。圓形的小餐桌上放著一袋糖炒栗子。他想起了這是直貴愛吃的食物。

他稍稍打開落地窗後，走進隔壁房間。那裡是客廳，空間大概超過十坪。一部分鋪著兩坪多的榻榻米，還有暖爐桌。原木地板的部分擺了皮沙發和大理石茶几，看起來實在不像老太太獨居的房子。

客廳內側還有紙拉門，門裡是和室，剛志記得那間房間是長男夫婦的臥室。

剛志試著打開電視櫃的抽屜，但是裡面沒有值錢的物品。他環顧室內，家具樣樣價格不菲，掛在牆上的畫看起來也很值錢。但是他想要的是現金或寶石，非得是能夠放進口袋裡帶著逃跑的物品不可。再說，若是變賣畫作，肯定會留下線索。

看看長男夫婦之前住的和室吧……，剛志心想，但是他一腳踏出，便馬上止步。因為他想到了老太太可能用來收藏貴重物品的地方。

剛志走到走廊上，回到佛堂。佛壇有好幾個抽屜，他依序打開抽屜，裡面塞滿了蠟燭、線香和舊照片等物品。

第五個抽屜裡放著白色信封，當他拿起信封時，心頭一怔。信封的重量與厚度，令他產生某種預感。

他戰戰兢兢地往裡頭打量，倒抽了一口氣，裡面裝了一疊萬圓大鈔。他脫下棉質手套，抽出其中一張；正是新到會割手的鈔票。從厚度推測，應該將近百萬圓。

有這些錢就夠了，不必再物色其他財物。他將信封塞進夾克口袋，接下來就是逃離這裡。

他懶得將窗戶恢復原狀。

但是當他手搭在窗上時，忽然想起那一袋糖炒栗子。把那個帶回去，直貴一定會很高興。有一次，母子三人從百貨公司回家的路上，母親第一次買糖炒栗子給他們兄弟倆。直貴當時才剛上小學，明明是孩子卻不愛甜食的弟弟，當時吃得很開心。或許是因為栗子好吃，再加上剝殼有趣的緣故。

那會是很好的禮物……，剛志再度回到走廊上。

他毫不在意腳步聲，經過廚房進入餐廳，一把抓起餐桌上糖炒栗子的紙袋。似乎是剛買的，摸起來感覺袋中塞滿了栗子。直貴已經不是小孩子了，看到糖炒栗子大概也不會露出高興的表情。實際上，或許他不會像當時那麼開心。然而，剛志一想到直貴默默剝栗子殼的身影，就感到滿心雀躍。即使只是那麼一瞬間，剛志都覺得像是回到了從前幸福的時光。

剛志將一袋糖炒栗子塞進口袋。右邊口袋是糖炒栗子，左邊口袋是鈔票……。他心想，截至今日為止，我的人生曾如此順遂嗎？

剛志經過客廳，想回佛堂一趟。客廳裡滿是值錢的物品，但是他無意再偷任何東西。不過，在離開之前，他想做一件事。

他一到客廳，就坐在三人入坐還綽綽有餘的沙發正中央。咖啡色的皮沙發比外觀看起來更加柔軟地托住他的身體。他蹺起二郎腿，伸手拿起放在大理石茶几上的電視遙控器。正前方是一台大型的寬螢幕電視，他搬過這種電視好幾次，但是從來不曾好整以暇地看過節目。他按下遙控器按鈕，螢幕上出現的是八卦節目。經常看到但叫不出名字的綜藝節目主持人，正在報導前偶像歌手離婚的消息。對剛志而言，這是無關緊要的內容，但是自己獨享大螢幕的感覺，令他心滿意足。他試著切換頻道，無論是料理節目或教育節目，甚至連重播的古裝劇看起來都很新鮮。

就在他按下遙控器按鈕，電視螢幕消失時，緊鄰客廳的一扇紙拉門倏地打開。門內側站著一位穿睡衣的老太太。

事情出乎意外，由於之前完全沒有感覺到有人在家，剛志一下子無法掌握眼前的狀況。說不定老太太也是如此，她視線朝向他，一臉神情恍惚的表情。

當然，這段空白只有一、兩秒鐘。剛志站起身來，老太太雙眼圓睜，身子向後仰地叫嚷了什麼，剛志無法判斷那是尖叫或言語。無論如何，他只有一條路可走。

他跳過沙發靠背，打算順勢衝向餐廳，事先打開落地窗就是為了這一刻。

但是這個時候，剛志感到腰部一陣劇痛，下半身立刻麻痺。他當場跌坐在地，別說跑了，就連移動雙腿都辦不到。

他回頭望向老太太，她仍舊一臉驚魂未定的表情佇立原地。接著，她像是想起什麼似地跑向電視櫃，拿起放在上頭的無線電話子機，再度回到和室。動作之快，根本不像是上了年紀。

剛志看見紙拉門「啪」地關上，心裡慌了。她打算報警，若是留在原地，馬上會被警方逮捕。非得設法阻止她報警不可。

他忍著幾欲令人暈厥的疼痛，拼命站起來，黏膩的汗水從額頭流下。

他試圖打開和室的紙拉門，但是文風不動。老太太似乎從內側架上了頂門棍。從紙拉門對面傳來拖家具的聲音，她察覺剛志想進和室，而築起障礙。

「救命啊！有小偷、有小偷！」老太太叫道。

他用身體衝撞紙拉門，門框上的橫木一下子就鬆脫了，但是沒有掉下來。他又撞了一次，房裡有什麼和紙拉門一起被撞倒了，似乎是茶具櫃。

老太太站在窗邊，正要按下子機按鈕。那是扇格子窗，剛志咆哮著撲上前去。

「啊──！救命啊……！」

剛志摀住老太太的嘴，撥落子機。她以全身的力氣抵抗，對於要和腰部劇痛奮戰的剛志而言，即使對手是老太太，要制服對方也很費勁。

剛志的手指被咬了一口，他下意識地將手縮回來。老太太趁機想要逃跑，他立刻伸手抓住她的腳踝。腰部的疼痛開始從下半身蔓延到背部，他臉部扭曲，但說什麼也不能放開手。

「來……，啊……」

剛志拽倒呼救的老太太，想要堵住她的嘴。但是她死命抵抗，不斷搖頭尖叫，她喉嚨的動作迫使剛志使出下下策。

他將手放在腰帶上，從腰帶抽出螺絲起子，二話不說插進老太太的咽喉。或許是因為忘我地用盡全力，即使觸感並不強烈，螺絲起子卻深深地沒入她的身體。

老太太大幅挺起身子之後，完全不動了。她的表情也定格在張口呼救的時候。

剛志扯了一下螺絲起子。但是螺絲起子明明那麼容易插入，卻怎麼也拔不出來，彷彿卡在肉中。他使出吃奶的力氣拔出，帶著泡沫的鮮血從傷口咕嘟咕嘟地冒了出來。

他嚇呆了，不敢相信自己做的事，但是眼前的老太太確實死了。他注視染血的螺絲起子，搖了搖頭，腦中一團混亂。他甚至花了幾秒鐘，才得出必須趕緊逃走的結論。諷刺的是，這段期間他渾然忘了腰痛。

剛志將螺絲起子插回腰帶，站起身來，小心翼翼地試著移動腳步。每次將重心移到腳上，就有一道電流從腰部竄至背部。即使如此，還是得繼續走。他以緩慢爬行的速度，好不容易抵達玄關，直接穿著襪子走出屋外。屋外艷陽高照，晴空萬里，桂花傳來陣陣香味。

他沿著圍牆內側繞到北邊，穿上鞋子。光是如此，對他而言無異是完成了一項大工程，但是真正的戰鬥接下來才要開始。他解下放工具的腰帶，藏在夾克底下走出門外。街上依舊沒人，幸好，好像沒有人聽見剛才的尖叫聲。

剛志心想，得先扔掉螺絲起子。如果身上帶著這種東西時遭到警方盤查，就完蛋了。剛志打算將它丟進河裡，這附近有許多條河川。

然而，問題是能否走到那裡。如此痛澈心腑還是頭一遭，每當電流竄過背脊，剛志就痛得險些昏厥。他終於忍不住蹲了下來，雖然急著趕路，但是腳卻不肯動。

「你怎麼了嗎？」頭頂上傳來女人的聲音。她的影子落在地面，裙襬輕輕晃動。

剛志搖了搖頭，發不出聲音。

「你是不是哪裡不舒服？」女人彎腰，凝視剛志的臉，是一名戴著眼鏡的中年婦人。她一看見他的臉，不知為何表情一僵，隨即快步離去。踩著涼鞋的腳步聲逐漸遠去。

剛志咬緊牙根，邁開步伐。眼前有一座小橋，橋底下不是河川，而是公園。即使如此，他還是往下走。他想找個能夠喘口氣的地方。

那座公園呈長條形，原本應該是河川吧。剛志尋找可以藏身的地方，公園內有大型的水泥管，孩子們大概都會鑽進裡面嬉戲吧。現在沒有孩子的身影，他想過去那裡，但是體力已經到了極限。他縱身撲向一旁的草叢中。

他脫下棉質手套，用手掌擦拭額頭的汗水，重重吁了一口氣，然後看著自己的手。他看見手掌上沾了血，愕然失色。不知是插進或拔出螺絲起子時，老太太的血濺到臉上了，剛才那名女子的表情浮現腦海。

接著不到幾分鐘，剛志察覺有人影從公園邊緣朝自己靠近，兩個人都穿著警察制服。

剛志摸了摸夾克口袋，那一包紙鈔還在，但是糖炒栗子已經不見了。他心想，大概是掉在哪兒了吧。

第1章

1

「直貴：

你好嗎？

我過得還算不錯。

前天開始調到操作車床的工作，第一次使用這種機械，剛開始有點緊張，不過習慣之後還挺得心應手的。順利完成切削時令人非常開心。

我看了你的來信。如果你至少能讀完高中就好了，我真希望你能上大學。我就是因為想讓你上大學，才會為了錢做出那種事，沒想到弄巧成拙，反而害你唸不成大學，我真是天字第一號大白痴。

我在想，會不會因為我的緣故，而使你留下痛苦的回憶。我害你被趕出公寓，你大概很頭痛吧。我真愚蠢，蠢到不如死了還比較乾脆。怎麼罵都不夠，我這個智障。

因為腦袋裡都是漿糊，所以我在這裡學習，好變成一個正派的人。聽說如果我表現良好的話，就能寄更多信給你，說不定還能增加會面的次數。

你信上雖然沒有寫，但是我猜你大概正為錢傷腦筋吧。可是我卻沒辦法替你做什麼，真的好不甘心。我只能說，你要好好工作。我真是個窩囊的大哥。

但是，我還是希望你力爭上游。如果可以的話，我還是希望你上大學。雖然現在許多人說，社會上靠的不只是學歷，但學歷還是不可欠缺的。你腦筋比我好太多了，應該上大學的。半工半讀一定很辛苦吧？我不太清楚自己是不是在痴人說夢。

總之，我會在這裡加油，你也別輸給我！

下個月我會再寫信給你。

兄　剛志」

直貴坐在公車最後一排，看哥哥寄來的信，這樣就不用擔心有人從後面偷看。公車駛往某輛車廠商的工廠，話雖如此，他並不是那裡的員工，他隸屬於和那家工廠合作的回收公司。不過，說是公司只是虛有其名，他甚至不曾去過號稱在町田（*1）的辦公室。第一天上班被指定的地點，就是那間汽車工廠。就這樣做了約兩個月，除了星期六、日之外，天天都要去。他的手變厚了，原本白皙的臉也變得黝黑。

然而，他開始認為有工作總比沒有好。他甚至後悔……，如果自己早一點像現在這樣工作

*1　東京的衛星都市，位於東京都西郊。

的話就好了，事情就不會演變到這種田地。

當警方來電通知時，直貴正在家裡準備晚餐。兄弟倆約定好，做菜是他的工作。哥哥養家活口，所以自己煮飯是應該的。雖然直貴不認為自己做的菜特別好吃，但剛志總是讚不絕口。

「哪個女人和你結婚就賺到了，因為不用擔心會不會做菜。相對地，要是你結婚，我可就慘了。」剛志經常開這種玩笑。

「大哥比我先結婚不就得了。」

「我是這麼打算沒錯，但是弟弟往往比哥哥先結婚，不是嗎？還是你肯等我討到老婆之後再結婚？」

「那麼久以後的事情，我哪知道。」

「對吧？所以我很害怕呀。」

這樣的對話反覆上演過許多次。

直貴至今仍不曉得打電話來的人是誰，只知道對方是深川警察署的人。或許對方曾報上姓名，但是他不記得了，因為後來被告知的事情令他太過震驚。

他完全無法相信剛志會殺人。他希望警方只是懷疑，而且這件事是個誤會。實際上，他也對電話另一頭的人這麼說；說話音量大到喉嚨幾乎痛起來。

但是對方卻慢條斯理地說，剛志本人已經承認一切了。聽在直貴耳中，對方的聲音與其說是平靜，倒不如說是冷酷。

直貴摸不著頭緒，對電話另一頭的人發問：為什麼我哥哥要做那種事呢？什麼時候的事？在哪裡發生？他殺了誰？但是對方沒有正面回答任何一個問題。對方想傳達的似乎只是，武島剛志依強盜殺人的罪嫌遭到逮捕，以及想問直貴一些事情，請他到警察署來一趟。

兩名刑警在深川警察署的一角，詢問直貴許多問題，卻不太回答他的問題，所以直貴依然無法具體掌握發生了什麼事。

刑警除了詢問剛志的種種，也問了許多直貴本身的事，包括至今的成長過程、日常生活、平常和剛志聊些什麼，和他未來有何打算等。幾天之後，貴直才了解這和剛志的犯罪動機有關，所以刑警才會鉅細靡遺地詢問。

大致問完筆錄後，直貴要求與剛志見面，但是警方不允許，直到深夜才放他回家。直貴不知該做什麼，也睡不著，內心充滿絕望，腦筋一團混亂地度過漫漫長夜。

隔天，他蹺課了。因為就算打電話向學校請假，他也不知道該怎麼說才好。

事隔一夜，他仍然無法相信。一夜未曾闔眼，但是他只能當作是做了一場惡夢。直貴沒有拉開窗簾，在家中一角抱膝瑟縮。他總覺得這麼一來，時間就會停止，能夠繼續相信自己單純只是做了一場惡夢。

但是到了下午，卻來了一堆將他拉回現實的人。首先是電話，他心想或許是警方打來的，接起電話一聽，來電者是直貴的級任導師；一名四十五、六歲，姓梅村的男老師。他任教的科目是國語。

「我在早報上看到了，那個嫌犯是，呃……」梅村說得吞吞吐吐的。

「是我哥！」直貴語氣粗魯地吼道。那一瞬間，直貴感覺所有有形無形支撐著自己的東西全都消失了。

「這樣啊，果然是你哥哥。因為我對這名字有印象，而且報上寫著嫌犯和弟弟相依為命。」

直貴一沉默，梅村明知故問：「你今天想請假吧？」

「是。」

「嗯，我會替你辦請假手續，想來上學的時候打電話告訴我。」

「好。」

「嗯。」

梅村老師似乎還想說什麼，但最後就這樣掛斷了電話。如果直貴是被害者的遺族，或許他會想到一些慰問的話。

繼這通電話之後，還陸陸續續來了幾通，幾乎都是媒體打來的，大家似乎都想聽聽直貴的感想，其中甚至有人想當面採訪。直貴一回答現在沒有那種心情，對方馬上開始發問，內容類似前幾天在警察署被問到的問題。直貴說聲「抱歉」就掛斷了電話，決定接下來只要是媒體打來的，就悶不吭聲地掛斷。

門鈴繼電話之後響起，直貴不應門，於是開始有人拼命敲門。直貴當作沒聽見，對方接著改用踹的。除此之外，還能聽見咆哮聲，大致是說直貴有接受採訪的義務。

直貴想分散注意力，打開電視機的開關。他不知道非假日白天播放些什麼節目。螢幕上出現的是寧靜的住宅區畫面，和「獨居女富商慘遭殺害！」的字幕。接著是剛志的臉部特寫，他的黑白照片底下打上「嫌犯武島剛志」，一臉直貴不曾看過的醜陋、陰鬱的表情。

2

直貴從這類電視節目和報紙上，得知剛志的犯案經過。剛志侵入獨居老太太家，搶奪一百萬圓現金，企圖逃走時遭屋主撞見，對方打算報警，於是他以身上的螺絲起子刺殺對方，但是因為腰痛的老毛病發作，所以還來不及跑遠，就被警察局的警察發現。嫌犯武島剛志之所以鎖定緒方女士家作為下手目標，是因為從前任職於搬家公司時，曾進入緒方女士家，知道她是獨居老人，而且是一名富商——新聞主播的口吻和報紙報導的語氣，都將武島剛志形容成冷血的殺人魔。這和剛志在直貴心目中的形象，根本天差地別。

但是這些報導可說是正確無誤，說到唯一不正確的一點，就是關於殺人動機。許多新聞和報紙，都採用「失去工作，生活無著」這種描述，這大概是因為警方沒有發表詳細內容的緣故。但報導的內容頂多是不正確，並不算錯誤。

然而，不知第幾次做筆錄時，從調查員口中聽見的「真正犯罪動機」，卻像一把利矛般貫穿直貴的心臟。調查員說，剛志的真正犯罪動機是想要籌措弟弟的大學學費。

直貴心想，大哥為什麼要做出這種傻事呢？但是同時，他也理解到大哥確實可能為此鋌而走險。哪怕只是一瞬間，假如大哥會迷失自我，原因只有一個，就是為了保護弟弟。

「喂，拜託你去唸大學，算我求你。」

直貴看過大哥好幾次說完這句話，在面前比出一個手刀哀求自己的身影。幾乎每次談論到未來的話題，大哥就會這麼做。

「我當然也想唸大學，但是沒錢有什麼辦法？」

「我不是說了，錢的事我會想辦法。再說，大學還有獎學金制度。你只要妥善利用這種制度，然後努力唸書就好了。」

「大哥的心意我心領了，但是我討厭老是讓大哥一個人吃苦。」

「你在說什麼傻話？我吃的苦根本不算什麼，只不過是替別人搬運搬家的行李或家具罷了。你什——麼都不用操心，只要照我說的去做就好了。我只要工作，就有薪水可拿。辛苦的人是你，別的人還有補習班或家教老師可以依靠，但是你只能靠自己孤軍奮戰。不過，無論如何我都希望你好好加油。我想，媽媽也希望至少你能上大學，因為我腦袋不靈光嘛。所以啊，這件事你就答應我吧。」說完，剛志又在面前比了一個手刀。

剛志對於學歷異常自卑，多少是受到母親的影響。母親加津子一直認為丈夫早死，就是因為他學歷不好。

直貴兄弟倆的父親，在直貴三歲時撒手人寰。父親在一家生產纖維製品的中小企業任職，在一次趕送樣品給客戶的途中，因開車精神不濟車禍身亡。加津子說，父親在出事前三天，幾乎不眠不休地在生產現場守候。上司答應客戶難以達成的任務，卻交由父親承擔後果，意外發生後，公司又不聞不問。那位上司比父親年輕，麻煩事全推給父親，往往下班時間一到，馬上拍拍屁股回家。當然，公司沒有要求那個男人負起任何責任。

所以，加津子對兒子們這麼說：「你們一定要上大學。有人說今後要在社會出頭全憑實力，但那絕對是騙人的，你們千萬別被騙了。你們如果不上大學，會討不到老婆。」

丈夫死後，加津子身兼好幾份打工的差事，扶養兩個兒子。直貴記不太清楚，但剛志說，母親好像做過特種行業。加津子和丈夫生前一樣，從早到晚工作。大概是這個緣故，直貴記憶中母子三人很少從容吃飯，餐桌上總是只有自己和剛志兩人。剛志曾說要去打工送報，卻遭到母親責罵。說是既然有時間打工，不如唸書。

「我笨頭笨腦的，與其唸書，不如工作比較好。如果我打工的話，媽媽也能輕鬆一點。」

剛志經常這樣對直貴發牢騷。

直貴不曉得剛志是否真的笨頭笨腦，但剛志非常不擅長唸書倒是事實。剛志進入公立高中就讀，但是成績並不理想。對於一心希望兒子成績變好的加津子而言，這件事令人心急不已。「你以為媽媽是為了什麼做牛做馬地工作？我拜託你，振作一點，多唸點書。你辦得到吧？你肯答應媽媽嗎？」她一面叱責剛志，眼中不時浮現淚光。

無法達成母親的期待，剛志心裡想必也不好受。他開始逃避現實，變得放學後不馬上回家，流連在鬧區街頭。自然而然地和壞朋友廝混在一起，接著需要錢玩樂。

有一天，加津子接到警方的電話，要她到警察局一趟。原來是剛志企圖恐嚇取財時，被輔導員發現遭到逮捕。幸好恐嚇取財未遂，而且剛志只是為主犯的少年助陣，所以立即獲得交保釋放，但是加津子受到的打擊卻是無比沉重。

剛志賭氣跑去睡覺，加津子在他身邊不停哭泣，不斷重複說著：「你要是因為這種事情白白斷送前途怎麼辦？」並問他：「你為什麼要辜負我的期望呢？」剛志不發一語，他大概無言以對吧。

隔天早上，直貴起床時，發現加津子倒在玄關，一個裝著圍裙的手提袋掉在她身旁。當時，她在某家公司單身宿舍中的員工餐廳工作，每天早上五點出門。她似乎是和往常一樣準備出門時暈倒的。

直貴叫醒剛志，叫了救護車。救護人員立即趕來，但當時加津子的心臟已經停止跳動。救護車還是將她送到醫院，然而她沒有再睜開眼睛。

醫師做了某些說明，可是直貴完全聽不進去。唯一縈繞耳邊的一句話是「令堂是不是很操勞？」言下之意是，她之所以會倒下，是因為身心俱疲的結果。

母親的臉上蓋著白布。直貴在母親遺體旁痛毆大哥，說：「都是你害的！是你害死了媽媽，混帳東西，該死的人是你！」

剛志沒有抵抗。不斷揮拳的直貴泣不成聲，挨揍的剛志也淚流滿面。

加津子去世後不久，剛志從高中輟學。他前往母親生前幾個上班地點，懇求老闆讓他接替母親工作。那些老闆不忍拒絕他的請求，但剛志到底無法像加津子一樣，在單身宿舍的員工餐廳煮飯，於是老闆決定讓他洗盤子。他也無法在超級市場負責收銀機，於是到庫倉搬貨。

剛志雖然沒有說出口，但是他想兄代母職。他在心中暗自立誓，扶養弟弟、讓弟弟上大學是自己的義務。直貴感受到大哥的決心，比之前更勤奮向學。直貴之所以能夠進入當地偏差值（*1）最高的公立高中，也是因為他努力的成果。

然而直貴也知道，上大學是一筆不小的經濟負擔，所以他想打工稍微減少大哥的壓力，剛

*1 個人成績偏離團體平均分數的數值，數值越高表示成績越好。

志卻堅決反對。

「你只要專心唸書就好了，別想太多！」說話的口吻完全是加津子的翻版。

只是直貴看在眼中，很清楚剛志是在逞強。他知道身體已然弄壞的大哥，不停辛苦地在找工作。直貴打算偷偷找工作，就算一面工作也能上大學，他打算遲早要告訴大哥這件事。

弟弟的這個想法，剛志八成也察覺到了。他不能讓弟弟這麼做，無論如何都得賺到錢。直貴十分清楚剛志犯罪之前的心情轉變。

3

剛志被逮捕一個星期以後，直貴去了學校。這幾天，班導梅村經常來探望他。話雖如此，梅村也只是坐在門口，抽完一根菸就回去了。不過，直貴很感謝他總是帶來便利商店的便當或速食食品。因為家裡幾乎沒錢，直貴只能啃便宜的吐司。

好幾天沒去上學，令人驚訝的是，學校和同學毫無改變。校園和以前一樣充滿笑聲，每個人看起來都幸福洋溢。

直貴心想，仔細一想這是當然的。凶殺案幾乎天天發生，一星期前發生的強盜殺人案，早已從眾人的記憶中消失。即使嫌犯的弟弟是同一所高中的學生，也沒兩樣。

同學們看到直貴，臉上浮現緊張與困惑夾雜的表情，好像沒料到他會來上學。直貴這才明白，原來連他們也試圖忘記那起事件。

即使如此，還是有幾個死黨湊到他身旁。其中最親近的好友，姓江上的男生第一個對他說：「心情平靜一點了嗎？」

直貴抬頭看江上，馬上又垂下視線。「算是比較平靜了吧……」

「有什麼我能做的嗎？」江上低聲含糊地說，這和他練習橄欖球大聲喊叫時判若兩人。

直貴輕輕搖搖頭。「不，我沒有什麼特別需要幫忙的，謝謝你。」

「這樣啊。」

平時個性開朗的江上，似乎也找不到話題接下去，默默地離開直貴的座位旁。其他人也學他。直貴聽見江上說，讓他靜一靜吧。大家好像也沒有異議。托江上的福，直貴中午之前不用和任何人說話。各科老師也發現了他的存在，但是沒人對他說話。

到了午休時間，梅村老師來到班上，在他耳邊輕聲說：「來學生輔導室一趟。」直貴去了一看，除了梅村老師之外，學生輔導室裡還坐著學年主任和教務主任。

主要由梅村老師發問。問題內容像是，今後打算怎麼辦？貴直起先搞不清楚梅村老師的用意，反問幾次之後，漸漸掌握了他們的意思。簡單來說，他們想知道直貴今後想不想繼續上學。他們說：你無依無靠，非得工作不可。本校沒有補校，你如果想要畢業證書，就只好轉學。無論如何，要像現在這樣通學會不會很困難？

雖然他們小心翼翼地選擇用詞，避免傷害直貴，但是他感覺到他們話中有話。特別是教務主任，他明顯地希望直貴離開學校。他或許是害怕出現莫名其妙的謠言，會損及學校的名聲；或者學校方面不知該如何處理殺人犯弟弟這個棘手問題。

「我不會申請退學。」直貴斬釘截鐵地明說，「我要設法從這所高中畢業。大哥好不容易才讓我唸到今天。」

老師們聽到「大哥」這兩個字，出現微妙的反應。學年主任和教務主任像是聽見令人不悅的事，別開視線，而梅村老師則盯著直貴的眼睛點頭。

「如果武島這麼想，那是最好不過了。至於學費方面，我們再找行政人員商量看看。不過問題是，你要怎麼生活下去呢？」

「我會想辦法。而且放學後，我也可以工作。」說到這裡，直貴看著教務主任。「除了暑假和寒假之外，其他時間禁止打工……，是嗎？」

「不，原則上是這樣，但學校方面可以視情況通融。」教務主任面無表情，無奈地說。

梅村老師又針對升學提出一個問題：「我想，依照你目前的狀況，不適合考大學……」梅村老師說話的聲音越來越微弱。

「我放棄唸大學了，」這時，直貴仍舊直截了當地說。話中含有斬斷自己心中不捨的意味。「我暫時放棄。高中畢業後，我要先工作，然後思考接下來怎麼走。」

三位老師一起點頭。

不久之後，直貴放學回家，正在煮泡麵時，負責管理公寓的房屋仲介人員來訪，他是一個胖男人，人中蓄鬍。男人上門的目的，對直貴而言很突兀。男人希望直貴告訴他，打算什麼時候搬走。

「什麼時候搬走，這……，我還沒決定。」

直貴不知所措地回答，房屋仲介人員露出更加困惑的表情。

「咦？但是，你會搬走吧？」

「不，我並沒有這個打算。為什麼我要搬走呢？」

「因為你哥哥做出了那種事情。」

直貴窮於應答。一提到剛志犯的罪，他就無話可說。他默不作聲地心想，難道一旦哥哥犯罪，弟弟就得搬出公寓嗎？

「再說，你看，房租，你付不起房租吧？光是現在就已經積欠了三個月房租。我也不是鐵石心腸的人，不會叫還是學生的你一次全部付清，但是能不能請你至少先騰出房子給我呢？」房屋仲介人員的語調如棉花般輕柔，但是處處夾針帶刺。

「我付，房租，我付。包括積欠的部分，我接下來都會工作付清。」

聽見直貴的回答，房屋仲介人員一臉不耐煩地皺起眉頭。「說得那麼簡單，實際上你付得出來嗎？已經積欠了這麼多喲。」

說完，直貴看著房屋仲介人員手上攤開的估算書上的數字，心情不禁黯然。

「我先告訴你，這是扣掉押金後的金額。這麼大一筆數字，你一時半刻也籌不出來吧？」

直貴只能點頭。「話是這麼說沒錯，但是我搬出這裡的話，就沒地方去了。」

「難不成你沒親戚？你父母沒有兄弟姊妹嗎？」

「沒有，親戚也都沒有來往。」

「是喔。哎，就算有來往，說不定也會嚇跑。」房屋仲介人員自言自語地說，「不過啊，我也不能任憑付不起房租的人一直住下去。我是站在房東委託管理的立場，如果你有意見的話，能不能請你去跟房東說？我剛才也說過了，房東對於欠繳的部分，或許肯睜一隻眼、閉一隻眼。所以啊，能不能請你搬出去呢？再說，你一個人住這裡未免太大了吧？你接下來一個人住，搬到小一點的地方比較好吧？不然，我也可以替你介紹。」

房屋仲介人員說完想說的話，丟下一句「我會再和你聯絡」，便揚長而去。直貴當場跌坐在地。水壺的水滾了，直貴聽見水壺的聲音，卻沒有移動身體。

你接下來一個人住……

直貴心想，房屋仲介人員說的沒錯。直貴並非這時才意識到這一點。他早已明白，只是一直不願正視。

自己接下來只有孤單一人，剛志不會回來。或許他遲早會回來，但那是幾年後的事。不，也有可能是幾十年後的事。

直貴環顧四周。舊冰箱、油膩膩的瓦斯爐、舊式電鍋、排放著撿來的漫畫雜誌的書櫃、污漬斑斑的天花板、曬成咖啡色的榻榻米、陳舊剝落的壁紙，一切的一切都是與大哥共同擁有的物品。

直貴心想，或許那名房屋仲介人員說的沒錯。

一個人住這裡未免太大，而且太痛苦了。

4

直貴與哥哥見面，是在案發後的第十天。警方來電聯絡，似乎是剛志說想見弟弟一面。直貴沒想到能和遭拘禁的哥哥見面，相當吃驚。

直貴一到警察署，就被帶到偵查室。直貴原本以為會在電視上經常出現，以玻璃帷幕隔開的房間見面，所以略感意外。

狹窄的四方形房間中央放著一張桌子，剛志和刑警隔著桌子相對而坐。剛志面容憔悴，下巴也變尖了。原本古銅色的臉，在短短十天內變成了灰色。眉毛底下形成濃重的陰影，凹陷的眼珠子看著下方。他應該察覺到直貴進來了，但是遲遲沒有看弟弟。

一名看來四十多歲，理平頭的刑警請直貴坐下。直貴在一旁的椅子上落坐，直視低垂著頭的哥哥。哥哥仍是一動也不動。

「喂，怎麼了？」刑警說，「你弟弟特地來看你耶。」

即使如此，剛志依然沉默不語，他看起來像是錯失了開口的機會。

「大哥。」直貴叫他。

剛志的身體抽動了一下。與其說是回應弟弟的呼喚，倒更像是身體對於熟悉的聲音，反射性地產生反應。他稍微抬起頭，將目光轉向弟弟，但是眼神一交會，又將視線垂在地面。

「直貴……，」剛志的聲音沙啞，他接著說：「抱歉。」

一股絕望再度壓迫直貴的胸口，令他重新體認到，一切都是現實，而不是一場惡夢。這十天來，他拼命努力接受現實，但是心裡仍舊期待「這是個誤會」。此刻直貴心中，搖搖欲墜的最後一塊積木也「碰」地應聲掉落。

「為什麼？」直貴從喉嚨擠出聲音。「為什麼要做這種事……」

剛志沒有回答。他放在桌上的左手不停顫抖，指甲烏漆抹黑。

「你弟弟問你為什麼。」刑警低聲對剛志說。

剛志吁了一口氣，搓搓自己的臉，一度緊閉雙眼，然後又重重地吐氣。

「我怎麼了？我到底是怎麼了？」像是只能勉強說出這句話似地，他頹喪地垂下頭。他抖動肩膀，發出呻吟，淚珠撲簌簌地滴落。

直貴有一堆問題想問哥哥，也不想責備哥哥，卻一句話也說不出口。因為光是在哥哥身旁，哥哥的後悔與悲傷就像心電感應般傳達至自己心中。

直貴必須離開的時間到了。他尋找該對哥哥說的話，他心裡想，應該找得到只有自己才能對哥哥說的話。

「大哥，」他站在門前說，「你要保重身體。」

剛志抬起頭來，猛然睜開眼睛；一副頓悟這是最後一次能在沒有隔間的空間裡和弟弟見面的表情。

看見哥哥臉孔的那一瞬間，直貴情緒激動了起來。一股湧上心頭的情緒，一股腦兒地刺激他的淚腺。他不想在這種地方落淚，於是大聲吼道：「大哥你這個笨蛋！居然做出這種傻事！」

弟弟看起來像要上前痛毆哥哥，刑警站在直貴面前，彷彿能夠理解他的心情，對他點點頭。直貴低著頭，死命咬緊牙根。他心想，你不可能懂。你們這些做警察的，不可能了解我們兄弟的心情。

另一名刑警過來，送直貴到警察署門口。那名刑警一面走，一面告訴他，曾勸過剛志許多次和直貴會面，但是剛志怎麼也不答應。他之所以下定決心與直貴見面，是因為刑警告訴他，可能明天就要移送拘留所了。

離開警察署後，直貴沒有前往車站，而是漫無目的地走在街上。坦白說，他不想回公寓。因為一旦回去，又得面對各種等著自己解決的問題。這些問題當中，沒有一個找得到答案。然而，誰也不會代替自己承受。

走著走著，直貴忽然心想，剛志犯案的人家在哪兒呢？照理說應該在這附近。他只記得「緒方商店」這個商號。

便利商店外面有公共電話，一旁放著電話簿。他尋找緒方商店，立刻就找到了。他背下地址，進入便利商店，翻閱道路地圖確認位置，知道就在不遠處。

他將雙手插進口袋，舉步前進。想看與不想看那戶人家的心情，如鐘擺般在他心中擺盪。猶豫了半天，雙腳還是往那個方向走去。

在街角轉彎，一走進看得見那戶人家的馬路，那一剎那，雙腳像是遭到捆綁般無法動彈。他確信就是那戶人家。雖然是間平房，卻是豪宅，有寬廣的庭院、對面是停車場……，符合新聞中描述的所有條件。

他悄悄地踏出腳步，感覺心跳加速，盯著一扇緊閉的西式大門前進。

突然間，他想起被害者應該會舉行葬禮。他曾聽說，命案的受害者因為要經過法醫解剖，所以葬禮會比一般晚些舉行。不過話說回來，應該已經辦完了吧。直貴心想，自己是否應該列席，是否必須代替剛志謝罪。當然，想必會吃閉門羹，但即使如此，是否仍舊應該前往喪家弔唁呢？

直貴發現，自己至今幾乎沒有想過被害者。受到剛志做的事所帶來的衝擊，一心只意識到自己兄弟倆的未來將會如何。對於事情演變至此，自己只是感嘆命運乖舛。

這次事件中，最不幸的是被剛志殺害的老太太，這是天經地義的事，然而自己卻完全沒有想到這件事。難道因為年邁以致遇害也算不上倒楣？天底下沒有這回事。她本應安享餘生，擁有這麼豪華的宅第，應該可以不為金錢傷神，悠然自得地生活。她想必也有孫子吧，她肯定期待看著孫子長大。但是剛志剝奪了她這項權利。

直貴心想，現在道歉為時不晚，既然剛志已經入獄，理應由自己賠罪，即使磕頭下跪也不為過。自己一定會被厲聲痛罵、驅趕出門，但是只要一直低頭道歉，就能傳達自己的心意。遺族憎恨兇嫌是必然的，直貴希望他的賠罪能稍微減少他們的恨意。這麼一來，說不定剛志的罪也會減輕一些。

直貴走近緒方家的大門，口乾舌燥，腦中思考道歉的順序。首先按下門鈴，告訴對方自己是武島剛志的弟弟。對方應該會拒絕，並叫我滾回去。即使如此，我也要一再請求對方，至少讓我表達歉意。無論哀求多少次，我都要請求對方接受我的道歉。

距離大門越來越近，他做了一個深呼吸。

這時，大門開啟了。從門內走出一名瘦骨嶙峋的中年男子；穿白襯衫打領帶，外面套了一件深藍色的針織衫。男子牽著一個小女孩的手，正要出門。

他們肯定是去世老太太的兒子和孫女。

正好，直貴只能做如此想。父女雖面帶笑容，但是笑容中，似乎帶有骨肉至親慘遭橫禍去世的人特有的悲傷。那股哀傷強烈的程度，超乎直貴的預期。

他雖然心想必須停下腳步，雙腿卻不由自主地繼續向前走。感覺那對父女的視線瞥了他一眼。然而，他沒有和他們的視線交會。那對父女也沒有注意他，走到了馬路上。

直貴與兩人擦身而過，經過緒方家前。

我在逃避。我逃走了……，他對自己感到厭惡，繼續走著。

5

司機開著堆高機運來新的木箱。他一將木箱放在直貴他們身旁，一句「交給你們了」，便轉換方向。雖然口氣粗魯，但是有出聲總比沒有好。大部分司機都是一語不發地扔下，掉頭就走；一副「那是你們的工作，為什麼我得給你們好臉色」的模樣。

立野往木箱裡頭瞧。

「什麼東西？」直貴問道。

「這是幫浦吧，內燃機的幫浦。」立野稍稍扶正眼鏡說。直貴戴的是護目眼鏡，而立野戴的是老花眼鏡。

「那整個都是鐵吧？」

「大概是吧，看起來沒有塑膠。」

「太好了，看來處理這傢伙又要花上好幾個小時了。」直貴拿起馬達的零件說，另一隻手握著扳手。

「小直來了真是幫了我大忙。要是我一個人，就算花一整天也做不完。」立野一轉身，馬上在直貴身旁開始動工。

他們的工作是拆卸馬達零件中的銅線。據立野說，馬達似乎是汽車的啟動裝置，銅線當然是緊密地纏繞在馬達上，要以手拆下並不容易。這批馬達大約有三百個，從早忙到晚總算解決了一百多個，但接下來還有得忙。

「你之前都是單獨作業嗎？」直貴問道。

「是啊，一個人一整天默默地做。知道我是誰的人不覺得有什麼，但是看在第一次到這裡丟垃圾的人眼中，會覺得我很恐怖。」立野咧嘴一笑，他少了門牙。即使一面說話，他的作業速度還是很迅速。花同樣的時間，完成的數量比直貴多出將近一倍。他年逾五十，身材並不高大，但是直貴知道，他一脫下工作服，肩膀滿是結實的肌肉。

立野稱之為「垃圾」的是這家汽車廠丟棄的金屬加工品，像是生產線淘汰的瑕疵品或沒用的樣品，以及研究單位使用的測試零件。每天被運到這個廢棄物處理場的金屬加工品數量驚人，直貴他們的工作是分類後以便回收。因為雖說同是金屬加工品，但材質各有不同，大部分是鋼鐵，不過有時也夾雜著鋁或銅等非鐵金屬。而且，就以馬達零件來說，常有鋼鐵加上非鐵的複雜組合。這時，直貴他們就要以人力拆卸。若是摻雜了塑膠或樹脂，也必須拆下。

第一次看見這一座由廢棄物堆成的山時，直貴張口結舌，根本不知該從哪裡下手才好。當時立野這麼對他說：「有一種紙叫再生紙，對吧？那是由報紙再製做成的。聽說現在混入一些別的紙也無所謂，但是從前好像連傳單都不行。不過丟報紙時，很少人會挑出傳單類吧？所以再生紙工廠裡，有好幾座混雜各種紙的舊報紙山。那可是非常壯觀的喲，幾乎有一間小型房子那麼高。你認為那要怎麼分類呢？」

直貴不曉得，於是搖搖頭。

「阿姨們會分類，」立野露出一排缺了門牙的牙齒笑道，「不是用機械喲。打工的阿姨們會一一解開一捆捆的報紙，拿走傳單和雜誌，就像在數沙漠中的沙粒。大家在廁所裡爽快地用來擦屁股的衛生紙，也是因為有這項作業才能製造出來。相較之下，鐵的分類工作根本不算什麼。」

或許確實如此，但是直貴費了好一番工夫才習慣。因為面對的是金屬，受傷是家常便飯，這也無處申訴。立野總是隨身攜帶消毒水和ＯＫ繃，借給直貴，要他「自己想辦法處理」。

直貴經常在想，為什麼自己非得做這種事情不可呢？原本，他現在應該在大學就讀，一面享受校園生活，一面為未來做準備努力唸書。直貴擅長理科，想進入工學院，成為研究頂尖科學的技術人員。打個比方，夢想中的社會就像一家一流汽車廠商，而他的工作是運用流體力學製作風阻小的賽車，或者開發出全由電腦操控的夢幻汽車。

想像無限延伸，猛然回神時，才意識到自己戴著棉質手套，手握扳手。眼前的事物既非電腦，也不是科學報告，而是他憧憬的技術人員工作中產出的廢物。分類這些廢物，使其容易加工成他們能夠用於研究的材料，就是目前直貴的工作。

然而，直貴當然不能抱怨。他只能想開一點，告訴自己這就是現在唯一能做的事。

剛志移送東京拘留所後，直貴必須思考的最大課題是今後的生活何以為繼。他一面讀高中，一面找工作。他找到了幾家在招募員工的便利商店和美式餐廳，便上門詢問，但是全部遭到拒絕。因為他的監護人那一欄是空白的，而且一定會被問到這一點。他覺得若是實話實說絕對行不通，於是試著隨口撒謊，結果往往露出破綻，遭致雇主懷疑。有一次在加油站面試時，他決定據實以告。他認為，說不定是自己想太多，對方或許能夠將哥哥的罪行和自己分開看待。但事情並沒有那麼簡單，加油站站長一聽直貴說完，立刻表情一僵，接著好像一心只想要儘快趕走他。

直貴尚未決定接下來的路要怎麼走，唯獨時間無情地流逝。他手頭沒錢，早上醒來想的第一件事就是今天要如何填飽肚子。幸好在學校，午餐時梅村老師會買便利商店的飯糰給他，有時江上他們也會給他麵包。接受別人的食物雖然令他感覺顏面無光，但是他無法拒絕，他連逞強要面子的力氣也逐漸喪失了。

有一天放學後，直貴在車站前發現一張廣告；上面寫著「高薪！徵夜班人員　限十八至二十二歲的男性」。他從店名察覺到，大概是特種行業。他完全不清楚這是一份怎樣的工作，但是非常感興趣。那張廣告感覺有點見不得人，這樣的話，會不會雇用同樣見不得人的自己呢？就算履歷表上監護人的欄位空白，說不定老闆也不會說什麼。

廣告上寫著電話號碼。當直貴打開書包想抄下來時，身後有人對他說：「你在做什麼？」

直貴不用回頭，光聽聲音就知道對方是誰。他皺眉闔上書包。

梅村老師來到他身旁，目光掃向直貴剛才在看的廣告。老師輕聲沉吟後，嘆了一口氣，將手搭在直貴肩上。「武島，你跟我來一下。」

老師邁開步伐，直貴沒辦法只好跟上。

老師帶他去的，是一家民族風餐廳。話雖如此，卻不是特別的高級餐廳，而是賣辛辣料理的西式居酒屋，客人好像大多是學生。梅村老師請直貴在店裡吃晚飯。每一道菜都很辣，但是菜色新鮮，重點是美味得像在做夢。

「喂，武島，你要不要在這裡工作？」

聽見梅村老師的話，正在喝麻辣湯的直貴險些嗆著。

「我嗎？我能在這裡工作嗎？」

「我和店長是朋友。我已經拜託他，請他在你高中畢業之前雇你當工讀生，不過要看你的意願。」

「我當然很樂意。」

直貴再度環顧店內；裝潢洗練精緻，而且整間店朝氣十足。他心想，就算只是短期打工也好，何況身旁還有美食圍繞。

「這樣啊，不過，我有一個條件。與其說是條件，倒不如說是你我之間的約定。」

「什麼條件呢？」

梅村老師臉上流露些許猶豫的神色，然後開口說：「要隱瞞你大哥的事，我告訴店長，你父母突然雙雙亡故。」

這句話使得直貴霎時失聲，感覺像是一陣冷風吹過心坎。老師大概也不願提起這件事，尷尬地低下頭。

「喂，武島，」梅村老師溫柔地對他笑道，「你大概不想說謊吧，但是在這世上，有許多事情最好別說出來。倒不是因為這家店的人會用異樣眼光看你，該怎麼說呢，一般人並不太習慣刑事案件之類的事情。雖然這在電視和小說中經常出現，但是大家都相信那和自己無關，所以一想到牽扯這種事情的人在身邊，就會覺得忐忑不安……」

「老師，」直貴不想聽老師吞吞吐吐地說話，於是插嘴說，「沒關係，我知道了。我想，如果我聽到誰是殺人犯的家人，我也會以異樣眼光看他。」

「不，我不是那個意思。」

「我知道，我明白老師想說什麼。而且我對自己讓老師操心也覺得過意不去。」

「不，我是無所謂。」梅村老師伸手拿生啤酒的玻璃杯，但是幾乎見了底，只好啜飲殘留在杯底的泡沫。

直貴心想，我必須習慣這種事。目前自己身處於和以往完全不同的境況下。無論做什麼、去哪裡，都不能忘記哥哥是強盜殺人犯。就像他們兄弟倆之前厭惡的那種人一樣，哥哥成了世人憎惡的對象，他應該將這點銘記在心。今後就算貧困潦倒，就算無依無靠，也不會有人同情。大家只要曉得我是武島剛志的弟弟，肯定都會避免和我扯上關係。

「怎麼樣？武島，」梅村老師說，「如果你不願意的話，我不會勉強你，但是要找到工作應該不容易。畢業後找到工作之前，要不要先試試看？雖然薪水方面沒辦法給你太多。」

梅村老師小心翼翼地說，他大概也沒預料到事情會演變到這種地步吧。原本再過幾個月，學生們應該都會順利畢業。

直貴忽然心想，老師真是個辛苦的行業。

「喂，武島。」

「好，」直貴答道，「只要肯給我機會工作，我什麼都做。現在的我沒有資格挑三揀四。總之一句話，我得賺錢。」

「這樣啊。」老師說完又把手伸向空空如也的啤酒杯，但這次手伸到一半就縮了回來。

老師當場將直貴介紹給店長認識。店長嘴邊留著鬍子，是個膚色黝黑的男人。他和梅村老師似乎是同窗，看起來相當年輕。

「如果你遇上什麼麻煩，儘管跟我說。不過話是這麼說，你可別說要我付你加倍的薪水喲。」滿臉鬍子的店長開了個玩笑，豪邁地笑了。他看起來是個好人。

工作從隔週開始。直貴原本以為自己會被叫去洗盤子，但被指派的工作卻是接待客人；幫客人點菜、通知廚房，送料理上桌，有時候也要做收銀的工作。一開始費了好一番工夫才記得菜名，因為他以前從沒接觸過民族風料理。好幾次客人詢問菜的食材，他還因為無法應答而大出洋相。

即使如此，他認為自己目前別無出路，而拼命地努力，店長也誇他算是記性好的了。最令人開心的是，暫時不用為吃飯傷腦筋了。因為有員工餐可吃，打烊後還可以打包剩菜回家。或許梅村老師也考慮到了這項福利，才會介紹這份工作給他。

但是為生活費所苦的狀況並沒什麼改變。雖然能夠預支一些薪水，並不足以支付房租。房屋仲介人員限直貴三月底前搬家，一旦超過期限，就會採取法律途徑。直貴不懂什麼是法律途徑，卻很清楚自己一定站不住腳。

賺來的錢幾乎都用來支付電費、瓦斯費等日常開銷，直貴決定不繳電話費，反正也沒有打電話的對象。

到了年底，店裡生意興隆，學生和上班族紛紛舉辦忘年會。直貴頭上綁著頭巾，雖是冬天卻穿著一件T恤在店內跑場。酒醉的客人一會兒打破餐具，一會兒將菜打翻到地上，廁所也經常被吐得亂七八糟。所有雜事都是直貴的工作，T恤總是被汗水濡濕。

隨著聖誕節腳步接近，店內也要改頭換面；擺放聖誕樹，點綴飾品，連燈光也下過一番苦心；製作聖誕節菜單，背景音樂也換成聖誕歌曲。直貴戴著聖誕老人的紅帽端菜，雖然只是一時的，但讓他感受到久違的快樂滋味。

聖誕夜裡，店長送所有人聖誕禮物，這似乎是個慣例。滿臉鬍子的店長笑道：「別對包裝紙裡面的禮物抱太大期望。」

那一晚回家的路上，直貴看見窗外閃爍的燈飾；某棟大樓妝點著專為聖誕節設計的霓虹燈。其他乘客也發現到，紛紛發出歡呼聲，他們看起來很幸福。

回到公寓後，直貴打開禮盒一看，裡面裝著聖誕老人造型的擺鐘，還附上一張卡片，寫著

「聖誕快樂　別氣餒　相信自己！」直貴看著時鐘和卡片，吃著店裡送的蛋糕。家裡的空氣寒冷刺骨。或許是因為空氣乾燥的緣故，灰塵的氣味格外明顯。他腦中回響著聖誕歌曲。

淚水莫名地流了下來。

店裡營業到除夕，對直貴而言再好不過，因為就算待在公寓也沒事做，而且肚子會餓。但接下來到新年開工的四天就難熬了，直貴每天看電視。從前覺得趣味十足的綜藝節目變得無聊至極，原本喜歡的偶像也不再感興趣。年底領了薪水，三餐勉強有著落，但是直貴卻不想買年糕，覺得「新年快樂」這四個字格外刺眼。他心想，如果沒有過年就好了。一旦電視上播放命案等灰色的新聞，直貴就會稍感興趣地盯著螢幕看，然後覺得自己真是微不足道的小人物。

直貴完全不清楚，哥哥每天在拘留所裡過著怎樣的生活，因為這時剛志尚未來信。直貴知道能會面，卻提不起勁去看他。該用何種表情面對他，對他說什麼話好呢？再說，直貴認為剛志肯定也不曉得該表現出何種模樣。

學校生活乏善可陳。表面上，同學的態度看起來像是和以前沒兩樣，但是他們避免和直貴深交卻是事實。沒有人對他惡聲惡氣，就連有事也會極力避免找他幫忙。反正再過不久就要考大學考試了，對於三年級學生而言，第三學期有跟沒有一樣。他們似乎早已看開，只要忍耐到畢業就好了。

二月後，課幾乎都不上了，因為每天都有入學考。對於早早接獲錄取通知的人而言，不必上課的教室簡直是天堂。

這些興高采烈的人光顧直貴工作的店，是在二月底。

6

一行六人；和直貴同班的只有兩人，剩下四人只打過照面，連話也沒說過。

他們來到這家店並非偶然。直貴事後才知道，梅村老師有一次對他們說：「如果想吃民族風料理的話，這家店不錯。」但這是在直貴工作之前，所以六個人看見他，顯得相當吃驚。

但吃驚歸吃驚，這群人並未因此打道回府。他們佔據靠牆最大的一張桌子，還沒決定要點什麼，就七嘴八舌地聊起天來。從他們的對話內容可以得知，已經考完試，接下來就只等畢業了。

「那些人之前來過嗎？」直貴一面將裝了水的玻璃杯放在托盤上，一面小聲問店長。

「不，我想是沒有。怎麼了嗎？」

「他們是我同學，不過同班的只有兩個就是了。」

「這樣啊。」店長看了那六人一眼，然後對直貴說：「如果你不太想跟他們打交道的話，我去點菜好了。」

「不，沒問題，我來就好。」直貴慌張地說。雖然百般不願意接近他們，但是直貴更不希望他們和店長說話。萬一事情穿幫可就糟了。

直貴拿著水杯和菜單，走到六人身邊。他們原本談笑風生，霎時尷尬地沉默了。

「我們不曉得你在這裡打工。」一名同班同學說，「梅村老師介紹的？」

「是啊。」直貴答道。「這樣啊……」同班同學點點頭。

算得上對話的就這麼寥寥幾句。他們看著菜單，自顧自地聊起菜色。「決定之後請叫我。」直貴說完固定台詞，暫時離開。感覺到他們在背後嘀嘀咕咕地說些什麼，內容聽不見，但想也知道。

過了一會兒，同班同學舉手，直貴過去點菜。他們點的都是便宜量多的菜。點菜過程中，其中一人對菜色發問，問到菇類中是否加了香菇，他似乎討厭香菇。直貴回答沒有加，順便說明有哪些菇類。然而他似乎只注意香菇，沒仔細聽。

點完菜後，其中一人說：「還有，六杯啤酒。」

「啤酒……」直貴看對方一眼。

「嗯，六杯生啤酒。先喝啤酒好嗎？」他詢問其他五人的意見，沒有人有異議。

直貴複誦他們點的菜，然後通知廚房。店長瞥了菜單一眼，稍稍露出猶豫的神色，隨後輕輕點頭。店長當時什麼也沒說。

晚餐時間到了，客人陸續上門，店內比平常更擁擠。或許是因為天氣冷，大家都想吃點辣的。除此之外，剛發薪水應該也是原因之一。客人當中，有不少人是熟客，直貴也和其中幾個人交談過。經過這些客人身旁時，對方有時會對直貴說話。這對他而言是工作中的一項樂趣。

一行六人依舊大聲喧嘩。其他客人包括情侶在內，幾乎都是兩個人，唯有他們那一桌像是異度空間。因為他們的緣故，店內的氣氛與往常不同。

他們續了幾杯啤酒後，又叫直貴過去，說是想喝紅酒，所以要他推薦哪種紅酒好喝。

「我不知道，」他答道。「因為我沒喝過。」

「搞什麼，你沒喝過紅酒啊？」其中一人瞧不起地說道。他的口齒變得含糊不清，直貴悶不吭聲。

「那，算了。就送這個最便宜的上來吧。」說話的人不是同班同學，而是看似其中的帶頭老大。直貴從他們先前的對話得知，他考上了六人當中偏差值最高的私立大學。

直貴到店內排起酒瓶和酒杯，店長走了過來。

「搞什麼，他們還要喝紅酒啊？」

直貴默默點頭，感覺像是自己挨罵。

店長沉思半晌，嘆了一口氣後，掉頭回廚房。

一行六人坐了半天不肯走，紅酒入喉醉上加醉，聲音更大了。直貴也感覺得出來，其他客人明顯感到困擾。

「今天很熱鬧呀？」付錢時，還有客人如此調侃道。直貴老實道歉，心想打死也不能說出他們是自己的同學。

直貴聽見一行六人高聲大笑，終於忍無可忍地走向他們那一桌。

「不好意思。」

他們一臉「有何貴幹」的表情，甚至有人喝到雙眼發直。

「能不能請你們稍微安靜一點？會打擾到其他客人。」

「幹嘛？其他客人有什麼了不起。」

「大家因為你們太吵都回去了，這裡又不是居酒屋。」

「你少囉哩囉嗦！我們也是客人啊！」

「這我知道，但是……」

直貴感覺身後有人走來，回頭一看是店長。

「你們啊，我懂你們考上大學想熱鬧慶祝的心情，但是今天就喝到這裡如何？何況有人好像挺醉的了。」

被滿臉鬍子的店長這麼一說，他們霎時安靜了，但是旋即對噤聲一事感到面子掛不住，其中一人吼道：「吵死了！」

「我們喝得再醉又有什麼關係？」或許是怕對上店長的目光，他對著一旁說。

「真的不好啦。你們未成年吧？要是被警察發現，被警告的可是我們。不過你們今天好像是來慶祝的，而且聽說你們是武島老弟的同學，我特別睜一隻眼、閉一隻眼。但是你們有點超過了，這樣對武島老弟也很失禮吧？」

「為什麼會對這傢伙失禮？」

「他因為家庭因素而沒辦法上大學，還得看你們高興慶祝的模樣，你們也站在他的立場想想嘛。」

就在直貴心想「結果話題還是轉這裡了」的那一瞬間，他們的老大說：「誰教他大哥是殺人犯，怪得了誰。」

「你說什麼？」店長將臉轉向他，直貴只想閉上眼睛。

「他大哥強盜殺人，刺殺了哪家的老太太。如果身為弟弟的還若無其事地上大學，這才奇怪吧？」

店長一臉意外地看著直貴，他低下頭。

「說夠了吧，」一名同班同學起身，「差不多該回去了。」

他們的老大或許也認為說得太過分了，不發一語地站起來。

店內籠罩著一股令人窒息的氣氛。客人們停止聊天，清楚地聽見了剛才的對話。他們只要看直貴的樣子，應該也知道那些高中生的話不假。

店長什麼也沒說，開始整理方才六人用過的桌面。

「啊，我來就好。」直貴說。

「不用了，你去裡面休息。」店長看也不看直貴的臉說。

結果直貴在裡面待到打烊。他原本想到廚房幫忙洗盤子，但是看到其他員工一臉困惑的樣子，於是作罷。

打烊後，當直貴準備回家時，店長叫住他。兩人對坐在店內最角落的桌子。

「剛才他們說的是真的嗎？」店長問直貴。直貴也明白店長難以啟齒。

他點點頭，小聲說了句抱歉。店長低聲沉吟，抱著胳臂。

「是梅村……，梅村老師叫你別說的吧？」

「他說，世上有些事情最好別說出來……」直貴仍舊低著頭。

「最好別說出來……，是嗎？」店長摸摸鬍子。「但是有的事情能夠一直隱瞞，有的事情遲早會紙包不住火。唉，大概以為時間不長，總有辦法矇騙過關吧。」

直貴不清楚這句話針對的是梅村老師還是自己。即使如此，他又道歉了一次。

「究竟怎麼回事，你肯告訴我詳情嗎？」

直貴首肯後，說出事件的重點和後來的經過。話越往下說，店長的臉色也越見沉重。聽完，店長又發出沉吟聲。

「如果你們一開始就先告訴我的話，事情總有辦法解決，就不會發生今天這種事了。」店長的焦躁情緒依然不知是衝著誰來。

「請問……」直貴戰戰兢兢地抬起頭。「我被開除了嗎？」

店長拉下臉來。「沒有人這麼說。」

「那，我還可以在這裡工作嗎？」

直貴期待「那當然」這個答案，但是店長沒有馬上回答。

「我考慮一下。我覺得你的表現很好，我對你的工作表現沒有不滿，但是說謊畢竟不對。我認為這種工作重視的是對彼此的信賴，你不認為嗎？」

「我也這麼認為。」直貴只能這麼回答。但是這麼回答的同時，他又心存疑問，感覺不完全是那麼回事。店長說的沒有錯，不過直貴總覺得有些偏離了問題本質，但是他不能說出口。

店長說：「總之今天就說到這裡。」結束了那天的談話。直貴心中的不安並未消失。

店長的心情八成在身為老闆的考量，與身為人的正義感之間搖擺不定。那六個同學吵鬧時，因為店內有幾位熟客，所以直貴的祕密遲早會傳開，店長不難預料到這會影響店的形象。話雖如此，店長也不是鐵石心腸，能夠輕易割捨兩人之間的雇傭情誼。他反而是屬於同情直貴不幸境遇的那種人。

在沒有結論的情況下，直貴繼續到店裡工作。原本就約好做到三月底，就算好好工作也剩不到一個月了。直貴也認為，應該可以平順地做到最後吧。

但是情況確實不一樣了。熟客雖和以前一樣上門光顧，但是他們在店內聊天的情形明顯變少了。而他們輕鬆愉快地和員工交談，大家說說笑笑的情景也不復見。

當時發生了一件事：有一天，兩名熟客在用餐，或許是因為喝了酒，他們罕見地話非常多。兩人的話題一開始淨是政治或職業棒球。但是話鋒突然一轉，聊到那天社會版上的新聞：一名毒蟲在公園刺殺小孩。

「這世界真是沒救了，無辜的小孩老是被腦袋有問題的人殺害。要是那些傢伙全被判死刑就好了。」其中一名客人說。

於是另一名客人趕緊壓低音量，神色慌張地說：「在這裡別說那種話！」

聽話的那位客人一下子反應不過來，但是看見對方在使眼色，隨即明白了。他突然中斷那個話題，兩人後來就聊得不怎麼起勁了。

直貴發現自己的存在對店內造成了多麼大的困擾。當然，客人們沒有惡意，他們只是以自己的方式體貼別人，努力讓大家都不覺得尷尬。那家店內不准談論命案，也不可以愉快地聊起家人的事，最好也別提到審判或推理小說，對店員說話也是能避則避，因為唯獨不對「他」說話未免奇怪。客人們大概各自訂了更多五花八門的禁忌，提心吊膽地吃著民族風料理。

這種店誰會想光顧呢？直貴心想，如果自己繼續待下去的話，客人遲早不再上門。

三月的第一個星期五，他向店長辭職。沒有說理由，因為他認為沒有說的必要。他心想店長說不定會慰留他，但是店長沒有如此表示。

「如果最後還是讓你覺得心裡不舒服，我覺得非常遺憾。」

「沒有那回事……，我很感謝店長雇用我到今天。」

「你接下來有何打算？有工作嗎？」

「我有目標，沒問題。」

「這樣啊，這樣就好。」店長一臉放心的表情點頭。他放下心中一塊大石這件事本身，肯定可以做多種解讀。

直貴嘴上雖然說沒問題，其實工作一點著落也沒有。他看著撿來的報紙上的徵才廣告，從頭找到尾。只要有薪水可領，什麼工作都願意試。

好不容易找到的工作，是清理某家公司員工餐廳的剩菜剩飯。工時雖短，薪資卻很好，不過身上會沾有廚餘的臭味令他大感吃不消。

梅村老師也在替他找畢業後的工作。直貴就讀的學校，幾乎所有學生都是升學，所以老師應該少有替學生找工作的機會，但是梅村幾乎每天都會替直貴詢問幾家公司。然而，他總是面有難色。不但這個時期要找工作太晚了，直貴的情況更是一個棘手的問題。

剛志捎來信件，就是在直貴如此艱辛度日的時候。兩天後就要舉行畢業典禮了，他沒有料想到哥哥會從拘留所寄信來，因而略感吃驚。信紙和信封的角落蓋上一個櫻花形狀的藍色小戳記，當時直貴不知道那是檢閱章。

「直貴你好嗎？我過得還算不錯。馬上就要開庭了，律師告訴我，我大概得關十五年左右。這是我咎由自取，怨不得人。

其實我有很多話想對你說，但遺憾的是不能當面對你說。你肯不肯來會個面呢？我有事想拜託你，也有話想對你說。另外，我想聽聽你的近況，像是高中會不會順利畢業。我非常擔心你，請你來一趟。

兄　剛志」

7

拆解馬達零件，比想像中更花時間。大功告成時已經傍晚六點多了。幸好晝長夜短，但是再過半小時，天色就會昏暗得伸手不見五指。

「沒想到要花這麼多工夫。怎麼樣，小直，要不要去吃飯？」

立野拍拍直貴的腰，邀他一同用餐，但是他搖了搖頭。「我在宿舍餐廳吃就好。」

「這樣啊，那明天見。」說完，立野舉起手打了招呼，邁開腳步。

直貴將棉質手套塞進口袋，朝立野離去時的反方向走。他之前曾和立野一起吃過一次晚餐，那次也是立野邀他的。兩人走進車站附近一家套餐店，那裡絕對稱不上是高級的店，但是剛烤好的魚和剛炸好的雞塊，卻好吃得令人感動。直貴也好久沒盡情吃煮得鬆軟的白飯了。

但是到了付錢的時候，立野算了算自己吃了多少，一毛一毛不多不少地將錢放在桌上。一心以為立野會請客的直貴，當下慌了。他看了錢包一眼，還少兩百圓。不得已之下，他只好告訴立野這件事，立野說：「那我借你吧。」將一個百圓和兩個五十圓硬幣放在直貴掌心。

直貴隔天還了那兩百圓。他期待立野說不定會說：「這種小錢免了啦！」但是立野卻默默地點頭收下。

自從那次之後，直貴決定就算立野邀他，也不和立野一起去吃飯。因為只要回宿舍，就能以便宜的價格，吃到稱不上美味無比，但能果腹的一人份套餐。那次和立野吃飯的花費令直貴心裡淌血。他心想，如果沒吃那頓飯的話，就能買好幾碗泡麵或好幾份點心了。

汽車廠商的員工們在公車站排成一列，直貴也排在他們後面。直貴脫下了工作服，心想若是站在他們身旁，他看起來肯定也像一名員工。這麼一想，反倒令他感到悲慘。

決定到現在的回收公司上班是在三月底。這份工作也是梅村老師替他找的。薪資條件就算是恭維也說不上優渥，但是讓直貴點頭答應的關鍵在於有宿舍可住。話雖如此，宿舍卻不歸那家公司所有，而是借用汽車廠商的短期勞工宿舍。因為住在宿舍，就不用擔心三餐和洗澡的問題。重點是，對於必須搬出公寓的直貴而言，能夠確保有地方住是一大優點。

直貴只問了梅村老師一個問題：公司方面知道剛志的事嗎？老師點點頭。「沒有公司不過問家人的事。」

「公司知道了還肯雇用我嗎？」

「嗯，肯不肯雇用你在面試後才知道。」

雖說是面試，其實只是和梅村老師一起在咖啡店裡和社長見面。社長是一名姓福本的中年男子，他穿西裝，但沒有打領帶。福本以一副純粹感興趣的口吻，直截了當地詢問剛志的事。

直貴當場被錄取了。福本說，千萬別給對方的公司添麻煩，並明言：如果和對方公司的員工發生糾紛，就立刻炒魷魚。

直貴搭公車時，盡量不抬起頭。因為搞不好會和誰的眼神對上，而引發事端。即使公車剛搭上時人擠人，但每停一站，乘客就會漸漸減少。不久後甚至會有空位，但是直貴不想坐。

直貴意識到那道視線，是在公車快到他下車的那一站時。一名坐在倒數第二排座位的年輕女子，不時看向他這邊。直貴心想，大概是自己多心了，但事情似乎不是這麼回事。

下公車時，直貴若無其事地看了她一眼，於是和她四目交會。她的年紀與他相仿，素著一張臉，一頭短髮。她立刻別開視線。

從公車站到宿舍的路上，直貴莫名地想著她，總覺得在哪裡見過她。假如見過面的話，應該是在工廠內吧。為何她會看著自己呢？

直貴心想，她會不會對自己一見鍾情呢？即使如此，直貴也不覺得值得高興，因為他一點也不覺得她吸引人。他猜想，她在公司裡一定也很不起眼。

直貴在宿舍餐廳吃完最便宜的套餐後，回到寢室。他的住處有三間房間，但是他分到只有兩坪多的房間；有廁所，但沒有淋浴設備。廚房形同虛設，不能開伙，所以沒辦法做飯。

剩下的兩間房間住著短期勞工，然而很少碰面。其中一人四十歲左右，另一人大約三十歲上下，兩人都曬得一身黝黑。直貴不常和他們打交道，所以不曉得他們的正職是什麼。

他一走進自己的房間，就在從來不摺的棉被上躺成大字形。從這一刻到睡著為止，是一天當中最幸福的時光。他不想被任何人剝奪這段時間。

冷不防地，檢察官在公審上說的話在耳畔響起。

「……因此，辛勤一輩子的被害者緒方敏江女士，原本可以度過了無遺憾的餘生。對緒方女士而言，引頸期盼的幸福時光才要開始，然而就在這個時候，被告武島剛志彷彿認定緒方女士是以非法手段獲得財富，認為從這種人身上奪取金錢是合情合理、理所當然的，並基於這種自以為是的邏輯，犯下強盜行為。當緒方女士發現有人闖入家中，想打電話報警時，被告武島剛志破壞紙拉門，強行進入房間，持螺絲起子刺殺緒方女士。被告武島剛志在一瞬間奪走了被害者好不容易等到的幸福時光。」

光聽檢察官這席話，會讓人覺得剛志彷彿是個殺人不眨眼的匪徒。從旁聽席傳出啜泣聲。檢察官求處無期徒刑。直貴不太清楚，但是犯下強盜殺人的罪行，求處無期徒刑或死刑似乎是理所當然的。

直貴也站上了證人席，他是「品德證人」(*1)。

「自從母親去世後，是哥哥工作扶養我。沒有一技之長的哥哥只能做苦工，他幾乎不肯休息，從早工作到晚。我想各位從我哥哥腰痛到幾乎不能走路，就知道他的身體已經搞壞了，不能再做苦工。但是哥哥認為一定要讓我唸大學，因為這是母親的遺願，也是哥哥唯一的目標。大家都知道，唸大學需要錢，哥哥為錢煩惱不已。我想事發當時，哥哥滿腦子想的都是學費的事。我現在非常後悔，如果我早一點放棄升學，和哥哥商量今後的生計就好了。哥哥會做出那種事情的原因在於我，是我不好，我不該將生活的重擔都交給哥哥承擔。我想，今後我必須和哥哥一起贖罪。所以，我懇請庭上酌予減輕哥哥的刑責。」

*1 在法庭中對涉訟之一方人格名譽作證的見證人，即使和案情無關也可作證。

8

直貴第一次前往東京拘留所和哥哥會面，是在三月底一個從早就細雪紛飛的冷天裡。會面處距東武伊勢崎線小菅車站只有幾分鐘腳程。走相同方向的人不少，大家臉上都是一副愁眉深鎖的表情。

在會面櫃檯辦手續，填寫「目的」欄時，直貴稍稍猶豫了一下。思索半天後，他決定寫「討論今後如何生活」。但是提交單據之後，直貴發現就算和剛志討論這種事也不會有結果。

在會面等候室等待期間，直貴思考等會兒該說什麼。牆壁上貼著寫有會面注意事項的佈告，上面寫到會面時間是三十分鐘。總覺得這麼短的時間談不了什麼，但若是氣氛尷尬，彼此大眼瞪小眼的話，說不定會覺得三十分鐘出乎意外地漫長。

等候室的一角是販賣部，可以購買食物。一名女子指著展示櫃裡面，正在付錢。展示櫃中的物品似乎不能直接觸碰。

直貴也走過去，確認架上有哪些東西，一看都是些水果、點心。直貴試著回想剛志喜歡吃什麼，卻一樣都想不起來。因為從母親尚在人世時，哥哥就不曾挑嘴，總是將好吃的東西讓給弟弟。

直貴想起在法庭上聽見有關剛志的犯罪內容，內心湧起一股傷痛的情緒。剛志現金到手後，明明可以趕緊逃走，卻為了糖炒栗子再次回到餐廳。如果他不這麼做的話，大概就不會被捕了。

廣播播放會面號碼，輪到直貴手上的號碼了。

接受隨身物品檢查後，進入會面處。沿途有一條細長的走廊，一整排門並列。直貴進入指定的房間，狹窄的房間內並排著三張椅子。他在正中央的椅子落坐，正面是一間以玻璃帷幕隔開的房間，看得見門。

不久，那扇門打開了，剛志跟在獄警身後進來。他看起來依然憔悴，但是臉色不差。他看見弟弟，放鬆了臉上的肌肉，僵硬一笑。

「嘿。」哥哥主動向弟弟打招呼。

「嗨。」弟弟予以回應。直貴對於兩人能夠交談這個事實，感到不可思議。

「你過得怎麼樣？」剛志問直貴。

「馬馬虎虎，大哥呢？」

「還算可以。話是這麼說，但如果你問我都在做什麼，我就不知道該怎麼回答了。」剛志一臉無力地傻笑。

「看你挺有精神的，我就放心了。」直貴說。

「是嗎？嗯，因為我有好好吃飯啊。」剛志撫摸下巴，鬍子稍微長長了。「高中畢業了吧?」

「前一陣子學校舉行畢業典禮了。」

「這樣啊。我很想參加你的畢業典禮，可惜沒辦法參加。下次帶照片來給我看。」

直貴搖了搖頭。「我沒有出席。」

「咦?」

「我沒有參加畢業典禮。」

「是喔……」剛志垂下視線。他沒有問為什麼，倒是小聲地說了句抱歉。

「那沒什麼大不了的，而且讓人覺得不耐煩。反正又不是沒出席畢業典禮就畢不了業。」

「是這樣的嗎?」

「那當然，也有人在畢業典禮當天感冒啊。」

「這樣啊。」剛志點點頭。

獄警在場聽兩人的對話，在剛志旁邊記錄。但是他的手幾乎沒動，這意謂著兩人的對話內容實在很貧乏。

「對了，今後你有什麼打算?」剛志問直貴。

「工作應該快有著落了，我想大概會搬進公司提供的宿舍。」

「這樣啊，如果你有地方住，我就放心了。」剛志露出鬆一口氣的表情。比起工作，他似乎更擔心這件事。

「搬家之後，我會跟你聯絡。」

「這樣我也省事，到時候我就能寄信給你了。」說完，剛志先是低下頭，然後又抬起頭來，露出猶豫的眼神。「我有事情想拜託你。」

「什麼事？」

「我希望你去緒方女士的墳上祭拜，或去她家一趟。」

「噢……」直貴立即明白了哥哥的意思。「你要我去上香是嗎？」

「嗯，其實我想自己去，但是我辦不到。我每天晚上都只能做上香的動作。」

直貴心想，什麼是上香的動作呢？但是他沒問。

「好，我改天去。」

「不好意思，我想人家一定不會給你好臉色看……」

「沒關係，那種事情我能忍受。」他邊說邊罵自己。能忍受？明明之前去到她家門口，一看到她家人就逃走了。

「還有，」剛志舔舔嘴唇。「大學果然……，唸不成了吧？」

直貴嘆了一口氣。

「算了啦，大哥不用想那種事情。」

「可是，你明明成績很好……」

「唸大學不是人生的全部，對吧？大哥不用再擔心我的事，只要思考自己的事就好了。」

「話是這麼說，但我已經是個沒用的人了。要想的只有認真服完刑期。」剛志搔了搔頭。有點卷的頭髮長長了，糾結在一塊兒。

「至於吃的，」直貴說，「你有沒有想要什麼？像是想吃的食物？」

「你不用操這個心。你沒有錢，對吧？」

「買吃的錢我還有。說吧，大哥喜歡吃什麼？」

「真的不用了。」

「我叫你說！」直貴加強了語調。

剛志沒想到弟弟會這麼大聲，嚇得身體微向後仰。

「那，水果吧。」

「水果……，像蘋果嗎？」

「嗯，只要是水果，什麼都好，我都喜歡。媽媽常說，你還記得嗎？她說：『這年頭還會偷別人家柿子的就只有你了。』」

直貴覺得好像有過那麼一回事，但是無法清楚地想起來。

話題沒了。直貴心想，三十分鐘對兄弟倆果然太長了。

獄警轉頭看了看時鐘。說不定他在想，雖然還有不少時間，但他們如果沒話講了，就結束會面吧。

「時間差不多了吧？」果不其然，獄警問剛志。

剛志望向直貴，徵詢他的意見。直貴沒有回答，但不知剛志將他的反應做何解釋，對獄警點了點頭。

「那就到此結束。」獄警說著便起身。當獄警讓剛志站起來時，直貴對著剛志叫道：「大哥。」

「為什麼你會記得那種事情？」

「哪種事情？」

「栗子啊，你為什麼會記得糖炒栗子的事。」

「那個啊，」剛志站著面露苦笑，搓了搓後頸。「你問我為什麼，我也說不上來。無意中記得的，看見那個的時候，不由得就想了起來，啊，直貴喜歡糖炒栗子。」

直貴搖搖頭。

「不對，大哥，你記錯了。」

「咦？」

「喜歡吃栗子的是媽媽。我們兄弟倆替媽媽剝路上買的糖炒栗子的殼，為的是想看媽媽開心的表情。」

母親開心地說：「我說你們兩個，不停地替我剝殼，媽媽吃不完啦。」

「是喔，」剛志垂下肩膀。「原來是我誤會了啊。我果然是個笨蛋。」

「要是你……」淚水從直貴的眼眶流下。「忘記那種事情就好了。」

第2章

1

「直貴：

你好嗎？

都已經九月了，每天還是很熱。身體還好嗎？你說工作大多在戶外，烈日當頭應該不好受吧？我不知道回收工作要做些什麼，但不管怎樣，你要加油。

我現在在做金屬雕刻，要做各式各樣的東西。有時候是某種看板，有時候是動物造型的擺飾。我的手指不太靈巧，但是不打緊。因為機械會處理困難的部分，我們只要善加利用那台機械就好了。許多瑣事要記很辛苦，但是工作順利時心裡很痛快。

我本來想將最近做的傑作拍下來寄給你，但是獄裡不許這麼做，所以也想畫圖給你，但是規定這張信紙上只能寫字。想畫圖的時候，得事先申請，但是很麻煩，所以我決定放棄。仔細想想，我也不擅長作畫，一定無法好好傳達我的想法。

對了，最近住進我們混居房的大叔在信上畫圖，被警告了。不過，他告訴獄警畫圖的理由，結果得到了允許。理由是那個大叔寄信的對象是自己的女兒，他想送一張熊的圖給她當生日禮物。他說，因為我們沒辦法替外面的家人做什麼，所以至少送幅畫給她。那個大叔一住進這裡，就買了粉彩筆，大概相當喜歡畫圖吧。監獄裡的人也不全是牛鬼蛇神，所以熊的圖才會得到許可。但是獄警提醒他，這次是特例。

我們平常一個月只能寄一次信，但是收信次數沒有上限，同房的人當中，有人收到好多封。有人剛結婚就被逮捕了，只要他老婆一寄信來，他就會整天笑嘻嘻的。不止是他，只要誰收到女人的信，一眼就看得出來。因為他們會反覆讀信，每重看一次內容，就會露出幸福的表情，然後說：『希望早點重見天日。』我想，留下另一半進來服刑的人很痛苦。還有人整天擔心老婆會給他戴綠帽。如果那麼擔心的話，一開始別做壞事就好了。唉，不過我也沒資格說這種話。總之，我覺得自己光是不用擔這種心就該偷笑了。

啊，你前一陣子的來信中提到，有個奇怪的女孩找你說話，對吧？她會不會是喜歡你呢？你寫到她不是你喜歡的類型，但是別這麼說嘛，和她約一次會怎麼樣呢？

我好像寫了很奇怪的話。對了，你替我到緒方女士的墳上祭拜了嗎？我蠻在意這件事的。

我下個月再寫信給你，再見。

兄　剛志」

直貴拿著放在宿舍信箱的信，到餐廳邊吃套餐邊看。較難的字用得比以前多了許多。直貴想起哥哥不知道在第幾封信上，提到他最近開始查字典。文筆也大幅進步。大概是幾次寫下來，漸漸習慣了吧。看到這種情形，直貴心想，剛志之前功課不好會不會純粹是個誤會，會不會只是他沒開竅罷了。

內容提到女人這一點，令直貴感到意外，因為剛志第一次提起女人。但是二十三歲的剛志不可能對女人不感興趣，直貴體認到這件事，也覺得震驚。

信上的「奇怪的女孩子」，指的是經常一起搭公車的女孩子。直貴對她視若無睹，但是上個月，她終於和直貴攀談。地點不是公車上，而是工廠的餐廳裡。

「這個，你要不要吃？」身旁突然冒出一個聲音。直貴以為那是對別人說的，繼續動手吃咖哩飯。接著有人從旁邊遞來一個保鮮盒，他驚訝地轉頭一看，經常在公車上遇見的面孔就在眼前。

「如果不嫌棄的話，請用。」她低著頭輕輕推了保鮮盒一下。盒內裝著削了皮，切得漂漂亮亮的蘋果。

「咦？我可以吃嗎？」

她默默點頭，臉上微微泛紅。

直貴用手帕擦手，然後抓了一塊蘋果。一放進口中，帶點鹽的鹹味，咬下後滿嘴香甜。

「好吃。」他老實地說出感想。

「你不是我們公司的員工，對吧？」她說起話來，帶著關西腔的重音。

「嗯，我是『寶回收』這家公司的員工。」

「是喔，我是幫浦製造一課第三組的組員。」

「喔。」直貴適度地出聲應和。反正她說隸屬哪個單位，他也聽不懂。

「我們總是搭同一班公車耶。」

「啊，是嗎？」直貴假裝沒發現。

「你幾歲？」

「我？剛滿十九。」

「這樣的話，你今年高中畢業？和我一樣。」她似乎對這件事感到高興，瞇起眼睛。她的胸口別著名牌，上面寫著「白石」。

後來，她還問到直貴住的宿舍，他把話含在嘴裡回答。她長得並不難看，但是容貌不至於美到讓人想積極搭訕，反倒是覺得麻煩的心情比較強烈。

他趁鈴聲響起站了起來，說：「謝謝妳請我吃蘋果。」

「嗯，再見。」說完，她面露微笑，直貴也回以笑容。

然而，直貴隔天起改搭別輛公車。他並不討厭或喜歡她，但是一定會在車上遇見熟人卻令他感到莫名的鬱悶。在工廠時，他也極力錯開去餐廳的時間。結果從那次之後，他就沒有和她再說過話。

直貴將這件事寫在寄給剛志的信上，他看完哥哥的來信，反省自己或許做了一件粗心大意的事。現在的剛志連接觸女人的機會都沒有，這種內容不該寫給哥哥看。剛志八成對弟弟羨慕得要命吧，但也或許會恨他，不懂得體察別人的心情。

就直貴所知，剛志好像沒有交過女朋友。他應該沒有機會遇見女孩子，就算有心儀的對象，基於必須扶養弟弟的責任感，他肯定會忍住不向對方告白。

直貴高中一年級時，曾在學校因身體不適而早退。他像平常一樣打開公寓的門鎖，打開大門，結果看見剛志慌慌張張地衝進廁所。他的褲子脫下來扔在地上，褲子旁邊有一本像是撿來的色情雜誌，翻開的那一頁令人臉紅心跳。

「你別突然跑回來嘛！」哥哥身穿一條內褲從廁所出來，「嘿嘿嘿」地竊笑。

「抱歉、抱歉。」弟弟道歉。「要我出去一下嗎？」

「免了，真是的。」

「已經解決了嗎？」

「吵死人了。」

兩人相視而笑。

剛志肯定是個處男，搞不好連接吻的經驗都沒有。

這份童貞今後還要維持十五年。

一想到這點，直貴又感到心痛。

2

回到住處，屋內很吵雜。直貴偏著頭打開門，脫鞋的地方並排著沒見過的鞋子。每一雙都破破舊舊的。

三坪大和室的紙拉門敞開，可以看見裡面一名男子盤腿而坐，臉上掛著笑容，他似乎喝了不少酒。那間房間這個月搬來一名年輕男子。說他年輕，但是應該比直貴年長不少。他將頭髮染成咖啡色，身材瘦高，直貴只知道他姓倉田。

直貴想進自己房間，倉田對他說聲「嗨」。回頭一看，倉田轉過臉來。「我正在和朋友喝酒，你要不要陪我們喝一杯？」

「我未成年，不能喝酒。」

直貴一說，倉田噗哧笑了出來，房間裡也發出笑聲。

「我沒想到這世上還有人會遵守那種規定，這小子真是令人大開眼界。」

聽到他出言奚落，直貴心裡頭覺得不是滋味，打開房門。

「等等，」倉田又對直貴說，「住在同一個屋簷下就是有緣，陪我們喝一杯嘛。有人在旁邊吵，你也覺得很困擾吧？既然這樣，大家一起吵吵鬧鬧不是比較有趣嗎？」

直貴很想對他說：你既然知道會造成別人的困擾，就給我安靜！但是今後每天還得和這個男人相處，直貴不想讓彼此的關係變僵。

「那我就喝一點。」

倉田房裡有三張陌生的臉孔，他們全部都是短期員工，說是在宿舍認識倉田的。他們手裡各自拿著罐裝啤酒或酒杯，正中央放著點心和下酒菜。

當然，直貴也不是從沒喝過酒。剛志領薪水之後，兩兄弟經常舉杯慶祝。然而，自從剛志被逮捕以後，直貴就滴酒不沾。睽違已久的啤酒入喉，滋味令舌頭麻了一下。

「反正大家萍水相逢，在這裡的期間要和睦相處。雖然說是短期員工，也不用感到自卑，不必向正式員工那些傢伙鞠躬哈腰，我們自己團結一致就好了。」隨著醉意漸增，倉田的氣焰也益發高漲。

「嗯，仔細想想還挺輕鬆愉快的呢。雖然和出人頭地無緣，但是也不用背負責任。每次出現瑕疵品，他們員工就一臉鐵青，對我們來說卻是休息的好時機。管他生產線停多久，我們只要時間一過就有錢領。」其中一人附和倉田的話。

「就是這樣啊，只要安然做完工作期就好了。之後就算要揍看不順眼的傢伙，也是我們的自由。」

倉田這麼一說，其他三人也笑了。所有人都醉得口齒不清。

「小哥你也多喝一點嘛。黃湯下肚，然後把肚子裡的牢騷一吐為快。」直貴身旁的男人硬是塞了一個酒杯給他，倒進日本酒。直貴無奈地喝了一口，那是酒精濃度很高的烈酒。

「他不是短期員工喲。」倉田說，「他是承包的廢鐵業者。」

「是喔，原來如此。你找不到其他更好的工作嗎？在高中成績吊車尾嗎？」說完，那名男子「嘿嘿嘿」地訕笑。

直貴站起身來。「那，我差不多該睡了。」

他不理會「搞什麼嘛，真難相處耶」的聲音，打算離開房間。

「喔，這是什麼？女人寫的情書嗎？」

直貴探了探口袋，發現剛志的來信不見了。

身旁的男人撿起那封信，直貴一語不發地搶回來。

「有什麼關係嘛，用不著害臊啊。這是件幸福的事。」倉田歪著嘴角笑。

「是我大哥寄來的信。」

「大哥？少唬爛了！我也有弟弟，但我從來不會想寫信給他。」

「我沒有唬爛。」

「那給我看啊，我不會看內容。」倉田伸出手。

直貴思索片刻之後問道：「你真的不會看內容？」

「不會看啦，我才不會撒那種無聊的謊。」

直貴嘆了一口氣，然後遞出信。倉田馬上看了信封背面。

「喔，寄信人是男人的名字。」

「廢話，信是我大哥寄來的，寄信人當然是男人的名字。」

倉田的表情微微一變，笑容瞬間消失。

「看夠了吧？」直貴拿回信，想要離開房間。

這時，倉田說：「他做了什麼？」

「咦？」

「你大哥啊，他做了什麼被逮捕？他被關了，對吧？」倉田揚揚下巴，指著直貴手邊。

其他三人臉色為之一變。

直貴不回答，倉田接著說：「那個地址是千葉的監獄。我以前也收過裡面囚犯的來信，所以知道。我問你，他做了什麼？殺了人嗎？」

「做了什麼又怎樣？反正跟你無關。」

「你回答我又不會少一塊肉。還是說，他犯了很不名譽的罪呢？」

「像是強暴婦女之類的。」倉田身旁的男人說，忍俊不住地笑出來，然後用手摀住嘴角。

倉田瞪了那男人一眼，然後又抬頭看著直貴。「他做了什麼？」

直貴深吸一口氣，鼓起腮幫子，然後將氣吐出。「強盜殺人。」

笑容頓時從倉田身旁的男人臉上消失，連倉田也吃了一驚，一時之間開不了口。

「這樣啊，這罪可不輕啊。無期徒刑嗎？」

「十五年。」

「是喔。那是法官念在他是初犯，所以酌予減刑吧。」

「我大哥沒有殺人的意圖。他原本打算偷到錢之後，就要馬上離開。」

「但是卻被對方家裡的人發現，你大哥凶性大發殺了對方，對吧？這種事情經常發生。」

「老太太在房間裡睡覺，我大哥因為身體不好，沒辦法馬上逃走，想阻止老太太報警，一時失手就……」直貴說到這裡，搖了搖頭。他覺得對他們說這些根本沒用。

「真笨。」倉田嘟囔了一句。

「你說什麼？」

「我說他真笨。如果有種幹強盜，潛入對方家之後，第一件事先確認有沒有人在家就好了。老太太在睡覺，對吧？既然這樣，先幹掉她不就得了。這麼一來，應該就能不慌不忙地找值錢的東西，再從從容容地逃走了。」

「我不是說了，我大哥沒有殺人的意圖嗎？」

「但結果還是殺了人，不是嗎？如果沒有殺人的意圖，趕緊逃走就好了。就算被逮捕，也不會被判得太重。如果有殺人的意圖，一開始就要下定決心，先動手殺人。他是不是腦袋有問題啊？」

倉田的最後一句話，令直貴全身陡然燃起熊熊怒火。

「你說誰？」

「你大哥啊。我說，他是不是這裡有問題啊。」

倉田用手指戳了戳自己的腦袋瓜。直貴見狀，整個人撲上前去。

3

隔天，直貴沒有去上班。公司來電聯絡，要他到町田的辦公室一趟。辦公室位於一棟三層樓高的矮舊建築物二樓。話雖如此，辦公室裡只有社長福本，和一名戴著高度數眼鏡的中年女性行政人員。

直貴知道公司找他過去的原因。大概是在宿舍裡和倉田打架的事情傳進了社長耳裡。如果兩人只是互毆還好，糟的是打破了玻璃窗。住在樓下房間的人向舍監舉發，引起了軒然大波。

福本沒有過問打架的原委。他看著直貴，劈頭第一句話就是：「下次再犯就回家吃自己。」

「我已經向東西汽車福祉課的人道過歉了，修玻璃的費用從你的薪水裡扣。這樣可以吧？」

「非常抱歉，給您添麻煩了。」直貴低頭致歉。

「不過話說回來，你們打得很激烈吧？你照鏡子看過自己的臉嗎？」

「對不起。」

今天早上照鏡子之前，直貴就知道自己左半邊臉腫了，嘴巴好像也破了，其實他連說話都懶得說。

福本靠在椅背上，抬頭看直貴的臉。「喂，武島，你接下來打算怎麼辦？」

直貴不懂社長所指為何，默默地看著他。

「你一直在我們這種小公司工作，永遠也不能出人頭地。這句話不該由我來說，但是這份工作不適合年輕小伙子。」

「可是，沒有其他地方肯雇用我。」

「我不是這個意思，我的意思是，就算你繼續像現在這樣過日子，也不會有前途。我們公司啊，是無處可去，沒有未來的人聚集的地方。像和你一起收集廢鐵的立野啊，他原本是在地方巡迴演出的演歌歌手，聽說還出過唱片。但是紅不了，結果變成那副德性。如果他年輕時下定決心好好幹，應該會有許多出路吧。但是，唉，算了，別提他了。他會有今天，是他不顧現實，只做自己想做的事換來的下場。但是你的人生才要開始，老待在我們這種公司裡，受那些胸無大志的人影響怎麼成？你說是不是？」

沒想到福本會說這種話，直貴感到意外。自從經由梅村老師介紹認識他以來，直貴甚至沒有和他好好說過話。

面對福本的問題，直貴不知該如何回答。他現在一心只想著如何活下去，壓根兒無暇思考其他的事。

福本見他不回答，揮揮手像是在趕蒼蠅地說：「唉，算了。你仔細想一想，今天不用去上班了。不過，給我在宿舍裡反省！聽到沒有？」

「是，對不起。」直貴再次低頭致歉，然後離開了辦公室。

回宿舍的路上，直貴回想福本的話。感覺他指出了自己高中畢業之後，一直盤旋在心中的事。直貴自己也不認為過一天算一天是長久之計。事實上，每當他看見和自己同齡的年輕人在工廠工作的身影，總會感到著急。但是他不曉得該怎麼做，才能改善目前的狀況。

回到宿舍，玄關脫鞋的地方放著倉田的鞋；他平常穿去工作的鞋子。他今天似乎也請假，或者，說不定是公司命令他休假。

直貴不想遇見他，於是走進自己的房間。他心想，上廁所時得小心。

當他心裡想著這件事時，聽見了倉田的房門打開的聲音。接著，有人敲了敲直貴的房門。

「嗨，是我啦。」

直貴動作有點僵硬地將門打開二十公分左右。眼睛貼著ＯＫ繃的倉田，揚起下巴站著。

「幹嘛？」

倉田臉轉向一旁，從鼻孔用力呼氣。「別一臉鬱卒嘛，我又不是要跟你翻舊帳。」

「那有什麼事？」

「你以前數學如何？」

「數學？什麼如何？」

「成績啊，拿手嗎？還是看到就頭痛？」

「這……」直貴偏著頭。因為對方突然提出南轅北轍的話題，而感到不知所措。「是不至於看到就頭痛，而且我原本打算唸理科大學。」

「是喔。」從倉田的臉頰形狀，看得出他的舌頭在嘴裡動，似乎在打什麼鬼主意。

「那又怎麼樣？」

「噢，沒什麼。」倉田用指尖搔了搔長出鬍子的下巴。「你有沒有時間？」

「時間？倒不是沒有……」

「既然這樣，你能不能到我房間？我有事情想拜託你。」

「什麼事情？」

「你來了就知道。」

直貴稍微想了一下。往後還得和倉田一起住一陣子，直貴想早點化解彼此心中的芥蒂。倉田心裡大概也是這麼想，所以才來敲門的吧。感覺不像打什麼壞主意。

「好。」直貴大大地打開房門，走出房間。

當然，倉田房裡的玻璃窗還是破的，他以瓦楞紙箱暫時修補。直貴猶豫要不要向他道歉，但是說不出口。

更加吸引直貴目光的是放在矮桌上的物品；幾本高中參考書和攤開的筆記本，還有文具。

直貴一看倉田，他害臊地皺起眉頭。「活到這把年紀，我實在不想做這種事情。」

他坐在矮桌前，直貴也盤腿坐在他對面。

「你在唸補校嗎？」

聽見直貴的問題，倉田晃動身體笑道：「我哪有閒工夫做那種事，如果現在去唸高中，還得再花三年多。這麼一來，我就三十多歲了耶。」

「那……」

「大檢啦，你知道吧？」

「嗯。」直貴點點頭。他當然知道，大檢指的是大學入學資格檢定。即使是高中沒畢業的人，只要通過那項檢定，就能考大學。

倉田指著練習冊中的一道題目。「我卡在這個問題。看完解答，我還是不懂。」

直貴看了那道題目；是三角函數的問題。總覺得唸這種東西是好久以前的事了，但是直貴立刻知道要如何解題。

「怎麼樣？」

「嗯，我大概會。」

他借用自動筆，將答案寫進倉田的筆記本。直貴擅長數學，像這樣解題，令他感到懷念。發現沒有忘記過去所學，也令他感到開心。

「好厲害喔，答對了耶。」倉田比對練習冊後面的解答，發出感嘆。

「太好了，」直貴鬆了一口氣。「你沒有唸高中嗎？」

「我高中的時候毆打班導，結果被退學了。」

「為什麼現在想考大學？」

「那種事情不重要，倒是這裡教我一下。」

直貴移到倉田旁邊，說明解題方法。直貴說的內容並不特別困難，但倉田卻像是有了新發現般，連續說了好幾次「你真厲害」。

像這樣解了幾道題目後，倉田說要休息一下，開始抽菸。直貴唰唰地翻閱丟在一旁的男性週刊雜誌。

「天氣真好。」倉田吐著煙，視線望向窗外。「不知道有幾年不曾在非假日的白天這麼悠閒了。之前一有空就打工，在別人工作的時候休息，感覺真好耶。不過話是這麼說，我不想再發生像這次的事了。」

聽見這句話，直貴也笑了。

倉田將變短的香菸在菸灰缸中捻熄。「我有小孩。」

「咦？」

「我有孩子，當然，也有老婆。不過光靠打工或臨時工，是養不活他們的。」

「所以你想考大學……」

「依我的年紀，就算接下來大學畢業，也進不了大公司上班，但是我想至少會比現在好一點。」

「原來是這樣。」

「我啊，老是在繞遠路。如果當時沒有毆打班導，高中也唸畢業了。我當時都高三了耶，很可笑吧？哎，如果我被退學後，馬上混進別所高中，考個大檢什麼的就好了。但是我太笨了，居然開始和一群游手好閒的傢伙鬼混，甚至加入了暴走族，最後幹下無法挽回的事。」

直貴眨了眨眼，沒有問是什麼事。

「我打紅了眼，刺殺了對方，於是被關進了千葉的監獄。」說完，倉田乾笑一聲。

「昨天你說的……，是你自己嗎？」

「我也有寫信，那時我有個在交往的女人，非常擔心我不在的時候，她怎麼辦。」

直貴心想，這和剛志的來信內容一模一樣。

「她是你太太？」

他一問，倉田搖搖手。「我和我老婆是出獄後才認識的。她也進過少年監獄，所以我們是匹配的一對。但是既然有了孩子，我們夫妻也不能老是幹蠢事。不然孩子就太可憐了。」

直貴將目光落在男性週刊雜誌上，但是並沒有在看內容。

「你不想唸大學嗎？」倉田問直貴。

「想啊，如果我大哥沒有出事的話，或許我就能唸了。」

直貴娓娓道出兄弟倆父母雙亡，家中生計完全靠剛志一肩扛起。倉田抽著第二根菸，靜靜聆聽。

「我很同情你。」倉田說，「說來說去，我的情形是自作自受，但你本身並沒有錯。不過話是這麼說，我還是不能接受。」

「不能接受什麼？」

「不能接受你就這樣捨棄夢想。我想，或許你的人生比一般人走起來更艱辛，但是並非無路可走。」

「是嗎？」直貴低喃道，並在心中反駁：別把事情說得那麼簡單！

「哎，話說得那麼漂亮，但我也不知道自己什麼時候會捲起尾巴逃跑。」倉田從放在房間角落的包包裡拿出錢包，從中抽出一張照片。「他兩歲，很可愛吧？每當我累得要命的時候，就會看這張照片。」

照片中一名身穿日式短外衣的年輕女子，懷裡抱著一個小孩。

「你太太？」

「嗯，她在居酒屋打工。光靠我的工資過活，日子太苦了。」

「真是個好太太。」

倉田靦腆地面露苦笑。「最後能夠依靠的，果然還是家人。有家人就能拼下去。」收起照片後，他看著直貴。「你有去會面嗎？」

「不……」

「一次也沒有？」

「自從他移送到千葉之後就沒有了。」

「這樣不好喔。」倉田搖搖頭。「對關在監獄裡的人來說，最期待的就是有人來會面，有家人的更不用說。看你這個樣子，該不會連信都很少回吧？」

直貴慚愧地低下頭，心想他說的一點也沒錯。

「你恨你大哥嗎？」

「沒那回事。」

「哎，但心裡多少有恨吧？人就是這樣。不過你沒有離棄你大哥，所以你昨天才會揍我。

我沒說錯吧？」

直貴搖搖頭。「我不曉得。」

「如果你有力氣為了你大哥和人打架，就寫寫信給他。我的話聽起來好像很婆婆媽媽，但是關在獄中真的很寂寞。寂寞到幾乎要令人發瘋。」倉田露出認真的眼神。

結果直貴教他唸書，那一天是第一次，也是最後一次。不，兩人後來甚至沒有交談。倉田大多值夜班，總是和直貴的作息錯開。

兩週左右後，有一天直貴回到宿舍，發現倉田的行李不見了。他到舍監室一問，似乎單純是工作期間結束了。直貴覺得很失望，因為他本想請倉田告訴他監獄裡的詳細情形。

直貴回到房間，想去廁所，發現廁所前放著一捆書。一看才知道那是高中參考書，似乎是倉田用過的。光看書並不曉得他是忘了帶走，還是打算丟掉而放在那裡。直貴擔心的是，倉田沒有這些書會不會不方便。

說不定他會回來拿，直貴心想，於是決定不去動它。但是過了好幾天，倉田都沒出現，看來他並不是忘了帶走。

不久，新的住戶搬了進來，而且是兩個人，所以空房間全都住滿了。兩人都是四十歲上下，來自九州。有一次，其中一人來敲直貴的房門，問他能不能處理一下放在廁所前面的書。直貴原本想說，那不是自己的，但又將這句話吞進肚子裡，將書搬進房間。他沒來由地不想讓書被人丟掉。

他用剪刀剪斷捆綁書的繩索，拿起最上面的一本；是日本史參考書。他想起高中二年級時讀過，唰唰地翻頁。到處都是倉田親筆畫的重點。

英語、數學、國語等等，參考書一應俱全。每一頁幾乎都有倉田讀過的痕跡。由此可見，他一面上夜班，白天和假日都埋頭苦讀。於是直貴驚覺，倉田是否比自己辛苦許多，他有必須守護的家人。

然而直貴搖搖頭，拋開手上的參考書。

倉田是大人。他比自己年長將近十歲，更加明白社會上的生存之道，所以他才辦得到。現在自己滿腦子都是如何活下去，再說，自己也沒有像他妻子那樣支持自己的人。

不過我想你並非無路可走……，倉田的話忽然在腦中響起。直貴推倒一堆參考書，試圖甩開那個聲音。你懂什麼？

這時，參考書底下跑出一本小冊子，似乎不是參考書或練習冊。

他拿起那本小冊子，標題是「部報」。光看這兩個字並不曉得內容為何，不過封面下方印著這幾個字：

帝都大學函授教育部

4

「直貴：

你好嗎？

謝謝你先前的來信。我好久沒收到你的信了，覺得很開心。

不過看了信中的內容，我更開心了。甚至以為自己是在做夢。我這麼說你或許會生氣，但是我簡直懷疑你是不是為了讓我開心而扯謊。

但那是真的吧？你要去唸大學對吧？

坦白說，我不太清楚函授教育部是什麼。一聽到函授教育，我馬上就聯想到空手道。讀國中的時候，有個我認識的人透過函授課程學空手道。我想他大概是騙人的，但你說的不是那種奇怪的課程，而是正正經經的大學吧？

我不曉得有這種課程。但是不用考試真是太好了。你現在忙得要命，哪有時間唸書準備考試啊。

能夠一面工作，一面唸書也很好。這樣就能配合自己的時間，學習各種知識了。這麼一來，就能趁不用上班的時候，卯足全力一口氣唸完了。

但我最高興的是，你有心唸書。我以為因為我入獄，毀了你的一切，你一定很沮喪。沒想到你居然能夠下定決心唸書。

我沒辦法幫你任何忙，至少讓我替你加油。不過我的加油起不了一丁點作用就是了。

最近天氣變冷了，你要小心身體。如果弄壞了身體，就是書唸再多也得不償失。

我會努力撐下去，機械的操作已經完全上手了，最近漸漸覺得這份工作挺有趣的。

我會再寫信給你。你大概也很忙，不用勉強回信喲！

再啟　你到緒方女士的墳上祭拜了嗎？

兄　剛志」

一成不變的日子日復一日。早上起床去工廠，處理廢棄物後回到住處。到餐廳吃飯，洗完澡後，看一個小時電視。然後唸倉田留下的高中參考書和練習冊。內容忘了不少，但是一年前曾拼命學過，所以沒有花太多時間，就又記起來了。

要進入大學的函授教育部不用考試，只需審核文件。即使如此，直貴之所以重新學習高中的知識，是想拾回從前的學力，並進一步成為大學生，累積充足的知識。

直貴想不透倉田為何留下帝都大學函授教育部的冊子。按照常理，應該是他想在大檢合格後入學而買的資料。然而直貴總覺得倉田別有用意。他會不會是想告訴對未來絕望的直貴，世上還有這種方法唸大學，而故意留下的呢？事先將冊子混入參考書中是一種賭注。如果直貴已經對高中知識不感興趣的話，就不會特地解開一捆參考書，也不會發現那本冊子了。這樣的話也無可奈何，倉田大概是這麼想的吧。但是如果直貴心裡還有一絲想再次拾起書本的念頭，就不會丟棄那些參考書；他一定會重新唸書，然後發現那本冊子……

直貴又想，或許是自己想太多。事到如此，這件事情沒有答案，但是直貴決定將它解釋成倉田的一番好意，因為倉田是第一個了解直貴心裡苦惱的人。

倉田留下的「部報」這本冊子中，夾著一張明信片；是入學簡介的申請專用明信片。直貴鄭重其事地取出，將姓名填入入學簡介收件人姓名欄時，感到一股令人振奮的緊張感。光是看見「入學」這兩個字，直貴就微微感到亢奮。

不久後，入學簡介寄來了。直貴緊張地翻閱，他想起從前在書店站著看某本連載漫畫的最後一集時，好不容易才壓抑住紊亂的氣息，當時內心的騷動和現在相比，根本是小巫見大巫。

函授教育部的系統並不複雜，基本上由學員各自使用大學寄來的教材研讀，再將學習成果以書面報告的形式寄到大學，老師會修改報告，給予指導。反覆這項流程，陸續取得一定的學分。當然，光是在家學習是不夠的，所以取得一定學分之後，就得接受名為「短期在校課程」的面授課程。面授課程選項相當多元，即使是沒有時間的人，也能依照不同的排課方式上課。

入學形態分成一般學生和學分班學生，一般學生能夠取得大學文憑。直貴目不轉睛地盯著這個部分，學士……，他原本放棄的學歷。

入學資格沒有問題，應該能夠備齊所需文件。入學採審核文件制，審核資料八成是內部報告書（*1），關於這一點，應該沒有問題。

他的目光停在下一行字：

視需要進行面試。

視需要是什麼意思呢？如果家人當中有人犯罪的話，會怎麼樣呢？

直貴搖了搖頭。不可能因為有家人是受刑人，就不能唸大學。直貴覺得自己光是在意這一點，就很對不起剛志。

更令他在意的是學費。含審核費用在內，入學需要十幾萬圓。除此之外，每接受一次短期在校課程，還要另外收費。

我會設法撐過去的……

上大學需要錢，直貴十分明白這一點。自己從前一直依靠哥哥，哥哥感覺到自己肩上背負的責任，走投無路之下才會鑄下大錯。

直貴心想，因為自己沒用，才會引發悲劇。要上大學的人是自己，所以學費得由自己賺。這次一定要完成一年前該做的事。

進入十二月後的某一天，直貴造訪離開許久的高中。校園內的景象與一年前別無二致，改變的只有學生的面孔。

梅村老師看見他，說：「你瘦啦？」但是旋即補上一句：「不過，臉色看起來挺好的。你過得還好嗎？」

「還可以。」直貴答道。再次對老師的多方關照表達謝意後，提起了升學的事。梅村意外地看著從前的學生。

「函授啊？這的確也是一條路。」

「老師之前知道吧？」

「我知道啊。但是考量你當時的狀況，我實在沒辦法建議你走這條路。因為你那時的情況不允許。」

直貴點點頭，當時滿腦子想的都是如何活下去。

「不過，函授的科系有限喲。你原本想唸的是工科……」

有幾所大學設有函授教育部，但是幾乎沒有理科，工科更是完全沒有。

「我知道，我要唸經濟系。」

「經濟啊，這或許是個不錯的選擇。那我會替你準備好內部報告書。」梅村拍拍直貴的肩

---

*1 作為入學權衡參考，有關學生的資料、成績報告等。

膀，說：「要加油喲！」

離開學校後，直貴前往澀谷。街頭擠滿了笑容洋溢的年輕人，展示窗裡排滿聖誕節飾品。

直貴心想，今年和去年的心境真是兩樣情。去年的自己希望沒有聖誕節，而今年的自己內心卻感到高興。

他覺得像是一直徘徊在黑漆漆的洞窟裡，好不容易發現一絲曙光。除此之外，別無希望。既然如此，只好順著那一道絲線般微弱的光線摸索前進。

5

公司從年底開始放年假，宿舍的員工陸續回家過年，只有直貴留下。幸好，宿舍的餐廳和澡堂沒有關閉。

無論是聖誕節、除夕夜或大年初一，他都獨自一人度過。這一點和去年差不多，但是心情截然不同。他今年有了目標，為了達成這項目標，他一有時間就唸書、看報，心境宛如已是一名大學生。

另外還有一點不同，就是聖誕節和過年分別收到了聖誕卡和賀年卡，兩張卡片的寄件人都是白石由實子。看到卡片的那一瞬間，直貴不曉得是誰寄來的，但是看著像出自年輕女孩之手的圓潤筆跡，就想起了對方是不時在公車上遇見，曾經送蘋果給自己吃的女孩子。

直貴最近沒有遇見她，因為兩人沒有在公車上巧遇，午休時間也沒看見她。直貴收到聖誕卡時，心想：她最近過得好不好呢？

印有聖誕老人和麋鹿的聖誕卡上，寫著「聖誕快樂　你在哪裡過節呢」，而印有鏡餅（*1）的賀年卡上，則寫著「新年快樂　願你新的一年萬事如意　我們一起加油吧」，兩張卡片上都寫有她的住址，但是直貴沒有回信。因為他對她一無所知，而且並不想和她特別親近。

直貴心想：不過話說回來，她究竟是怎麼查到自己的住址呢？

為了拿到內部報告書，得跑幾趟高中，有時甚至會遇見從前的同學，他們都是重考生。其中也有人會和直貴說話，但大部分人都會避開他。直貴明白，他們並不是討厭自己。只是他們現在正面臨關鍵時刻，即使有那麼一點被捲進麻煩事的可能性，也要盡量避免，這或許是人之常情。

到了二月，各所大學的入學考正式展開。比起去年，直貴看見入學考相關的報導和新聞的機會增加了，但是今年不用再感到自卑或空虛。不但如此，他甚至想知道重考同學的戰況，便抽空去高中看看。

*1　大小兩塊疊在一起的圓形年糕，元月時用來供奉神明，祈願一年平安幸福。

白石由實子出現在他面前，是在他下班後前往公車站時。從身後追上來的她，輕輕拍了直貴的背部一下。

「收到賀年卡了嗎？」她問直貴，依舊帶著關西腔。豐滿的臉頰上長了兩顆青春痘。

「嗯，謝謝妳。」

當直貴在想沒有回信的藉口時，她抓住他的手肘一帶。

「來一下，來這裡一下。」她連拖帶拉地拉扯直貴。

她帶直貴走進岔道，躲在電線杆後面。

「到底什麼事？」

直貴一問，她獻寶似地從粗呢短大衣底下，拿出一個藍色紙袋。紙袋以粉紅色貼紙封口。

「來，送你。」她遞給直貴。

直貴立刻明白這是怎麼回事。就算他不願想起今天是情人節，電視等媒體也會雞婆地告訴他。直貴心想，反正情人節與自己無關，於是不去想，但是他忘了白石由實子的存在。

「送我？」

「嗯。」她重重地點頭，說聲再見，便邁開腳步走了。

「等一下，為什麼妳知道我的住址。」

她回眸一笑。「你之前不是說過，你住在短期員工宿舍嗎？」

「話是沒錯，但是我沒說房號吧？」

聽直貴這麼一說，她偏著頭。「不曉得，我到底是怎麼知道的呢？下次見面之前我會想一想。」

「拜拜。」她揮手道再見，又開始向前走。直貴目送她的背影，心想：她該不會是跟蹤我吧？或者是去舍監室問呢？

不管哪一種都有點麻煩吧，直貴心想，目光落在紙袋上。

回到宿舍打開紙袋一看，裡面是親手織的手套和巧克力。紙袋中還有一張卡片，上頭寫著「只要有了這個，握門把時就不會產生靜電了。」直貴心頭一怔。到了冬天，他碰觸門把時經常會被靜電嚇到。她知道這件事，可見得她果然跟蹤自己到了房間附近。

手套是以藍色的毛線編織而成，這或許是她喜歡的顏色。直貴試戴了一下，大小正好適合他的手，而且編織技巧相當純熟。

直貴心想，收到了好東西，但說實在，他覺得有點麻煩。

高中時代，他交過一個女朋友。當時二年級，對方是同班同學，一個膚白勝雪、個頭嬌小的女孩子。她身體不太好，老是在教室裡看書。她借書給直貴，是兩人交往的契機。那本書是美國的冷硬派小說，主角是一名活躍的女偵探。或許是因為本人太文靜，所以反倒受到這種故事吸引。當她說起女主角時，淡色的眼珠熠熠生輝。唯有這個時候，她口若懸河。

說是交往，其實也沒做什麼。只是一起放學，回家路上順道去圖書館。她的家庭大概也不怎麼富裕，所以從來不曾提議需要花錢的娛樂。

初吻是在從圖書館回家的路上，接近公園時。當時是颳起秋風的寒冷傍晚。由於她將身體靠過來，直貴就順勢抱住吻了她。她完全沒有抵抗。

然而兩人卻沒有進一步發展。當然，直貴有生理上的需求，但是沒有機會完成初體驗，而她身上也散發出一種令人難以要求那種事的氛圍。

升上三年級分班後，兩人的關係也自然而然地結束了。在走廊上遇見時，頂多就是彼此點頭微笑，所以直貴不曉得她是否和其他男孩子展開交往。

剛志的事件應該也傳進了她耳中。聽到那件事時，她不知做何感想。她會同情直貴嗎？應該不至於沒有感覺吧。

她大概會鬆一口氣，慶幸沒和他繼續交往……，直貴如此想。自從事情發生以來，他第一次想到這方面的事。

十多天後，他在工廠的餐廳裡遇見白石由實子。她和之前一樣，來到他身旁。

「為什麼你沒戴手套？」她問直貴。

「因為在公司裡不能戴啊，而且工作的時候都戴著棉質手套。」

她搖搖頭。「上下班時戴不就好了，人家特地織給你的呀。」

看來她似乎看見了直貴上班的模樣。

「下次天氣冷的時候我會戴。」

「騙人，你明明就不想戴。」由實子微微抬頭白了他一眼，然後微笑。「喂，改天要不要去看電影？有一部電影我想看。」

直貴吃完最後一口咖哩飯，將湯匙放進盤子。

「不好意思，我沒有空玩。我沒有父母，有很多不方便的地方。」

「我還不是一樣。我父母雖然活著，但是住得遠，他們也不會給我任何幫助。」

「而且，」直貴吸吐一口氣後，繼續說：「我大哥在牢裡。」

那一瞬間，笑容從由實子臉上消失。

直貴雖然不想說出口，但他心想，還是事先告訴她比較好。他不曉得她看上自己哪一點，但是她想親近自己卻是事實。這雖然不至於令人討厭，但她的天真無邪對直貴而言，卻是一種折磨。她大概認為他是一般男人，所以才會這樣對待他。

「我說的是真的！」他盯著由實子神情恍惚的臉，繼續說：「他因為殺人罪而被逮捕。強盜殺人，他殺了一名老太太。」

直貴一口氣說完，感到一陣快感，就像是故意用手去按發疼的臼齒。然而在此同時，內心也充滿了自我厭惡的感覺。我告訴她這種事情，到底想怎樣？

由實子似乎找不到話回應，盯著他的胸口一帶。直貴雙手拿起裝著餐具的托盤起身，走向餐具的回收口，感覺她並沒有追上來。

這下子她應該不會再找自己說話了吧……

但是這麼一想，直貴莫名感到一抹落寞。

三月底，他將審核文件寄到帝都大學函授教育部，接下來就等結果了。寄出的文件當中，沒有提到剛志。即使如此，直貴一顆心還是七上八下，擔心大學方面會不會透過某種管道知道剛志的事，而將它視為問題。

然而這只是直貴杞人憂天。邁入四月後的某一天，他收到了入學許可證。直貴那一天到銀行匯款，將存了好幾個月的錢繳付學費。走出銀行後，他感覺全身虛脫。

不久，從大學寄來的教材和資料，令他久久沉浸在幸福之中，頻頻看著貼了自己大頭照的學生證。

三月中旬他就告知公司，他要上大學。他做好了心理準備，如果社長福本面露難色，他就辭職，但是社長爽快地答應了。

「虧你下得了這個決心。我沒辦法給你特權，但我會盡量給你方便。」社長接著說，「你既然要唸，就不准半途而廢喲！你想想看函授教育部為什麼不用入學考。這意謂著誰都能進去唸，但是並非每個人都能畢業。你可不能像一般學生打混摸魚喲！」

「我知道。」直貴答道。

從四月中正式展開大學生活。下班後，在宿舍做功課，然後寄到大學。作業修改回來的那一天，努力複習到深夜。直貴覺得自己有生以來，這才體會到能夠讀書和學習成果得到老師認可的喜悅。

更令直貴亢奮的是夜間短期在校課程。他每週到大學幾趟，由老師現場授課。階梯教室的細長桌子，在他看來很新鮮，氣氛也不同於中學的教室。另一方面，講師用粉筆在黑板上寫字的聲音令人懷念。感覺寫在黑板上的內容，都是得來不易的寶貴知識。

參加短期在校課程的人形形色色。有和一般學生沒兩樣的年輕人；身穿西裝的上班族，也有看似家庭主婦的中年婦女。直貴心想，自己看起來像什麼身分呢？

寺尾祐輔將一頭長髮束在腦後，他總是穿著灰黑色的衣服，有時戴著太陽眼鏡。摘下太陽眼鏡的五官清秀端正。直貴猜想，他應該是演員或模特兒吧。不管怎樣，他都是和自己扯不上邊的人。他不但難以接近，而且直貴不曾見過他與誰交談。不過，直貴看過女孩子見了他，低聲說他長得帥。

當寺尾祐輔對自己說話時，直貴非常驚訝。直貴遲疑了半晌，才發現他是在對自己說話。

當時寺尾祐輔坐在直貴後面，他向直貴請教如何選課，他身旁除了直貴，沒有其他人。

「咦?你在問我嗎?」直貴回頭，用拇指指著自己的胸口。

「對，我是在問你，不好意思。」寺尾祐輔的語氣沒有抑揚頓挫。他當時也戴著太陽眼鏡，所以很難看出他的表情。

「不，沒那回事……。呃，你問我什麼？」

寺尾祐輔重複一次問題。問題內容並不困難，只要看過「短期在校課程介紹」這本冊子就可以知道。寺尾祐輔似乎是個不太認真的學生。

後來直貴曾試探性地問他，為什麼當時要問自己。寺尾祐輔的答案簡單明瞭。「因為我當時環顧教室，你看起來最聰明。」

或許是兩人選的課相近，直貴經常在短期在校課程中遇見他。不久後，每次上課都會遇到。這並非巧合，而是寺尾懶得排課，於是和直貴選了相同的課。六月後，每個星期日上體育課，寺尾也和直貴一起上課。

寺尾的父母是普通上班族。據說他之所以進入函授教育部，是因為他不想重考兩次。換句話說，他即使重考了一年，大學考試仍然名落孫山。

「但是我不認為自己是個失敗者。不是我嘴硬不服輸，而是我根本不想唸什麼大學。」當時，他這麼說，「不過我父母很囉嗦，所以我姑且進來這裡。但是我有其他想做的事。」

「那就是音樂。」他說。「我在玩樂團，武島改天來看現場演唱嘛。」

「現場演唱啊……」

直貴在那之前沒接觸過音樂。雖然透過電視知道流行歌曲，但是並不特別感興趣。家中沒有音響，說到接觸過的樂器，頂多就是直笛和響板。他甚至沒去過ＫＴＶ。而且在他心目中，音樂是花錢的玩意兒。

直貴這麼一說，寺尾不以為意地用鼻子冷哼一聲。「音樂這種東西不是用學的，只要在高興的時候，隨興聆聽就好了。總之你來一次看看嘛，聽了你就會明白。」

即使如此，直貴還是沒有爽快答應。寺尾輕拍他的肩膀，說「要來喲」，然後給了他一張門票。

梅雨季裡一個細雨綿綿、令人心情煩悶的日子，直貴出門前往新宿的演唱場地。他第一次去那種地方，心情相當緊張。會場光線微暗，大小約莫一間小學教室。一邊是出飲料的吧檯，直貴到那裡拿了可樂。會場中沒有椅子，只放了四張桌子。

感覺上會場裡有不少觀眾，擁擠程度像是有點擠的電車車廂，然而直貴不知道這樣算不算叫座。有許多年輕女孩，直貴發現其中有些面孔在短期在校課程中看過，略感吃驚。寺尾似乎在直貴不知情的情況下，與她們成為朋友，而且還賣票給她們。

不久，寺尾和其他樂手們出現在舞台上，一支四人的樂團。他們似乎已經有固定樂迷，歡呼聲四起。

接下來的一個多小時，對直貴而言是一個脫離現實的世界。他無法評斷寺尾他們的演唱是否高明，然而直貴確實感覺到，許多年輕人的心透過音樂融合在一起。他發現自己內心裡有什麼獲得解放，融入他們之中。

6

沒過多久，直貴的心就浸淫在音樂之中。看完寺尾祐輔他們的現場演唱，幾天後他就成為CD出租店的會員。然而他沒有聽CD的機器，他到宿舍附近的當鋪，買了一台就算恭維也稱不上新的CD隨身聽。

工作到傍晚後，回宿舍邊聽音樂邊唸書，成了他的標準生活模式。不論任何音樂類型，他都照聽不誤。或者應該說是，他對於細分的音樂類型幾乎一無所知，所以只好照單全收。

而直貴這項新嗜好的強力後盾，自然是寺尾祐輔。他不只要直貴聽音樂，更試著教直貴體會創作音樂的樂趣。有一晚，上完短期在校課程後，寺尾邀他去唱歌，說是樂團團員們也會一起去。去KTV使直貴深深愛上了音樂。

「你們去就好。」雖然直貴如此拒絕，但是寺尾不肯放開他的手。

「廢話少說，你來就對了，我想聽你唱歌。」

寺尾硬拖他去。KTV包廂裡除了樂團團員之外，還有三名女孩子，是寺尾他們的樂迷。直貴雖然顯得手足無措，但仍愉悅地聽著他們陸續唱歌。擔任主唱的寺尾歌聲自然沒話說，其他人也都唱得還不錯，或許可以說是他們習慣了唱歌這件事。

其他人唱完一輪後，麥克風必然地傳到直貴手中。他心想，這下糗了，因為他沒有任何一首拿手好歌。

「唱什麼都可以，點你喜歡的歌就好了，老歌也不錯。」寺尾說。

「老歌也可以嗎？而且是外國老歌耶。」

「當然可以啊。」

「那……」

直貴決定唱約翰藍儂（*1）的〈想像〉（Imagine）。有一個人聽見這首歌名笑了，他說：

「現在還有人唱披頭四的歌喲？」他是樂團中的貝斯手。

「吵死了，閉嘴！」寺尾瞪了貝斯手一眼，操作點歌機。

直貴秀了這首剛學會的歌。自從國中之後，這是他第一次在人前唱歌。總覺得聲音因為緊張完全出不來，腋下立刻因為汗水而變得一片濕冷。

他唱完後，無人做出反應。他自我反省，或許是自己讓場子變冷了。如果唱快樂一點的

*1 John Lennon，一九四〇～一九八〇年，生於英國利物浦，著名樂團披頭四成員之一。

歌，哪怕唱得不好，氣氛好歹會熱鬧一點。

第一個開口的果然是寺尾。「你喜歡藍儂的歌嗎？」

「倒不是全部喜歡，但是我喜歡這一首。」

「其他還會唱什麼？」

「哎呀，我不太知道。就連這一首我也是第一次唱。」

「那什麼歌都好，唱唱看你可能會唱的歌吧，我替你輸入。」

「等一下，我不是剛唱完嗎？」

「沒關係啦，對吧……」寺尾徵求其他人的同意。

樂團團員和女孩子們都點頭。令人訝異的是，他們的表情看起來並非因為老大寺尾這麼說，而是他們本身也同意。

其中一名女孩子低聲說：「你姓……，武島是嗎？我也想聽你唱歌。」

「我也是。」另外兩名女孩子也附和。

「很好聽。」這句話出自樂團的鼓手。「你唱得挺好的。」

看見他那副認真的表情，反倒是直貴自己感到畏縮。

結果直貴又連唱了四首歌。因為寺尾擅自替他點歌。四首歌的節奏和感覺完全不同。

「你改天要不要來練團室？」直貴唱完後，寺尾說：「加入我們的練習看看嘛。」

「加入……，可是我又不會任何樂器。」

「你會唱歌吧？」寺尾看了其他團員一眼。「你們不想讓這傢伙加入看看嗎？」

沒有人有異議，所有人的眼中都閃爍著光芒。

「看來會很有趣。」說完，寺尾咧嘴一笑。

中元節假期後不久，寺尾帶直貴前往澀谷的練團室。不用說，直貴也是有生以來頭一次踏進這種地方。一走進去有一個像是談話室的小空間，幾名看似業餘樂手的人手拿自動販賣機的飲料，正在討論事情。直貴心想，如果不是在這種地方的話，他們看起來就像瘋子。他感覺自己踏進了前所未知的世界。

直貴和寺尾在練團室等其他三名團員，已經有了和自己團員開始練習的氣氛。寺尾告訴他，這裡採計時付費，所以不想浪費任何一分鐘。

首先由主唱兼第一吉他手寺尾起音，四人和以往一樣開始演唱。這首歌是他們的原創曲，在演唱場地也很受歡迎。音量震天價響，直貴感覺自己的肚子也在震動。

「武島，你會唱這首歌嗎？」唱完第一首歌後，寺尾問他。

「不曉得耶，」直貴偏著頭，「如果知道歌詞的話應該可以。但是說不定會唱錯。」

「過來吧。」寺尾向他招手。

直貴一站在麥克風前，演奏就開始了。寺尾專心彈吉他，看來沒有要唱。無可奈何之下，直貴唱了起來。

但是直貴立刻受到衝擊。搭配現場演奏唱歌，能夠感受到在ＫＴＶ裡無法享受到的陶醉感。他感覺自己漸漸沉醉其中，從不同於喉嚨的地方，發出明顯不同以往的聲音。曲子唱到一半，寺尾也加入合唱。直貴感覺到，兩人的聲音完美融合。歌唱完後，他的腦袋因為興奮而呆了半晌。

「喂，你們聽到了嗎？你們聽到了吧？」寺尾問其他團員，「跟我說的一樣吧？這傢伙加入之後，聲音簡直不同凡響。」

貝斯手、吉他手和鼓手三人都點頭。「令人如痴如醉。」其中一人低喃道。

「喂，武島，你要不要跟我們一起玩樂團？」寺尾問直貴，「要不要一起闖一闖天下？」

「你的意思是，要我加入樂團嗎？」

「嗯，你絕對可以的，我們是完美的雙人主唱。」

「我不行啦。」直貴笑著搖頭。

「為什麼？因為不會樂器嗎？那種學一學就會了。可遇而不可求的是天生的好嗓子，我第一次和你說話的時候就想到了，我想讓你唱歌。我的直覺是對的，你的歌聲中有種與眾不同的東西，不好好運用簡直是暴殄天物。」

生平第一次，有人對直貴說這種話，直貴從沒想過自己會和音樂扯上關係，也沒機會思考那種事情。

「樂團似乎很有趣，」直貴又搖搖頭，「但我還是不行。」

「為什麼嘛？我知道你很忙，和我不一樣，連大學也想認真唸，但你也不是完全沒有時間，對吧？還是說，你不喜歡我們呢？」

「不，不是那樣的。」直貴苦笑，然後恢復認真的表情說：「我是不想給大家添麻煩。」

「我說了，會不會樂器並不……」

「我指的不是樂器的事。」直貴吁了一口氣。

7

直貴心想，遲早得把話說清楚。一旦彼此的關係變得更密切，就會難以啟齒，但是事情不可能長久隱瞞下去。讓彼此都不覺得尷尬，自然地保持一定的距離，這是直貴心目中描繪的理想關係。

「是關於我家人的事。我有一個哥哥，父母都去世了。」

「你大哥怎麼了嗎？」寺尾問直貴。

「他人在監獄中。他犯了強盜殺人罪，被判處十五年有期徒刑。」

因為是在練團室裡，他的聲音格外響亮。包含寺尾在內的四人，一臉驚愕地看著直貴。

直貴的目光從他們臉上掃過一圈後，繼續說：「和我這種人扯上關係不會有好事發生的。我喜歡你們的音樂，接下來我也會繼續聽，但是一起玩樂團心裡還是會有疙瘩。」

貝斯手、吉他手和鼓手三人從直貴身上別開視線，垂下頭。唯有寺尾一直盯著他。

「他什麼時候入獄的？」

「前年秋天被逮捕，去年春天入獄服刑。」

「那，還有十四年啊……」

直貴點點頭，他不懂寺尾問這個問題的用意。

寺尾回頭看其他三名團員，然後又看著直貴。「原來如此啊，只要是人，任誰都有難以啟齒的事。」

「所以，我不能加入你們……」

「等一下，」寺尾一臉不耐煩地將手伸向前，「我十分清楚你大哥的狀況，我覺得你大哥的人生很坎坷，而且令人同情。不過，你大哥的事和你有什麼關係？那種事情和樂團是兩碼子事。」

「我很高興你這麼說，但是我不想被別人同情。」

「這不是同情，吃牢飯的人又不是你，我同情你做什麼？有哪條法律規定，大哥坐牢，弟弟就不能玩音樂？沒有那種事吧？所以你不用放在心上。」

直貴看著拉下臉說話的寺尾。他這麼說，讓直貴高興得快掉眼淚。但是直貴不能就這麼接受他的話，他不像是在說謊，剛才的話應該是出自真心。然而直貴認為，那只是他一時的自我滿足。因為至今一向如此，事情發生後，有不少朋友體貼地對待自己，然而到最後，大家都離開了。直貴不認為他們這麼做很沒良心，畢竟人不為己天誅地滅，不想和麻煩人物扯上關係是理所當然的。

「你幹嘛一臉猶豫不定的？」寺尾急切地說，「我們只是喜歡你的歌聲，才想和你一起玩樂團的，你家裡的事情跟我們無關。還是說怎麼著？你對我們家裡沒人進監獄覺得不爽？」

「我沒有那樣說。」

「既然這樣，就別婆婆媽媽地講那些無聊事。」

「無聊事？」直貴目光凌厲地瞪視寺尾。

「當然是無聊事啊。對我們而言啊，重要的只有想做出好音樂這件事。除此之外都是無聊事，不值一提的事，喂，對吧？」

寺尾徵求其他三人同意，三人都點頭。

即使如此，直貴還是保持沉默。

「好，我知道了。」寺尾拍手說。「我們民主投票，少數服從多數。有誰反對武島加入樂團？」沒人舉手。「那贊成的人？」寺尾自然不用說，其他三人也舉起手。寺尾見狀，滿意地說：「五人當中四人贊成，沒人反對，一人棄權。這樣你還有意見嗎？」

直貴皺起眉頭。坦白說，他不知如何是好。「這樣真的好嗎？」

「你唱過約翰藍儂的〈想像〉對吧？你好好想像看看嘛，想像一個沒有歧視或偏見的世界。」說完，寺尾咧嘴一笑。直貴再次感動得差點掉眼淚。

寺尾祐輔他們的反應，和至今聽直貴說出剛志事情的人截然不同。很少人會在一瞬間露骨地變得冷漠，但就像民族風料理店的店長般，大多數的人都會迅速形成一面牆。只是牆的厚薄因人而異罷了。

但是從寺尾他們身上感覺不到那面牆。直貴心想，原因大概是他們打從心底想要自己加入吧。這一點令直貴欣喜不已，就算大家想要的是武島直貴的聲音，而不是這個人，然而被人需要仍然令直貴感動。

不……

還有一個人知道直貴的情況，但沒有築起一面牆。那個人就是白石由實子。直貴原本以為，她大概再也不會接近自己了，但是在公車上遇見時，她依然爽朗地對自己說話。感覺她的態度甚至比之前更親暱。

有一天午休時間，當他躺在草坪上聽隨身聽時，有人在他身旁坐下。睜開眼一看，由實子笑著問他：「你最近老是在聽隨身聽耶。你在聽什麼？英語會話？」

「不是，是音樂。」

「是喔，原來直貴也會聽音樂。我還以為你是因為變成大學生，所以在唸書呢。」

「書是要唸，但有時候也會聽音樂。」

「說的也是。你在聽什麼音樂？搖滾樂？」

「嗯，算是吧。」直貴含糊地回答。他還不能分辨各種音樂類型。

由實子從直貴那邊搶走耳機，直接戴上自己的耳朵。

「喂，別聽啦。」

「有什麼關係嘛。嗯……，沒有聽過的歌……」說到這裡，她的表情為之一變。她帶著滿是驚訝的眼神看著直貴。「這該不會是直貴唱的吧？」

「還來啦！」直貴想搶回耳機，她卻扭身避開。

「很厲害耶。直貴，你在玩樂團嗎？」

「說是在玩，其實是有人叫我加入。」

「但你是主唱，好厲害。」由實子雙手按著耳機，眼中閃爍著光芒。

「聽夠了吧？」直貴總算拿回了耳機。

「你從什麼時候開始玩的？」

「兩個月前吧，其他人已經玩好幾年了。很厲害吧？」

「演奏是很棒，但是直貴的歌聲更棒。你可以成為職業歌手。」

「別說傻話了。」

直貴露出不以為意的表情。但是內心裡，卻從由實子的話得到了勇氣。這兩個月，他完全被音樂所擄獲。在團練室盡情唱歌時是直貴最幸福的時刻，他心想，如果能夠一輩子持續唱下去該有多好。這個想法當然與成為職業歌手的夢想有關，這是和寺尾他們共通的夢想，與團員們擁有相同的夢想，熱切地相互打氣，這也是無上的喜悅。

「不過，你自己也覺得唱得很棒，所以才會這樣聽吧？聽著自己的歌聲，然後暗自得意。」

「沒那回事，我是在檢查唱不好的地方，因為現場演唱的日子近了。」

「現場演唱？你們要辦演唱會嗎？」由實子的表情倏地亮了起來。

直貴心想自己多嘴了，但為時已晚。由實子針對現場演唱問個不停。什麼時候要辦？在哪裡辦？你手上有沒有票？你們要唱幾首歌……？直貴徹底被打敗，一一回答問題。最後被她搶走了手上的四張票。當然，她當場付錢，而且直貴對於票賣掉了也感到高興，但是他不想欠她人情。因為他認為自己無法回應她付出的愛意。

「我一定會去。哇，超期待的。」由實子似乎對他真正的感受一無所覺，獨自一頭熱。

距離現場演唱時日不多，而且表演日期和大學的短期在校課程撞期，所以行程安排頗為困難。然而直貴還是盡可能地參與練習。練團室的費用不是一筆小數字，就算團員們平均分攤，還是會對直貴的生活費造成影響。但他認為，若是失去這段快樂的時光，活著就沒有意義了。音樂在他心中重要無比。

大家趁著直貴加入，變更樂團名稱。新名字叫做「Specium」，由來是寺尾出錯時的模樣。本人似乎只是想在胸前打叉，但是很像鹹蛋超人發出超人死光（*1）的姿勢。「沒那回事啦。」本人板起臉孔否認反而更添趣味，於是這就成了樂團名稱。

幾次見面下來，直貴和寺尾之外的團員也全成了有話直說的夥伴。他們直呼他直貴，他也以他們各自的綽號相稱。有趣的是，只有寺尾以姓氏武島叫他。大概是叫成習慣，之後就難改口了吧。

兩個小時的練習後，大家一起喝便宜的酒，對直貴而言，這是最能放鬆的時刻。直貴開始能夠極為自然地融入一般年輕人聊的話題：女孩子、打工上的牢騷、流行趨勢等。這可說是打從剛志出事後，首次造訪的青春時光。團員們像是從與直貴長久隔絕的世界，送給他一件燦爛奪目的禮物。

不過，無論進行再怎麼愚蠢的對話，五人最後還是會聊到相同的話題——音樂。我們接下

---

*1 日文為スペシウム（Specium）光線。

來要做什麼樣的音樂呢？今後要以什麼為目標呢？為了達到目標，必須做什麼呢？有時討論到爭執不下，若是喝醉酒，險些就要上演全武行。特別是寺尾和鼓手浩太容易激動，經常你一句「我不玩了」，我一句「喔，隨你高興」。一開始看見兩人劍拔弩張的模樣，直貴不禁捏一把冷汗，但久而久之也就明白那是固定的戲碼，而在一旁咧嘴笑著看好戲，任由他們鬥嘴，靜待兩人的情緒降溫。

直貴感覺得到，他們是認真的，他們是認真想走音樂這條路。除了寺尾之外，其他三人都沒有唸大學，一面打工，一面尋找機會。就連寺尾也只是為了給父母交代，才會設法取得大學學籍。每次想到這件事，直貴就感到愧疚，但是他不能放棄大學。因為他知道，唯有順利畢業，才是激勵在獄中的剛志唯一的方法。

直貴在信中告訴剛志，自己開始玩音樂，但是怕他擔心，特別聲明「不會影響學業」，字裡行間也避免透露出以職業歌手為目標的想法，並打算繼續隱瞞下去，等到順利出道之後才告訴他。如果樂團能出CD，再將CD寄給他。這麼一來，剛志應該也會替自己感到高興，但說不定在那之前會先嚇得渾身無力。

新樂團發表會在澀谷的演唱場地舉行。緊張至極的直貴一站上舞台，腦筋頓時一片空白。就連寺尾介紹新團員時，直貴也完全狀況外，答得牛頭不對馬嘴。然而或許他的反應很有趣，惹得滿場觀眾捧腹大笑。

直貴內心的緊張尚未完全消除，演奏就開始了。他眼裡看不見任何東西，只聽得見夥伴們演奏的聲音。由於反覆練習，直貴只要一聽見音樂，就會反射地發出聲音。他忘我地唱了起來。

事後聽寺尾說，當他一出聲，會場立刻變得鴉雀無聲。據說觀眾是在直貴唱到一個段落之後，才開始用手打拍子，隨著歌曲舞動身體。

「他們大吃一驚，大概沒料到我們會準備祕密武器吧。」寺尾揚眉得意地說。

一、兩首歌唱下來，直貴也漸漸恢復平靜。他知道會場觀眾幾乎爆滿，以及他們隨著樂團的歌曲擺動身體。

有四個人守在最前面，大動作地揮著手。直貴原以為她們是熟客，當他發現其中一人是由實子時，有些驚惶失措。她似乎帶了朋友來，大概還拜託其他三人要炒熱氣氛，所以守在最前面。直貴一度和由實子四目交會，她的目光比平常更閃亮。

值得紀念的第一次現場演唱成功落幕，要求安可的掌聲不絕於耳。寺尾他們說，觀眾反應第一次如此熱烈。

樂團立刻緊鑼密鼓地預定第二次現場演唱，寺尾提議同時錄製母帶。

「我們要寄給唱片公司。之前也做過幾支，但是如果沒有錄製以武島為主唱的母帶，就沒有意義了。」

寺尾說他打算錄六首歌，全是原創曲。曲子幾乎全都出自寺尾之手，只有一首由直貴負責填詞，但是他自己並不滿意。

「六首歌都由直貴擔任主唱嗎？」浩太問。他父親在廣告代理公司上班，可說是他們進入音樂業界的唯一窗口。

「當然我是打算這麼做。否則就顯現不出Specium的特色了。對吧？」寺尾徵求貝斯手敦史和第二吉他手健一的同意，兩人都微微點頭。

「哎呀，關於這件事，」浩太開口說，「我認為特色應該是有兩名主唱這一點。有兩名實力不相上下的主唱，是我們樂團的最大賣點，所以光是直貴擔任主唱的曲子，既沒辦法讓唱片公司留下印象，也不能展現出我們樂團的特色。」

浩太的語氣聽起來，好像有意無意地對直貴語帶保留，然而直貴也認為浩太言之有理。其實他心裡也很過意不去，自從他加入之後，由寺尾擔綱主唱的歌就變少了。

「我和武島的實力相差懸殊，我之前也說過了吧？」寺尾洩氣地說。

「或許是這樣沒錯，但主唱實力雄厚的樂團比比皆是。要從其中脫穎而出，非得和其他樂團有所區別才行。」

「要小伎倆行得通嗎？」

「這並不是耍小伎倆。之前是由祐輔擔任主唱，所以我們才有心朝職業樂團發展，又不是沒有公司在向我們招手。」

兩人按照慣例又開始槓上了。或許是受到父親的影響，浩太著眼於成功理論，相對於此，寺尾的論調往往偏向感情用事。

最後決定少數服從多數。包含直貴在內的四人，主張六首曲子中要有兩、三首，由寺尾擔任主唱。

「武島，你要對自己更有自信一點。臉皮不厚一點，是無法勝任主唱的。」寺尾心不甘情不願地同意四人的意見。

8

寺尾家裡有一套簡易的錄音設備，他用那套設備錄製六首曲子的母帶。完成的母帶看在直貴眼中，宛如璀璨耀眼的寶石。

「我說，如果這裡是美國就好了。」浩太拿著母帶說。

「為什麼？」大家異口同聲問道。

「因為美國是一個充滿機會的國家。不論關係、經歷或人種，只要有實力的人就會獲得正確的評價，揚名立萬。你們知道當瑪丹娜沒沒無名的時候，她為了成功做了什麼嗎？她坐上計程車，告訴司機：『帶我去世界的中心點。』世界的中心點就是紐約的時代廣場。」

「日本也到處都是機會啊。」寺尾嘻皮笑臉地說，「你們等著瞧好了，聽到這支母帶的人會馬上衝到我們身邊。」

其他團員露出「如果那樣就好了」的表情。

「如果有好幾家公司回應的話，我們要怎麼辦？」健一問。

「那就衡量所有公司開出的條件，再和條件最好的公司簽約啊。」浩太說。

「不，條件是其次。最重要的是他們有多了解我們的音樂。」寺尾一如往常反駁浩太的功利主義。「萬一不懂音樂的製作人要我們像偶像歌手一樣唱歌，我們的音樂會流於俗套。」

「製作人應該不會要我們那麼做吧。」

「但是一開始被迫唱其他人作的曲子，這種事時有所聞。要是這樣我絕對不幹！」

「一開始也沒辦法吧。不過如果唱片大賣的話，接下來我們的意見也會獲得採納。這麼一來，我們就能充分發揮了。」

「我是說，我不要出賣靈魂。」

「別說那種三歲小孩的話！你就是老說這種話，才會錯失良機，不是嗎？」

「你什麼意思？我什麼時候錯失良機了？」

兩人又快要開始扭打起來了。敦史和健一居中勸架，直貴只是不發一語地笑了笑。

打如意算盤指的就是這麼回事。即使如此，這種對話對直貴而言，仍是一種幸福。他再度認知到夢想的偉大。

有一天，直貴一回到宿舍，就發現郵差送來了郵件。他原本以為是修改過的報告寄回來了，但並非如此。信件內容是轉到通學課程相關的簡介。所謂通學課程，指的是非函授的一般大學課程。

直貴連飯都忘了吃，詳讀那份文件。轉到通學課程是他的心願，根據簡介內容，似乎只要通過考試就能轉過去。他曾聽說，轉到通學課程的考試並不會太困難。

想像自己和一般學生一樣上大學的情景，直貴不禁滿心雀躍，一定會有短期在校課程無法獲得的激發吧。再說，如果轉到通學課程，就能抬頭挺胸地告訴所有人自己是大學生了。當然現在也可以這麼說，但總有點心虛。這可以說是一種自卑感。

但是，不行啊……

直貴吁了一口氣，闔上簡介。如果轉到通學課程，白天就沒辦法上班。而晚上樂團要練習，又不能說因為要工作，所以不去練習。因為其他團員也是一面工作，設法擠出練習時間。

再說，直貴認為貪心地想同時抓住兩個夢想並不好。目前自己最大的夢想是藉著樂團出人頭地，如果以此為目標的話，大學唸不唸應該不重要。他總覺得自己想要轉到通學課程，對其他團員是一項嚴重的背叛。

我有音樂、我有樂團……，他在心中如此低喃，丟掉了簡介。

第二次現場演唱在新宿的演唱場地舉行。會場比之前更大，但是幾乎座無虛席。這應該是到處宣傳的效果，再加上上次的現場演唱廣受好評的緣故。

直貴依舊緊張，但比起上次，多少看得見周遭的情況。歌唱到一半雖然發生健一的吉他弦斷掉的意外，但是直貴並沒有顯得驚慌失措。

直貴不記得有給由實子門票，但是那一天，她也帶著兩名朋友站在最前排揮手。不但如此，她還在表演結束之後，來到休息室。

「棒透了！帥呆了！」她一副亢奮的模樣，親密地對直貴和其他團員說話。團員們雖然感到困惑，仍對她的讚美表示感謝。

「她好呱噪，不像是直貴的女朋友。」由實子回去之後，敦史錯愕地說。

「她不是我女朋友，只是公司裡的小姐。」

正確來說，也不是同公司，但要解釋很麻煩，於是省略不說。

「不過她很欣賞直貴喲，讓她做你女朋友有什麼關係嘛。你現在沒有交往對象不是嗎？」

敦史不肯罷休地說。

「我現在沒那個閒工夫。如果有時間玩，不如用來練習。」

「不能光是一直練習，偶爾也得和女孩子出去玩。」

「你是玩過頭了。」寺尾這句話惹得眾人發噱。

接著連續舉辦現場表演。租借會場需要大筆金錢，但所有團員像是被什麼追趕似地深陷其中。直貴也感覺到，對大家而言，現在是關鍵時刻。

在第五次現場表演結束之後，有一名陌生男子來到休息室。男子看起來約莫二十八、九歲，一身皮夾克搭配牛仔褲的粗獷打扮。

男子問：「你們團長是哪一位？」寺尾一報上姓名，男子立刻遞出名片，但隨即表示那不是他的名片。

「這個人說想和你們聊聊。如果你們有意思的話，能不能等一下到這家店一趟？」說完，他拿出像是咖啡店發送的火柴盒。

眼看著寺尾看著名片的臉色變了，他張大嘴巴，無法回答。

「你知道這家公司嗎？」男子苦笑地問。

「我知道，呃……，我們馬上去。」

「那我們等你們。」男子說完便離開了。

寺尾對著直貴他們說：「不得了了。」

「怎麼了？到底是誰在等我們？」浩太問。

寺尾給大家看手上的名片。

「是Riccardo，Riccardo的人要見我們。」他這麼一說，所有人霎時說不出話來。

「不會吧？真的假的？」浩太總算吼了出來。

「你們自己親眼看看！」

浩太從寺尾手中接過名片。健一、敦史，還有直貴都聚集在他四周。「Riccardo股份有限公司 企劃總部」這幾個字躍入直貴眼簾。Riccardo股份有限公司可說是業界裡規模最大的唱片公司。

「喂，我之前說過對吧？」寺尾站得筆直，低頭看直貴他們。「我說過，日本也有機會。怎麼樣？我說的沒錯吧？」

「我們絕對要抓住這個機會。」寺尾向前伸出右掌，做出一把抓住東西的動作。

直貴也下意識地握緊拳頭。

在咖啡店等的是一位根津先生。他看起來三十出頭，寬闊的肩膀和尖尖的下顎令人印象深刻，嘴巴四周留著鬍鬚，和身上的灰黑色襯衫十分相稱。

他問直貴他們，音樂的重要元素是什麼？寺尾回答，是心。

「我認為抓住聽眾的心，是最重要的事。」

聽在直貴耳裡，這是個四平八穩的答案。其他團員似乎也沒有異議。

根津說：「也就是說，你們想創作抓住聽眾的心的曲子。所以你們正在摸索如何才能做出這種曲子，並試著創作、練習，在表演場地演唱。我說的沒錯吧？」

「不行嗎？」

「倒也不是不行，」根津拿出菸抽。「但是這樣不會成功。」

寺尾看了直貴他們一眼，一臉在問自己的回答是否出錯的表情。但是沒有人能給他建議。

「無論你們再怎麼努力，也不能撼動人們的心。你們知道為什麼嗎？答案很簡單，因為人們接觸不到你們的曲子。連聽都沒聽過的曲子，怎麼可能令人感動。音樂的重要元素，是聽音樂的人。如果沒有他們，就算你們做出自己再怎麼滿意的曲子，那也不會成為家喻戶曉的名曲。不，那甚至稱不上是音樂，你們在做的事情就和自慰沒兩樣。」

「所以我們在表演場地演唱。」寺尾板起臉說。

根津面不改色地點頭。「你們大概認為如果在表演場地演唱，有一些聽眾肯聽的話，就會透過口耳相傳提升人氣，遲早能夠正式出道。」

直貴不懂這個想法哪裡錯了，至今他們總是如此幻想自己邁向成功的劇本。

「的確，」根津接著說，「如果調查成功藝人的經歷，或許會出現這種歷史。但是調查失敗藝人的經歷，大概也會出現類似的內容吧。就像夢想成為偶像的女孩子再怎麼徘徊於澀谷街頭，有幸被星探挖掘，成功機率還是極低，被挖掘而正式出道的藝人也未必在市場上吃得開。但是你們認為，只要做出好音樂，遲早會得到聽眾的認同，你們相信成功與否的關鍵只在於實力。對吧？」

沒錯，直貴他們至今總是如此認定，所以這時無人反駁。

「就像我剛才說的，如果沒有聽眾，就無從分辨音樂好壞。不過是一堆音符的堆砌罷了。表演現場上的一丁點聽眾，有等於沒有。所以，你們等於沒做過音樂。」

「但根津先生你是看到我們的現場演唱，才找我們來的對吧？」

根津對寺尾的反駁苦笑以對。「如果你們認為自己的音樂得到認同了，我要先在這裡予以否定。如果讓在表演現場頗受好評的樂團都一一出道的話，我們公司就做不下去了。你們聽好了，我之所以去看你們的現場演唱，並不是因為聽到風評，你們可以當成我是心血來潮。我們在尋找萬中求一的原石，持續不斷地挖洞，我認為自己是發現原石的專家。原石是不會發光的，如果你們認為是自己的光芒吸引我來，那可就大錯特錯了。你們要先明白這一點。」

直貴漸漸明白根津想說什麼。簡單來說，他並不認同直貴他們的音樂，他只是認為自己可以磨亮他們這群原石，不，是認為他們有磨亮的可能罷了。

「差不多該進入正題了吧，」根津環顧所有團員，「我想讓你們玩音樂。這不是玩扮家家酒，而是玩真正的音樂。」

和根津告別後，直貴他們前往常去的居酒屋。現場演唱結束後總會來一場盛大的慶功宴，但是今晚的情況不同。現場演唱成功，引發了更大的事件。畢竟期盼已久的正式出道終於可望實現，直貴的心情還像是在做夢，沒有真實感。他想和其他團員聊聊，確定這不是一場夢。

但是大家沒有心情慶祝，因為根津說的一席話在他們腦中盤旋不去。

「你們有力量。你們有實力，也有魅力，但是你們幾乎全未發揮出來。你們還是一塊空白的畫布，上頭要畫出什麼樣的圖畫由我來決定，你們只要遵照我的指示就行了。這麼一來，你們絕對會成功。」

他還說：「你們別想展現自我風格，營造樂手風格是我們專家的工作。綜括所有條件才叫音樂，光靠樂器、主唱和曲子稱不上音樂……」

「如果不是以我們的原創曲一決勝負，就沒有意義了。事到如今，我們還能演唱別人的曲子嗎？」寺尾一直猛灌啤酒，很快地就開始以酒醉的口吻發牢騷。

「根津先生又沒說不讓我們唱自己的原創曲，他只說，要怎麼成名由我們自己決定。這是銷售方式的問題，這種事情只能交給專家。現在就是這種時代。」浩太安撫寺尾。

「啐，廣告代理商的兒子連說話都像廣告人。要是不准展現自我風格，有何樂趣可言？」

「不是不准展現，而是不准擅自展現，強調特色是有方法的。我說祐輔，你就別鬧彆扭了，要積極地思考嘛，這可是千載難逢的好機會。」

敦史也說：「沒錯，這是個好機會。」

「我們總算能夠出道了。」健一感慨萬千地說，看了直貴一眼。

直貴默默點頭。

「對啊，終於能出道了。不管是以什麼形式，祐輔也覺得很高興吧？」

被浩太這麼一說，寺尾只用一邊臉頰擠出笑容，敷衍地說句「是啊」。

那一晚對Specium而言，是組團以來最棒的一晚。

直貴猶豫要不要將這件事寫在寄給剛志的信上。他沒告訴剛志，自己認真玩起音樂，以及打算成為職業歌手。如果毫無預警地寫自己出道了，剛志會做何反應呢？直貴認為剛志一定會替自己高興。剛志希望弟弟有出息，大學文憑不過是個象徵，如果自己能以其他方式達成目標，剛志應該不會有任何不滿。

但是直貴連寫信的時間都沒有。他們接獲根津的指示，要他們創作幾首新歌。如果順利的話，其中一首或許能夠成為出道曲。寺尾當然幹勁十足，團員們也盡可能集合練習。直貴必須兼顧工作、大學學業與樂團活動，持續著回宿舍倒頭就睡的生活。寺尾似乎放棄大學學業了，但是直貴尚未下定如此大的決心。

浩太、敦史和健一到宿舍來，是在一個難得大學不用上課，樂團也不用練習的夜晚。直貴剛從公司回來，身上還穿著工作服。

「我們有點話要跟你說。」浩太代表大家說，其他兩人在他身後低著頭。

「好啊，進來吧，不過房子很窄就是了。」

直貴讓三人進屋。

或許該說是直覺，他感覺身邊颳起了不祥的風。

9

「房間還挺不錯的嘛，」浩太環顧室內說，「你說是短期員工專用的宿舍，我還以為是組合屋呢。」

「這裡可是一流企業的宿舍耶，怎麼可能會是組合屋。」直貴笑著說，騰出足夠三人坐的空間。

三人背靠牆壁並排而坐，然而沒有人盤腿坐，敦史和健一抱著膝蓋坐，浩太不知為何正襟危坐。

「呃，要不要喝什麼？有可樂。」

「不，不用了，不用客氣。」浩太說。

「是喔……」直貴面向三人坐了下來，總覺得自己害怕和他們對上視線。

尷尬地沉默了幾秒鐘。找我有什麼事？這句話直貴說不出口。

「那個，今天根津先生打電話給我。」浩太開口說。

直貴抬起頭，「他說什麼？」

浩太看了其他兩人一眼，敦史和健一沉默不語，似乎決定把話交給浩太說。

「根津先生說，他之前調查了許多和我們有關的事。像是職場上的評價、鄰居的觀感、經歷……」他有點結結巴巴，然後接著說：「還有家人的事。他說要是出道之後，發生麻煩事就糟了。」

「然後呢？」直貴佯裝平靜地問，但內心狂風大作。浩太說的幾句話在他心中迴盪，家人的事、麻煩事……

浩太舔舔嘴唇，然後說：「根津先生也調查了直貴，然後，他知道了你大哥的事。」

他是怎樣調查的呢？這是直貴首先想到的，但是想也沒用。

「他說……，這很糟糕。」浩太嘟囔地說。

直貴抬起頭，旋即垂下視線。他若無其事地說：「是喔。」這已是他強自鎮定的極限。

「出道之後，假如大紅大紫，一定會出現四處打探團員隱私的人。聽說那個業界的人老愛互扯後腿，根津先生說，一旦家人中有那樣的人，就會成為絕佳的犧牲品。這麼一來，就會破壞樂團的形象，活動也難以推行，而公司方面對此無計可施。所以……」

「按照目前的情形，沒辦法讓我們出道是嗎？」

「是啊。」

直貴吁了一口氣。他看見那口氣凝成白霧，才發覺自己忘了開電暖爐，然而他連轉開開關的力氣也沒了。

「如果沒有我，他就會讓樂團出道嗎？」直貴低著頭問。
「根津先生說，主唱只有祐輔一個人也無所謂。他說，沒辦法讓你加入，他真的很難過。」
根津似乎決定要抽掉直貴了。
「這樣啊，所以你們三個人一起來說服我是嗎？」直貴將目光從浩太移到敦史和健一身上。兩人看著下面。
「直貴，原諒我們。」浩太雙手撐在榻榻米上，低頭道歉。「我們想出道，我們努力至今就是為了出道。我們不想錯失這個機會。」
其他兩人也重新坐好，學他低下頭。直貴看到他們的樣子，覺得越來越悲傷。
「寺尾呢？他為什麼沒來？」
「祐輔還不知道這件事，只有我們知道。」浩太依然低著頭回道。
「為什麼不告訴寺尾？」
敦史和健一擔心地看了浩太一眼，看來寺尾的事也令他們感到頭痛。
「根津先生之所以和我，而不是和團長祐輔聯絡，是因為他覺得祐輔大概不會接受。你也知道祐輔的脾氣，一個弄不好，說不定他會破口大罵，然後說既然這樣，不能出道也無所謂。」
這種情況不難想見，直貴點點頭。

「根津先生要我們設法不被祐輔察覺，說服你答應。所以我們三個人就來了。」

「不過，這件事不可能瞞著寺尾吧？如果我退團，就得告訴他理由。你們打算怎麼做？」

聽見直貴的問題，三人陷入沉默，感覺他們咬著嘴唇。直貴察覺到，他們不是窮於應答，而是有話難以啟齒，苦惱不已。

「原來如此……，只要我主動提出要退團就行了。只要我找個適當的理由，說要退出樂團，寺尾就不會起疑。」

「抱歉，就是這樣。」

聽見浩太這句話，其他兩人的頭垂得更低了。

「根津先生也說，這應該是最好的選擇。」

這一切似乎都是那個男人的指示，直貴感覺一股虛脫感漸漸充斥全身。難不成這就是大人的做法嗎？大人真是一種匪夷所思的生物。有時說不能歧視他人，有時又巧妙地鼓勵歧視。大人是如何消除這種自我矛盾的呢？直貴心想，自己也會成為這種大人嗎？

「但是，如果寺尾慰留我的話怎麼辦？那傢伙可不會輕易地答應。」

「這我知道，所以我們會站在你這邊。」

聽見浩太的話，直貴想說：你們只有這種時候會站在我這邊啊？但是他隱忍下來。

「好，我知道了。」他看著三個人的頭說：「我退團。」

浩太、敦史和健一陸續抬起頭。三人臉上都流露出悲傷的表情。

「下次的練習日，由我告訴寺尾。在那之前我會想好退團的理由。」

「抱歉啦。」浩太小聲地說。

「對不起啦……」其他兩人也低喃道。

「唉，其實仔細想想，我原本就不是團員，這樣反倒好。再說，我也不會演奏樂器。」

三人應該也懂，這句話是直貴自我安慰。他們只是難過地聽著，沒有說半句話。

三人回去後，直貴好一陣子站不起來。他盤腿坐著，盯著牆壁的一點。

結果是這種結局啊……

直貴心想，總算擺脫惡夢了。他相信，接下來能像一般年輕人那樣活下去。他覺得遇見音樂，打開了所有原本關閉的門。

這一切都是錯覺，情況毫無改變。隔絕世人與自己的冰冷牆壁，依然矗立眼前。即使想要跨越，牆壁只會更加寒冷。

直貴躺在榻榻米上，呈大字形盯著天花板。佈滿污垢的天花板看起來像是在嘲笑他：你就適合這種地方。

他不知不覺哼著歌；一首悲傷的歌，唱出自己看不見希望的曙光，在無邊黑暗中痛苦掙扎的模樣。

直貴停止唱歌，他意識到自己再也不會在人前唱歌了。

他閉上雙眼，淚水從眼皮間隙流下。

10

寺尾瞪大眼睛，他的眼睛滿是血絲，表情和直貴想像中的一模一樣。

「你說什麼？你再說一遍看看！」

「就是，」直貴舔舔嘴唇，「我說我希望你讓我退團，我要退出Specium。」

「不會吧？你是說真的？」

「真的啊。」

「你以為事到如今，還由得你說這種話嗎？」寺尾朝直貴走近一步，直貴差點被他的氣勢震懾住。

他們在澀谷的練團室中。直貴對寺尾說：「開始練習之前，我有話要說。」其他三人應該知道他要說什麼，但還是一臉緊張的神色。

「我知道自己很任性，但希望你答應我，這是我左思右想後下的結論。」

「你思考了什麼，告訴我。」寺尾將一旁的鐵椅子拉過來，粗魯地坐下。「你也坐啊，一直站著心情沒辦法平靜。」

直貴吁了一口氣，坐在鍵盤旁的椅子上。他瞄了浩太一眼，浩太在鼓對面垂著頭。

「我在思考未來的事。」

「我也在思考。」寺尾的語調變得尖酸。

「我想做音樂。我認為如果能靠音樂吃飯，那是最好也不過了。但是，該怎麼說呢，我還是沒辦法下這場賭注。」

「你的意思是，我們的音樂是賭博嗎？」

「我不是那個意思，但成功與否並不是光取決於實力。運氣也很重要。不好意思，我沒本錢依賴那種不確定的東西。我想確保一條踏實的路，能夠靠自己一個人的力量活下去。」

「我們又何嘗不是如此？如果在音樂這條路上失敗的話，就一無所有了。我們面臨的都是放手一搏的局面。」

直貴搖搖頭，說：「你們還有家，你們有家人，但是我什麼都沒有，我只有一個關在牢裡的大哥。」

這個唯一的家人老是扯我後腿，這次也不例外……，直貴忍住想這麼說的衝動。

寺尾開始抖腳，這是他焦慮時的習慣動作。

「你到底怎麼了？你之前從沒說過這種話。我非常了解你的處境，但那又不是一天、兩天的事了，為什麼都已經走到這一步了，你才突然改變心意？」

「就是因為走到這一步了，我才要改變心意。」直貴冷靜地說，「追逐夢想的時候是很快樂，我真心認為，如果能成為職業歌手該有多好。但這個夢想一旦來到眼前，我就感到不安，不知道這樣真的好嗎？於是我反覆思量，覺得如果以現在這種心情，根本無法堅持下去。」

「我也會不安啊。」

「所以我說，我和你的立場不同。」

直貴一面說，一面在心裡道歉，他不想以這種形式背叛寺尾。正因為寺尾打從心裡將他當作夥伴，所以才會如此氣憤。他是真正的朋友，要欺騙這位朋友令直貴心裡極為難受。

「喂，你們也說句話啊！」寺尾環視其他團員。「說服這個傻瓜！」

三人面面相覷。不久，浩太開口了：「話是這麼說，但直貴有他的苦衷。」他委婉地說。

寺尾吊起眼梢，「你們這樣還算是夥伴嗎？」

「就因為是夥伴，我們才想尊重他的決定，想離開的人就算硬留住也沒意義。」

「我說這傢伙的迷惘是多餘的。」寺尾再度看著直貴，「喂，重新考慮吧！你退出樂團，打算做什麼？還有比這更快樂的事嗎？」

「我打算轉到通學課程。」直貴說，「寺尾應該也收到簡介了吧？申請期限差不多快到了，我要轉過去，但不知道能不能通過考試就是了。」

寺尾啐了一聲，嚥下一口唾液。

「變成一般大學生有什麼意思？等著你的只有無聊的每一天。」
「或許很無聊沒錯，但是很踏實，而且會為我開啟就業之路。」
「你想變成上班族，擠沙丁魚電車，身體隨著電車搖晃嗎？你的夢想就是那種玩意兒嗎？」
「我不是在談夢想，而是在說實際的事。」
「出道成為職業歌手也是實際的事，只不過，這伴隨著遠大的夢想。」
「祐輔，別再說了。」浩太插嘴說，「直貴一定也有他的煩惱。站在樂團的角度，雖然現在少了直貴是一大損失，但也無可奈何。」
「是啊。再說，就算少了直貴，唱片公司好像還是願意讓我們出道。」
健一的話令寺尾目光一閃。直貴心想這下子糟了，但為時已晚，寺尾起身一把揪住健一的領口。
「喂，這是怎麼一回事？為什麼你能這麼一口斷定？」
健一總算發現自己的失言。「不，呃……」，吞吞吐吐地試圖辯解。寺尾似乎從他的樣子，進一步察覺到了什麼。
「你們早就知道武島要退團了嗎？不，不光是這樣。這是根津的鬼主意吧？他要你們逼武島退團嗎？」
「不是啦。」直貴說。但寺尾似乎充耳不聞。

「你們真是差勁透頂，你們在想什麼啊？只要保住自己就好了嗎？」寺尾撞開健一，碰倒自己豎著的吉他。「算了，隨你們高興！我再也不玩什麼樂團了。」說完，他衝出練團室。

直貴跟著跑出去。出了建築物，他發現快步走在人行道上的寺尾的背影。他衝過去一手搭在寺尾穿著皮夾克的肩頭。「寺尾，等一下。」

「幹嘛啦，放開我！」

「你也站在他們三人的立場想想！你認為他們是抱著怎樣的心情來找我的？」

「我哪知道。他們是沒骨氣，所以才幹得出那種事吧。」

「他們被迫選擇，看是要選擇音樂或夥伴。他們飽受內心煎熬後，選擇了音樂。這是那麼罪大惡極的事嗎？必須受人苛責嗎？」

寺尾似乎窮於應答。他望向一旁，肩膀上下起伏喘著氣。

「對我而言，大家都是夥伴。自從我大哥出事以後，我第一次遇見一條心的夥伴。我沒辦法從那麼重要的夥伴身邊奪走音樂，我不希望自己給他們添麻煩。請你明白這點。」

「有你在也能做音樂，我們總有一天能夠出道。」

聽見寺尾的話，直貴搖搖頭。「但是在那天到來之前，我都無法抬起頭，必須懷著愧疚的心情唱歌，那是地獄。而且再怎麼努力，獲得回報的那一天都不會到來，根津先生是對的，歧視永遠不會從社會上消失。」

「如果你要這麼說的話……」
「難道無法出道也無所謂嗎？其他三個人怎麼辦？他們不是相信你才跟著你努力到今天的嗎？請你回到他們三個人身邊，算我求你。」直貴當場跪下，低頭懇求寺尾。
「你在做什麼？」
寺尾抓住直貴的手臂，將他拉了起來。
「你們四個人加油，我期待看見你們出道的那一天。」直貴說。
寺尾的表情扭曲，用力咬著嘴唇。
直貴心想，他想揍我。如果是這樣的話，直貴已經做好了心理準備，任由他痛扁一頓。直貴不曉得自己這麼做對不對，然而傷害了這位好友卻是事實。
但是寺尾沒有一拳打過來。他悲傷地搖頭，低吟似地說：「我從未恨過你大哥，但是我現在打從心底感到憤恨。如果他在這裡的話，我大概會揍他。」
「是啊，」直貴淡淡笑了，「如果可以的話，我也想那麼做。」
寺尾鬆開手上的力道，直貴往後退，迅速離開，一個轉身順勢邁開腳步。他感覺到寺尾的視線，但是不能回頭。

第3章

1

「直貴：

你好嗎？

赫然發現，今年也沒剩下幾天了。總覺得待在這裡，不太清楚時間的流逝，因為每天都反覆做相同的事，而且星期幾也沒有意義。不過，有許多人期待下個月到來。因為可以寫信，而且其中也有人的親戚朋友會前來會面。

所以，我也隔一個月才寫一次信。但是一旦想寫信，卻發現乏善可陳。我剛才也說了，每天都過著千篇一律的日子。這一陣子天氣突然變冷了，我大致學會了在這裡禦寒的方法。我想，總有辦法撐下去的。

上次收到你的來信是六月吧。後來你過得怎樣呢？你說你搬家了，適應新家了嗎？不過你那麼堅強，我想你應該會適應得很好，你之後都沒寫信來，我很擔心你過得好不好。

但是仔細想想，你說不定沒空寫信吧。畢竟你白天要去大學上課，晚上又要工作。居酒屋的工作怎麼樣了呢？以前沒錢，很少去居酒屋，就算去也總是前輩請客，所以我不太清楚那是一個什麼樣的地方。

不過你要加油！寫不寫信給我無所謂。

不過話說回來，我要向你道歉。都怪我做出那種事情，才害你唸不成大學，但最後你還是成了一般大學生。我告訴同房的人，大家都大吃一驚。他們既驚訝又佩服，說我有個了不起的弟弟。當時，我真是開心極了。

我想睡了，這次就寫到這裡。再說，我也沒事情好寫了。下次我會準備更有趣的內容。

最後還是不忘提醒你，要保重身體。下個月我再寫信給你。

兄　剛志」

直貴在車站月台上看剛志的來信。如同信上所寫，直貴最後一次回信是在六月。即使如此，哥哥還是每個月固定寄信來。直貴心想，或許沒告訴他新家住址比較好，但又轉念一想，不告訴他也說不過去。

電車進站。直貴將信紙收進信封，像擰毛巾般將信扭成一團，然後丟進垃圾桶。七月之後，直貴不再保留哥哥的信。他打算最近要將之前的信全部丟掉。

傍晚六點多，電車上擠滿了下班回家的上班族。直貴抓住吊環，輕閉雙眼，他已習慣了每週五天的沙丁魚電車。他盡量不累積壓力，並努力保存體力。六點半之前得到店裡，然後馬上開始工作。如果七點之前不準備好的話，就會被老闆兼店長挖苦半天。

每天都過著千篇一律的日子……，直貴腦中浮現哥哥信上的一段話。他不清楚牢裡的真實情況，但這句話看起來格外悠哉，令他想發牢騷：我可是連明天會怎樣都不曉得。

酒吧「ＢＪ」位於麻布警察署附近。客人幾乎都是年輕上班族或粉領族。由於店內有許多桌位，因此常被用來當作酒宴的續攤。稍早之前似乎有伴唱機，但是能在陌生人面前自在唱歌的客人越來越少，於是撤走了。原本放伴唱機的地方，現在放了吃角子老虎，不過直貴幾乎沒看過客人玩。

也有許多情侶結伴上門，不過他們大多坐吧檯。因為吧檯的氣氛比較安靜，而且裝潢和一般座位略顯不同，宛如另一家店。店長曾在名店待過，他調製的雞尾酒頗受好評。

一般座位只有在電車行駛時間坐滿客人，之後吧檯就會突然變得忙碌起來。也有不少客人會從銀座一帶過來；年輕的女公關則會帶著自己的客人前來。直貴從她們口中學會了「after」（下班）這個字。

無論男女，獨自前來的客人並不稀奇。單獨光臨的男客之中，有的人會尋找同樣獨自前來的女客，這就是他們來店裡的最大目的。直貴看多了他們吃癟的模樣，但也發現成功機率出乎意料地高。

一言以蔽之，直貴在這家店的工作是打雜。開店前負責準備，開店後搖身一變成為服務生，除了要洗碗盤，有時還要兼任酒保，而打烊後的整理也是他的工作。

之前他會搭最後一班電車回家，但是這樣收入會減少，所以他和店長商量，讓他工作到凌晨四點打烊。店長似乎認為，這樣比起再雇一名員工經濟，於是有條件地答應了。條件是沒辦法替直貴出計程車費。直貴答應這個條件，但是拜託店長，同意讓他在店裡睡到電車發車的時間。店長考慮半天後才點頭答應，他大概是在煩惱，將店的鑰匙交給直貴妥不妥當。

直貴是在徵人雜誌上看到「BJ」的廣告。他白天得去大學上課，所以要找晚上的工作。這麼一來，職業類別自然有限。

面試時，他對店長撒了個謊，說自己是獨生子，在親戚家裡唸到高中，因為從大學的函授教育部轉到通學課程，所以必須找晚上的工作。這段話似乎強化了那個謊的可信度，店長沒有起疑。

但是店長並非人好到光憑同情就雇用直貴。直貴被採用的背後，有個人建議店長錄用他。直貴事後得知，原來在面試後，店長打電話到他之前工作過的民族風料理店。因為當店長問他之前是否有相關經驗時，他提到了那家店。

店長針對他在民族風料理店的工作情形，問了該店的店長一堆問題。民族風料理店的店長似乎回答：「他是個工作勤快、認真的孩子。」至於離職的理由，店長回答：「當時原本就是高中畢業之前的短期打工。」並沒有提到任何有關他哥哥的事。

知道這件事時，直貴心想：自己不光只走霉運，還是有許多人在替自己加油的。然而另一方面，直貴也重新體認到，他們就算會替自己加油，也不會主動伸出援手。他們希望直貴得到幸福，但是不希望直貴和自己扯上關係。只要別人肯幫助他就好了……，這就是他們的真心話。即使如此，直貴仍然得感謝那位滿臉鬍子的店長。

「ＢＪ」的店長看起來也不是壞人，或許是因為出生於所謂的「團塊世代」(*1)，老愛使用「半工半讀」這幾個字。於是「直貴是半工半讀啊」這句話就成了他的口頭禪，他甚至常向客人吹噓這件事。如此一來，連中年客人和他們身旁的女公關也會以佩服的眼神看直貴。店長似乎相信，直貴的存在會對店的形象提升有所貢獻。

但是直貴並沒有卸下心防。直貴暗自決定，就算店長再怎麼替自己著想，也絕對不能對他推心置腹。剛志的事情絕對不能被他知道，否則就完蛋了，這種生活也會被剝奪。因為他和民族風料理店的店長一樣，都是一般人，一般人是不會接受像自己這樣的人的。

武島剛志這個人並不存在，自己從以前到現在都是一個人。直貴打算如此認定。

2

這一晚的客人不多，空閒得很。明明是電車還在行駛的時間，卻沒有三五成群的客人上門。吧檯只有兩對情侶和一名落單的男客，而且其中一對情侶只是小口啜飲著白蘭地，而另一對情侶則是光點Gin Lime。沒機會大展身手的店長顯得無聊，而那名男客則是喝著加冰塊的波本威士忌，有一搭沒一搭地找直貴聊天。如果忙不過來的話，直貴會敷衍了事，但反正沒有其他客人，只好陪他聊天。陪笑臉應和無趣的話題，令直貴苦不堪言。

快十二點時，有新客人走進店裡，是一名身穿黑色長大衣的女子。直貴瞄了她一眼，對她的長相沒印象，心想大概是自己開始上班之前就來光顧的熟客吧。原則上，女人不會獨自一人走進陌生的店。

直貴心想：店長口中自然會出現「哎呀，好久不見」這種台詞。然而店長卻只是以拘謹的口吻說了一句「歡迎光臨」，他的眼神中帶有困惑的神色。

女客將目光轉向直貴，同時笑著走向他，脫下大衣掛在高腳椅上。她大衣底下穿的是白色針織衫。

「好久不見。」

「咦？」

「你忘記我了嗎？真無情耶。」她微微抬頭白了他一眼。

「啊……」直貴不記得那表情，倒是從她說話的腔調認出了她。她是白石由實子，她比之前瘦了一大圈，而且頭髮留長了，還化了妝，直貴才會認不出來。

*1 二次大戰後出生的人，這批人又稱為「嬰兒潮」。

「是妳啊？」

「好久不見。」由實子將雙肘靠在吧檯上。「你好嗎？」

「馬馬虎虎，妳怎麼會來這裡？」

「有一場聯誼，大家去唱ＫＴＶ，我覺得無聊就脫隊了。然後，我就想看看你。」

「我要問的不是這個，而是妳怎麼會知道我在這裡？」

於是由實子賊賊一笑，「天曉得，為什麼呢？」

直貴稍做思考，立刻找到了答案。「妳聽寺尾說的嗎？」

「上禮拜我去看現場演唱，到後台打聲招呼，突然覺得好懷念。聽說寺尾經常來這裡。」

「他很少來。對了，妳要不要點什麼？」

「啊，那Singapore Sling好了。」

直貴心想，她居然知道那麼炫的飲料，於是轉告店長調酒。

剛開始到這家店上班後，寺尾曾和直貴聯絡。直貴一提到新的上班地點，他就說改天一定要上門光顧，而且當週真的來了。從此之後，他以每個月一次左右的頻率露臉。當然，他現在對於直貴退團的事，已不再多提。非但如此，他也絕對不會主動提起樂團的事。他只是一味地詢問直貴的近況，所以直貴只好提出樂團和音樂的話題，但他總是顯得有所保留。即使如此，直貴還是從他口中問出了明年初要推出第一張ＣＤ。

「聽說你轉到大學的日間部了，真是太好了。」由實子喝了一口Singapore Sling後說。

「是啊。」直貴點頭。

「誰教你突然辭掉工作，嚇了我一跳。」

「因為我白天不能上班啊。」

「所以就來當酒保實習生嗎？」

隻身的男客說：「再來一杯。」舉起玻璃杯。直貴應了聲「是」，調製加冰塊的波本威士忌。這種簡單的調酒，他也會做。男客人不時偷看由實子，她或許沒察覺到他的目光，環顧店內。

「你現在住哪裡？」由實子又對直貴說。

「住哪裡不重要。」

於是由實子拿起一張堆在吧檯上的杯墊，推向直貴。

「這要幹嘛？」

「聯絡方式，我打寺尾告訴我的號碼也打不通。」

「電話退掉了。我很少在家裡，所以停掉了。」

「是喔……，那告訴我住址。」

「妳知道這個要做什麼？」

「別管那麼多，告訴我就是了嘛。」她將杯墊再往前推。

喝著波本威士忌的男客哈哈大笑。「小姐，妳最好放棄直貴，這傢伙一堆女人搶著要。有很多女人上門都是為了他，對吧？」男客徵求直貴的同意。

「沒那回事。」

「不，這件事大家都知道。倒是小姐，妳戴的耳環很漂亮耶，在哪買的？」

「咦？這個？這是在澀谷買的便宜貨。」

「是喔，這樣啊。難道是因為和妳的髮型很搭嗎？那妳頭髮在哪剪的？」

又開始了，直貴在心裡啐道。這是這個男人的固定搭訕模式，首先誇讚飾品，接著稱讚髮型、化妝技巧，最後讚美身材。而且他曾講解過，要釣女人上勾，沒有比讚美更有效的話了。

男人是一家經紀公司的社長。話是他自己說的，直貴不知是真是假。說朋友當中有許多知名藝人，也是他最強的武器。現在由實子也興致盎然地聽著男人說話，直貴心想，太好了，他不太想和知道自己過去的人扯上關係。

由實子起身去廁所，男人彷彿等待已久地向直貴招手。「她和你沒有任何關係吧？」

「沒有啊。」

「那，我可以帶她回去嗎？」

直貴猶豫了一下，旋即回答：「請便。」

男人從西裝外套的口袋拿出了什麼，原來是白色的藥錠。

「把這個壓碎，然後加進下一杯飲料中……，聽到沒？」男人狡猾地笑了。

「這不太好吧……」

「拜託啦，又沒什麼大不了的。」男人像在握手似地抓住直貴的手，他手心裡夾著什麼。直貴立刻明白，那是一張摺得小小的紙鈔。

由實子出來了。直貴他們放開手，紙鈔到了直貴手中。他轉身一看，是一張五千圓紙鈔，他不禁輕輕咋舌。

「再喝點什麼吧。」男人對由實子說。

「我已經喝很多了，那柳橙汁好了。」

男人以眼神暗示直貴。直貴面不改色，將剛才的藥錠在吧檯底下壓碎。店長正在應付其他客人。

「喝完柳橙汁之後，要不要再去一家我常去的店？我會送妳回去。」

「啊，抱歉。我會請直貴送我回去。」她有點口齒不清地說。

「我還要工作。」直貴邊說邊將柳橙汁放在她面前。

「那，我等到店打烊。」

「還要好幾個小時喲。」

「沒關係，我等就是了。」

「請妳適可而止，」聽見直貴的話，由實子的表情一僵。他盯著她的眼睛繼續說：「我覺得很困擾。妳請這位先生送妳回去不就好了嗎？」

眼看著她的眼眶變紅，好像要叫出聲來，但是她在張嘴之前，伸手推倒柳橙汁。玻璃杯倒向直貴，叫出聲的人反倒是他。

「妳幹什麼？」直貴說話時，由實子已經走出店外。男人追上前去。

「喂，直貴。」店長皺起眉頭。

「對不起。」直貴一面道歉，一面開始清理地板。他想起由實子的背影，在心中低喃：我已不是從前的我了。

3

帝都大學商學院企管系一個年級約有一百五十名學生。即使如此，使用校內最大的階梯教室，仍給人一種空蕩蕩的感覺。前排的座位尤其如此，坐在第一排的只有直貴一個人。他心想：換句話說，在自己插班進來之前，第一排沒有人坐。

他自覺有障礙，因為自己是中途插班進來的，老師們不認識自己。他猜想，如果不及早讓老師們認識自己，找工作時會很辛苦。當然，靠近老師聽課還有容易習得知識的好處。

他還認為自己是異類。其他學生一入學就互相認識了，早已各自形成小團體，會用特異的眼光看待二年級插班進來的他，是理所當然的事。雖然有人和他說話，但是轉到通學課程將近半年，卻沒有一個稱得上是朋友的同學跟他談得來。

所以就連這一天第四節課下課後，一名學生對他說話時，他也覺得是公事。

對方是一名姓西岡的學生，身材瘦高。皮膚黝黑大概是因為愛好某種運動吧。直貴發現，他的穿著總是經過精心打扮。

「可以打擾一下嗎？」西岡對直貴說。明明是同年級，但同學對直貴說話總是莫名客氣。

「武島，你喜歡聯誼嗎？」

「聯誼？」這個字眼出乎直貴意料之外。「稱不上喜歡或討厭，因為我沒參加過。」

其實直貴在店裡看過好幾次聯誼活動，但暫且按捺著不說。

「星期天有場聯誼，你想不想去？」

「咦？你是在邀我嗎？」

「是啊。」西岡有些尷尬地點點頭。

「為什麼找我？可以邀的人應該多得是吧？」

「這個嘛，這是有原因的。」

「什麼意思？」

西岡打開書包，拿出一個放照片的小檔案夾。他打開檔案夾給直貴看。

直貴記得照片上的情景，那是秋天校慶的一幕。企管系擺了幾個攤位，其中一個賣的是可麗餅。照片上是直貴站在攤位前，一臉百無聊賴地喝著紙杯裝咖啡的身影。當時他心想，校慶期間不來學校也無妨，但距離開店還有時間，乾脆到學校看看打發時間。

「我邀請高中時代的女性朋友來參加校慶，那個女生是東都女子大學的學生，我這次拜託她辦聯誼，她答應了，但拒絕青蛙男。」

「那女生對自己很有自信嘛。」

「她其實長得不怎麼樣。後來，我問她：那妳要怎樣的男生才行，然後給她看了校慶時拍的照片作為參考。結果她看著照片選了幾個人，其中也包含了你。」

「她選我？」直貴沒有惡意地噗哧一笑，「會不會是照片拍得好啊？」

「我那個朋友記得你。她說她只是瞥見你一眼，覺得你長得很帥，我也說你是個悶騷的人。」西岡咧嘴一笑。

「悶騷的人啊……」這肯定是拐個彎在說自己沉默寡言，而且個性陰沉。

「怎麼樣？時間上不方便嗎？」

「這個嘛，」直貴稍稍想了一下之後說，「我是函授課程轉過來的插班生耶。你告訴對方這件事了嗎？我可不想到時候丟臉。」

「我沒說，但那種事情沒有關係吧？何況你現在的身分和我們一樣……」

直貴心想，你真的那麼認為嗎？但是沒有說出口。

「怎麼樣？五對五喲。對方都要求我們得是帥哥了，所以我也叫對方要帶漂亮的美眉來。」

直貴心想，這真是一個無憂無慮的世界啊。當初那麼期待的大學生活，現在每天竟然只是重複這種乏善可陳的日子，實在令人有點失望。但他覺得非得從這種生活中獲得些什麼才行。

「好啊，但是我完全不懂如何取悅女生。」

「放心啦。你只要坐著，配合女孩子們的話題就行了。」

或許是因為認為自己還了女性朋友的人情，西岡的臉上露出鬆了一口氣的神色。

聯誼場地在澀谷的一家餐廳，直貴的穿著和平常去店裡上班沒兩樣。

直貴雖是第一次參加聯誼，但是並不特別緊張。他在店裡看過好幾次別人聯誼，所以知道大概的情況。重點是，他習慣了和年輕女孩子聊天。這點用不著西岡教，只要適度地聽對方說就好了。

直貴到「ＢＪ」上班之後，漸漸體認到自己似乎具有女性喜愛的外貌和個性。因為隻身前來的女客當中，有不少人會露骨地勾引他。他曾在銀座女公關的勾引之下前往她的住處，也曾被算準打烊時間上門的女客突然強吻過。

然而他深自警戒，不隨便和人深入交往。他心想，如果自己是所謂萬人迷的類型，沒道理不有效利用這項優勢，畢竟目前自己只有這樣武器。而且他認為，這樣武器的威力絕對不小。

五個男生先在餐廳集合，包含西岡在內的其他四人，確實都具有受女性歡迎的外表。

眾人以西岡為主，開始決定各項程序。除了決定座位順序和菜單，甚至還要事先決定對話的流程，令直貴略感驚訝。

「武島，今天我們對你說話可以隨便一點嗎？」西岡問直貴，「否則只有對你說話客客氣氣的，會顯得不自然吧？」

「沒錯沒錯。」其他三人也點頭。直貴見狀心想，他們內心終究還是將自己視為異類吧。

「講話隨便或稱兄道弟都行。」

「那我們就不客氣了。」

四人討論結束時，女生們出現了，男生們起身迎接。

五個女生個個五官秀麗，各有特色。大概是因為這樣，男生之間產生一股像是放下心來般的愉悅氣氛。眾人肯定心想，看來今晚樂趣無窮。

直貴不在乎會出現何種女生，但五人當中，有一名女孩子具有某種觸動他內心深處的特質。那名女孩子一頭披肩黑髮，一身衣服也是從頭黑到腳，一臉對這場活動興趣缺缺的表情。她的柳眉端正，有雙鳳眼，閉著的嘴唇緊抿成一條線，可說是典型的冰山美人。

不管西岡他們準備了多麼周詳的程序，對話的流程卻完全不如他們所預期。因為西岡的女性朋友講話滔滔不絕，男生們只得配合她的話題。即使如此，聯誼依舊熱鬧非凡，男生們也顯得心滿意足。

一名女孩似乎對直貴有興趣，東拉西扯地找他講話。直貴一直保持有人問問題，就圓融地回答；對方開始說話，就隨聲應和的態度。這比在店裡應付客人輕鬆太多了。

當其他男生找那名女孩子說話時，直貴若無其事地看了那名黑髮女孩一眼，發現對方也看著他。雖然她立刻別開目光，但兩人的視線在那一瞬間，確實在空中交會了。

她名叫中条朝美。自我介紹的內容中，直貴只記得她唸哲學系，不過，這是因為她除此之外沒有多做介紹。即使男生拼命製造話題，女生捧場地炒熱氣氛時，也只有她一臉不感興趣的表情，獨自抽著菸。一旦現場的緊張氣氛解除，各自換位子時，幾個男生為她的美貌所吸引，親暱地對她說話，但她的回應也是冷冷的。認為沒希望而放棄的男生，早早從她面前離開。

直貴不知該如何解釋，中条朝美似乎有一瞬間盯著自己這件事。說不定所有人當中，她只對他感興趣，等著他對自己說話。但是直貴問自己，在這裡和一名女孩變得親密，有什麼意義呢？如果是隨便玩玩的女朋友，有幾個到店裡的女孩子就可以了。不用把自己的狀況告訴她們，對她們撒謊也不會有問題。直貴並不想要固定的女朋友，一旦太過親密，分手時唯有帶來痛苦。

那場在餐廳的酒宴散會，西岡他們提議去唱ＫＴＶ續攤。直貴心想，就陪生活安逸的學生們到這裡吧。

「我要回去了。」他悄悄對西岡說。

「咦？是嗎？」

「大家看起來玩得挺愉快的，我一個人脫隊，大家也不會放在心上，而且我有點累了。」

「沒有你看上的女孩子嗎？」西岡賊賊一笑。

「今天免了，讓給大家。」

「我知道了，那，再見。」西岡沒有執拗地慰留。

直貴離開餐廳後與眾人告別，獨自前往澀谷車站。時間還不算太晚，街頭滿是年輕人。他避免撞到人，穿越斑馬線，走進澀谷車站。

當他排隊買票時，感覺到一旁的視線。轉頭一看，原來是中条朝美從隔壁的隊伍看著他。他對她笑，微微舉起手。她沒有露出笑容，只是點頭致意。

她似乎也拒絕了去唱ＫＴＶ，直貴並不特別意外。

她原先站在售票機前面，直貴若無其事地從身後盯著她。她探了探黑色皮包裡面，沒有買票就突然從售票機前面離開。她後來又不斷檢查皮包裡面，不久抬起頭來，面露困惑的表情。

直貴察覺到發生了什麼事。他猶豫了一下，然後離開隊伍走向她。

「怎麼了？」

她似乎對他向自己說話感到驚訝，旋即柳眉微蹙地搖搖頭。「我好像把錢包忘在剛才的店裡了，我想大概是忘在廁所。」

「這下糟了，」果然不出直貴所料。「只好回去拿了。」

「嗯，希望找得到。」

「我陪妳去。」

「啊，沒關係。我一個人去就行了。」她揮揮手。

「是嗎？」直貴觀察她的表情，看起來她並不討厭他跟著。「可是，哎，我陪妳去啦，而且視情況說不定得和西岡他們聯絡。」

「這樣啊……，不好意思。」

「快走吧。」

兩人快步前往餐廳，一路上沒有交談。直貴心想，她現在大概沒心思和自己說話吧。

一到餐廳，她讓他在外面等，自己進去。直貴心想，這下事情麻煩了。假如她找不到錢包，自己也不能丟下她。弄不好的話，說不定還得陪她到警察局備案。

當他心裡思索西岡他們去的ＫＴＶ在哪裡時，中条朝美從店裡走出來，臉上不再有擔心的表情。

「找到了？」

「嗯，」她總算露出了笑容。「我好像果然是忘在廁所裡，有人交給了店裡的人。」

「太好了。」

「抱歉，還讓你陪我過來。」

「沒那回事。」

兩人再度踏上往澀谷車站的路，然而這次的步伐相當緩慢，而且有了交談。

「妳也沒去唱KTV啊？」

「嗯，總覺得沒那個心情。」

「妳對今天的聯誼，好像不怎麼感興趣。」

「我看起來像是那樣嗎？」

「像啊，我說的有錯嗎？」

「不，你說的沒錯，我完全不想參加。是因為人數不足，她們拜託我來湊人數，我不得已才來的。畢竟做報告時，她們幫了我好幾次。」

「原來如此，錢包找到真是太好了。要是錢包再不見，今晚就糟糕透了。」

「真的是。可是，你也只是適度說說話而已吧？」

「是啊，我不太喜歡聯誼。」

「是不是因為會被女朋友罵？」

「我才沒有女朋友呢。」

「是嗎？」

兩人回到澀谷車站旁，接下來只剩過斑馬線了。直貴這時又猶豫了，直接像一般朋友一樣道別比較省事。如果沒有互相交換電話號碼，也沒有告訴彼此詳細資料的話，日子一久應該就會忘了這個女孩子。

紅綠燈即將由紅轉綠，雖然還沒想清楚，但他開口說：「如果妳有時間的話，要不要喝杯茶？」

中条朝美沒有露出驚訝的表情，看了手錶一眼，立刻點頭答應。「嗯，一個小時左右的話沒問題。」

直貴抱著五味雜陳的心情點頭。如果她拒絕的話，自己就能了無遺憾地和她道別，他害怕自己抱持過度的希望。雖然如此，心情仍有些雀躍。

進入咖啡店，直貴和中条朝美分別點了熱咖啡和冰奶茶。

「我比大家大一歲。」她用吸管啜飲了一口後說。

「重考？」

「不是，留級。因為一年級的時候，我幾乎都沒去上課。」

「是喔，因為生病嗎？」

「不是，總覺得不太想去。」

她似乎有什麼隱情，直貴決定不過問。

「我和今天那些朋友有點聊不來。」

「所以妳參加聯誼也高興不起來嗎？」

「不光是這個原因，我覺得聯誼很無聊。」朝美從皮包中拿出香菸和打火機。「今天的女孩子當中，有一半的人會抽菸。但是她們在男生面前忍著不抽。」

「妳有男朋友嗎？」

她對著直貴吐煙。「男性朋友當然有。」

「原來如此，難怪……」

「但不算男朋友。」她將菸灰抖落在玻璃菸灰缸中。「你姓……武島嗎？你也是留級生？」

直貴面露苦笑。「我看起來像嗎？」

「因為我總覺得你和其他男生不一樣。如果你沒有留級的話，算我說錯話，對不起。」

「我不是留級生，但我是從函授課程插班進來的。」

「函授課程？噢……」她用手指夾著香菸點頭。「很罕見。」

她沒有打破沙鍋問到底地追問這件事。

4

時間一眨眼就過了。臨別時，朝美將寫下行動電話號碼的紙條遞給直貴。「有什麼事的話，請你跟我聯絡。」

會有什麼事呢？直貴一面心想，一面收下了紙條，並留下自己的電話號碼給她。

「但我想我非假日的晚上大概都不在。」

「是喔，因為你說你在六本木的店裡打工嘛。改天我可以去光顧嗎？」

「可以啊。」他從錢包裡拿出店長的名片，背面印有地圖。

那一晚，直貴回到公寓，喝完從店裡偷拿的威士忌後，鑽進被窩，一一回想與中条朝美的對話，在眼底勾勒出她的表情。還想再見到她，這是他真正的心情；但是另一方面，他覺得見了也沒用。她似乎出身良好，還說她家在田園調布（*1），家境應該相當富裕，和自己門不當戶不對。而且直貴料想得到，要是她父母知道自己的遭遇，大概當下就會反對兩人交往。

直貴告訴自己，別做異想天開的夢！如果胡亂抱持希望，只會蒙受奇恥大辱……

*1 東京高級住宅區。

接著，他苦笑。我竟究在想什麼啊？中条朝美肯定不會看上自己的，不能因為她留了手機號碼給自己，就得意忘形！

他祈求一覺醒來，關於她的記憶就會淡去，試圖入睡。

然而對她的記憶，卻沒有如他期待般順利消失，甚至一天比一天更鮮明。幾個對話的片斷，總是在他腦中重複播放。

即使如此，直貴還是不想打電話給她。他有預感如果這麼做的話，會導致什麼無法挽回的事。一想到她，就感到心裡小鹿亂撞，但是他相信，這股情緒遲早會平靜下來。

聯誼後十天的夜裡，當直貴一如往常地在店裡做吧檯的工作時，進來了一對客人。然而他看見那兩人，心頭一怔，因為女方是中条朝美。

當然，這並非巧合，肯定是她依照那張名片背面畫的地圖，帶他來的。然而她卻沒對直貴說話，只是和同行的男子並肩坐在吧檯的座位，環顧店內。

除非客人向自己開口，否則不准親暱地對客人說話，是店裡的規矩。直貴如同對待其他客人，先遞菜單給兩人。

她點了波本威士忌加蘇打水，男子也以有點隨便的口吻，點了相同的飲料。

男子看起來比直貴年長，套了件深灰色夾克，底下穿著高領衫。或許是經常上美容院，長短適中的髮型無懈可擊。

直貴努力地不看向兩人，但片斷的對話仍無可避免地鑽進耳膜。詳細內容雖然聽不清楚，但應該不是令人起勁的話題。

「我說你是在浪費時間，我們最好想想接下來的事。」直貴聽見了朝美的聲音。男子含糊不清地回答了什麼，他說的是──我認為得試試看才知道。

「我已經有了結論，我不想再拖拖拉拉下去了。」

「什麼拖拖拉拉？」

「像這樣交談有什麼意義？這樣豈不是在兜圈子嗎？」

「妳或許已經有了結論，但是我還不能接受。」

「就算你不能接受，又有什麼辦法？」

「喂。」朝美對直貴說。他嚇一跳轉頭一看，她將見底的平底玻璃杯往前挪。「再來一杯一樣的。」

直貴點頭撤下平底玻璃杯，朝美泰然自若。

後來兩人繼續對話。兩人都將聲音壓得極低，直貴聽不見任何一句，然而兩人四周的氣氛依然陰沉。

喝光第二杯波本威士忌加蘇打水時，朝美突然站了起來。「別再說了，已經說夠了吧？再說下去也是枉然，我要回去了。」

「等一下。」

然而她卻將男人的話當作耳邊風，將一萬圓紙鈔放在吧檯上，抱著原本掛在椅背上的大衣，走出店外。男子或許也覺得馬上追上去很窩囊，坐到喝完自己的飲料才離去。

男子離開後沒多久，店內的電話響起。直貴一接起電話，話筒裡傳來朝美的聲音。「那傢伙已經回去了嗎？」

「他剛才回去了。」

「是喔，那我現在再過去一趟。」說完，她就掛斷了電話。

不久，朝美回來了。她坐在和剛才相同的地方，對著直貴笑。「抱歉啦，感覺很差吧？」

「那倒是無所謂……，妳男朋友沒事嗎？」

「他應該想不到我又回來了吧。」她皺起鼻頭。

「你們好像在討論很嚴肅的問題喔？」

「哼哼。」她用鼻子冷笑道。「我想你應該察覺到了，我提議分手。」

「妳果然有男朋友吧?妳之前還說是男性朋友。」

「我的意思是，我已經不當他是我男朋友了。我今天就是要把這件事說清楚。」

「妳帶他到這裡來，是不是有什麼用意?」

「算是吧，以免自己退縮。」

「退縮？」

「剛才的他，嘴巴相當厲害吧？如果他動之以情的話，我恐怕會不自覺地被他說服，所以我才會來這裡。這裡有你在啊，我想他一顧慮到你在聽，就不敢亂說話。託你的福，到最後一刻我都沒有改變心意。」

「分手好嗎？」

「我總算下定了決心，感覺很痛快。」

喝了幾杯雞尾酒後，中条朝美回去了。

自從那一晚之後，她不時會到店裡來。她常和朋友一起，有時也獨自前來，但不再有男人同行。

她是一個豪放大膽，卻又孩子氣到令人傻眼的女人。直貴總覺得和她聊天的過程中，有些沉睡於體內的什麼被喚醒了。

即使那麼嚴重地警告過自己，直貴還是無法克制被她吸引的心情。而且他也確信，她對自己有好感。

兩人極為自然地開始約會，有一次約會回家的路上，直貴邀請她到自己家。這是他第一次邀女人回家。

兩人在狹窄而空蕩蕩的房內互擁，他向她吐露愛的話語。

5

每到假日，直貴就會和朝美碰面。有時到澀谷購物，有時去遊樂場，還生平第一次去了東京迪士尼樂園。直貴雖然心想不能這樣下去，卻無法停止與朝美交往。在聖誕節，用打工一點一點存下來的錢，買耳環送她，到東京都內的餐廳享用大餐，但終究沒錢住飯店。直貴老實告訴朝美這一點，她笑著說：「就算有錢，大概也訂不到房間了。」於是提議到直貴家續攤。兩人到便利商店買了蠟燭和便宜的蛋糕，帶回家延續聖誕節的慶祝活動。她躺在他懷中，燭火一晃動，兩人映在牆上的影子也妖冶地搖晃。

「直貴，你好像很開心耶。」在店裡，頻頻有人向直貴這麼說。不光是店長和其他員工，連熟客都一語道破，可見得他的好心情全寫在臉上。即使被人這麼說，他還是無法恢復以往嚴肅的表情。

過年後，第一次到廟裡參拜，地點是明治神宮。雖然直貴從前老是搞不懂大家為什麼喜歡特地跑到人潮擁擠的地方，還笑他們是笨蛋，但和朝美在一起，哪怕是人擠人都令他感到開心。朝美穿著長袖和服，直貴第一次和穿著和服的女人走在一起，連牽手也小心翼翼。

情人節時，朝美在打烊前來到店裡。兩人尚未告訴店長他們的關係，但店長似乎隱約察覺到了。

「直貴，你今天也打算在這裡過夜嗎？」店長悄悄問他。

「不，我今天打算回家。」

「既然這樣，明天再打掃就好了，你可以回去了。讓女朋友等，她怪可憐的。」

聽見店長粗聲粗氣地說，直貴只是滿臉燥熱地默默低頭。

和聖誕節一樣，兩人在他家舉行情人節儀式，也就是兩人一起吃朝美做的巧克力蛋糕。他泡了咖啡。

那晚，她第一次邀請直貴到她家。言下之意似乎是想讓他見見自己的父母。

「你不必緊張。因為我這一陣子週末都會出門，他們好像有點擔心。我告訴他們，我和前男友分手了，他們就擔心地問：『那妳現在是不是和誰在交往？』或許不理會他們就好了，但是每次都被問也很麻煩，而且我覺得如果老是裝聾作啞，實際見面的時候，他們恐怕會對你印象不好。」

直貴不太懂朝美的心情。她在家裡感受到的壓力，肯定不像她嘴上說的那麼簡單。在這個節骨眼逞強，反而難以和直貴繼續交往下去，這肯定也是她的心聲。當然，她大概也感覺到父母在擔心，想儘早讓他們放心。直貴從交往過程中，感覺到她的個性是真的會替父母著想。

他處於「該來的終究來了」的心境。他已做好了心理準備，雖然這件事來得比想像中更早，但醜媳婦總得見公婆。

但說到是否能夠爽快地點頭答應，卻又另當別論了。他面對吃到一半的巧克力蛋糕，沉默不語。

「你果然不願意？」朝美盯著他的臉。

他「呼」地吐出憋在肺部的氣。

「我想過，像現在這樣下去是不行的。就像妳說的，妳父母應該很擔心。」

「那就去見見他們吧。」

「可是，」直貴輕咬嘴唇後說，「沒問題嗎？」

「你在擔心什麼？」

「就是，像我這樣的人啊。像我這種一無所有的男人要是去妳家，會不會被趕出來，叫我別做夢了呢？」

「一無所有是什麼意思？畢竟你沒有家人又不是你的問題，沒有家也不是你的錯啊。你沒有家人可以依靠，自力更生。不光是這樣，你還唸到大學。誰敢說看不起這樣的人？如果我父母那樣做的話，我反倒會瞧不起他們，並和他們斷絕親子關係。」

朝美情緒激動，令直貴面露苦笑。

「他們或許不會瞧不起我，但是會不會反對我們交往呢？」

「所以我問你，為什麼他們要那樣做呢？」

「有一句話叫門當戶對吧？父母不是都會在意嗎？」

「什麼叫門當戶對？難不成你是指你沒有親人，而我的父母經濟小康嗎？那簡直是無稽之談。我們是否匹配才重要吧？」

「話是這麼說沒錯。」直貴低下頭。

朝美的父親任職於國內前三大醫療器材廠。位於田園調布的房子從祖父那一代就住到現在，甚至在鎌倉還有一棟房子。他們的生活水準絕對不僅止於「經濟小康」。

「如果你說什麼都不肯的話，我也不會勉強你。」朝美拿著湯匙在咖啡杯中攪動，發出陶器和金屬碰撞的聲音。

「我知道逃避不是辦法。」

「哎，也難怪你會覺得壓力很大。坦白說，我也覺得心情沉重。我雖然跟父母說過我有男朋友，但是從來沒帶回家過。」朝美開始用叉子切碎剩下的蛋糕。

有一件事直貴必須下決定，就是該不該把剛志的事告訴她。之前，直貴搬出對「ＢＪ」店長的那一套說詞，向她表示自己是獨生子。

一旦說出來，她會做何反應呢？總覺得她會原諒自己撒謊這件事。至於今後的交往會如何？直貴心想，她或許會諒解自己的苦衷。因為凡事直來直往的她，也厭惡別人心存歧視。

然而，直貴心想，就算朝美諒解，她的父母不見得也會理解。不，社會地位越是崇高的人，對女兒交往對象的身世應該越重視。若對方是受刑人的弟弟，而且他哥哥犯的是強盜殺人罪，女方的父母終究不可能同意兩人繼續交往。

朝美或許會說她不在乎。她認為，如果自己離家出走，和父母斷絕親子關係，這件事就能解決。但是直貴不能讓她這麼做。

他深知歧視與偏見對人的威脅，若按目前的狀況，自己絕對無法擁有幸福的人生。他確信要獲得幸福人生，需要某種力量。無論是卓越出眾的天分也好，財力也好，任何力量都行。

中条家有這種財力。放棄中条家的財力，即意謂著朝美也將被迫承受和自己相同的痛苦。

如果要隱瞞剛志的事……

直貴心想，就得連朝美一起騙。只對她說真話，拜託她別告訴父母是行不通的。直貴不想讓她成為共犯，不，前提是她應該不會同意這樣做吧。從小嬌生慣養的她，不會知道失去富裕的生活有多麼可怕。

不能說出大哥的事，必須隱瞞一輩子……，這種想法逐漸在直貴心裡萌芽、扎根。

6

「直貴：

你好嗎？最近都沒收到你的來信，有點擔心，我擅自解釋成你應該是忙於課業和工作，沒空寫信。這樣可以吧？你應該沒生什麼重病吧？坦白說，哪怕是明信片也好，只要你寄信來，我就放心了。能不能寫信告訴我，你很好呢？總之，待在這裡不太感覺得到時間，而且完全沒有你的音訊，真是令人心慌。

對了，外面的櫻花開了嗎？這裡位在高牆內，種了幾棵櫻花，從工廠的窗戶看得見。上星期櫻花盛開，現在大概漸漸凋謝了吧。

說到櫻花，從前我們母子三人曾到附近的公園賞花，對吧？將前一天晚上的剩菜裝進便當裡，感覺像要去郊遊。我記得那一次裝的是炸蓮藕，因為我們兄弟倆最喜歡炸蓮藕了。說到炸蓮藕，媽媽會先買蓮藕回家，然後下油鍋炸。我們會搶著大口吃，等到晚餐開動時，已經幾乎被我們吃光了。說到我們家的炸天婦羅，就是炸蓮藕和炸芋頭，但媽媽老是吃炸芋頭，因為被我們吃得只剩下炸芋頭，好懷念哪。炸蓮藕真好吃，光是回想，口水就快滴下來了。這裡倒不是沒有菜下飯，但是完全不能相提並論。

我岔題了。說到賞花，我記得不是星期六日，而是非假日，是不是我們讀的國小的校慶呢？所以公園裡人並不多，空長椅也挺多的。那一天，媽媽大概是請假吧，我不太記得了，但是那天應該是要工作。

於是我們開始邊吃便當邊賞花，但是我們完全沒在看櫻花。當時你發現裝在瓦楞紙箱的野貓，一心只顧著和貓玩。我們纏著媽媽，說我們想養貓，但是媽媽說不行。直貴哭了，我也大吼大叫，心想：為什麼不能養這麼可愛的貓呢？怎麼可以就這樣拋下牠。

那隻貓後來不知道怎樣了。要是有人撿走就好了，這樣的話，牠應該還活著吧。

後來想想，當時媽媽也很難受。她雖然想實現我們的願望，但我們家沒有多餘的錢養貓，畢竟炸蓮藕在我們家就算是頂級料理了。即使是好心的人，也不能老是見人就施捨愛心。有許多事情是魚與熊掌不可兼得，一定要捨棄其中一樣的，而人生就是反覆有捨才有得的過程。

我寫了莫名其妙的事。像我這種人沒資格用人生這兩個字，你儘管笑我好了。

我一開始寫的事情，能不能請你稍微放在心上呢？真的只要「我很好」這一句話就行了，只要你經常將這句話寫在明信片上寄給我就好了。可以的話，最好是印有你最近照片的那種明信片。現在那種明信片應該很容易加工吧？不是還有一種叫做大頭貼，像小貼紙的照片嗎？但是那會不會太費工夫呢？如果會的話，一般明信片就好。總之，你肯寄信給我嗎？我期待你的來信。

我好像暫時還是一個月只能寄一次信，下個月我再寫信給你。你要好好加油喲！

兄　剛志」

看完信後，直貴馬上將信紙連信封撕碎，用別張紙包住丟進垃圾桶，然後到洗臉台，檢查自己的服裝儀容。深藍色的夾克，是去年插班進通學課程時，買給自己當作獎賞的。包括夾克底下的格子襯衫和棉褲也是如此。說到好一點的衣服，就只有這幾件，出席正式場合時，直貴總是穿這一身衣服前往，感覺相當舊了。如果可以的話，他想買新衣服，但是手頭不方便。再說，朝美知道直貴的經濟狀況。他心想，就算今天逞強添購新行頭也於事無補。

既然不能花錢買衣服，就將心思花在髮型和刮鬍子上。昨天對著鏡子，自己試著整理了有點變長的頭髮，直貴自認剪得不錯。鬍子剛才刮過了，他比平常花了更多時間，仔細地刮了。

他拿梳子再次整理髮型，直貴認為，給人的第一印象很重要。一旦第一次見面時給人壞印象，之後無論做什麼，都很難扭轉過來。相反地，如果一開始給人好印象，之後就算做錯了什麼，別人也多半會睜一隻眼、閉一隻眼。

直貴對著鏡子，練習笑容。他想起不知道什麼時候，曾和寺尾做過同樣的事。寺尾說，直貴在舞台上的表情太過僵硬。

「就算自認為在笑，看在別人眼中卻不是如此，若從遠方看就更嚴肅了。要笑到自己覺得是否太誇張了，才算是恰到好處。你看看在迪士尼樂園裡跳舞的那些傢伙的表情，真是令人佩服，虧他們可以露出那麼快樂的表情，卻又不讓人覺得誇張。」

直貴和朝美交往之後，才第一次去了迪士尼樂園。他一面想起寺尾的話，一面觀賞盛裝遊行，舞者們的笑容果然很吸引人。

不可以垮著一張臉，直貴對著鏡子自言自語。長久以來，特別是發生剛志的事情之後，令他吃足了苦頭，陰沉的表情猶如鐵銹般黏在臉上。然而這麼一來，很難博得別人的好感。在酒吧陪女孩子時還好，她們會說直貴的表情很酷，或說他是憂鬱小生。但那是場所的緣故，再加上對方是女孩子，那種表情才吃得開。可是今天要見面的人，完全是另一種類型的人。

貼在鏡子角落的大頭貼映入眼簾，直貴和朝美臉貼著臉，對著鏡頭比出勝利姿勢。那是他們在橫濱約會時拍的。

直貴想起了剛才看過的剛志來信，哥哥是從哪裡知道大頭貼這個字眼呢？或許是監獄裡能看的雜誌上，提到了那種東西吧。

直貴完全沒回信，連過年也沒去看哥哥。哥哥上個月的來信中，問到直貴是否能夠升上三年級，但直貴連這個問題也沒回覆。

因為強盜殺人犯的弟弟認為，哥哥大可少寄點信來。為何他沒有察覺，弟弟之所以沒回信，是想要疏遠他的證據。為什麼剛志不懂，自己寫的信對弟弟而言，是將他束縛在不祥過去的枷鎖。

說什麼炸蓮藕？他還真悠哉啊！而且還試圖美化往事。直貴也記得賞花及那隻野貓的事。隔天去公園一看，那隻貓已經死在箱中了。當時剛志應該也在場，難道他忘了那件事嗎？

但是，大哥說的沒錯……，直貴對著鏡中的自己說。有許多事情是魚與熊掌不可兼得，一定要捨棄其中一樣的，而人生就是反覆有捨才有得的過程。

所以我捨棄了大哥。我原本就沒有大哥，我從呱呱墜地時起，就一直是一個人。今後亦將如此。

門鈴響起。直貴看了手錶一眼，到了約定的時間。

打開門一看，朝美滿臉笑容地站在眼前。「準備好了嗎？」

「一切搞定！」直貴豎起大拇指。

直貴也知道田園調布這個地方，似乎住著許多代代相傳的有錢人，然而親身前往倒是頭一遭。在朝美的帶領之下，他發現街頭的氣氛很不一樣，不光是四周綠意盎然的緣故，感覺像是富豪人家排除外來的不純空氣，而形成的街頭。時間的流逝彷彿也慢了下來。

朝美家四周的圍牆貼有灰色磁磚，還種植樹叢，從門前只能看見西式的屋頂和二樓的凸窗。然而造訪有庭院的房屋，對直貴而言就是全新的經驗。

一走進玄關，朝美對著屋內喊道：「我回來了。」不久傳來穿著拖鞋的腳步聲，一名個頭嬌小的中年婦女出來應門。她身穿淡紫色針織衫，外面套了件同色的毛衣。臉上的妝化得一絲不苟，頭髮也梳整過，但身上仍穿著圍裙。直貴心想，有錢人家的家庭主婦大概連在家裡也是這副打扮吧。

「我按照約定帶他來了，這位是武島直貴先生。」

「敝姓武島。」他低頭說道。

「而這位是我母親，中条京子女士。」

「妳這孩子在胡說什麼？」京子面露苦笑地看著直貴。「總算見到我女兒的男朋友了。來，請進。」

「打擾了。」直貴脫鞋。自己的運動鞋放在豪華的玄關，顯得非常寒酸。他心想，得買雙新鞋才行。

「爸爸呢？」

「他在家呀，他正在院子裡練習高爾夫。」

聽著她們母女的對話，直貴心裡很緊張。如果可以，他不想和她父親長時間面對面。

「別拘束，」朝美似乎察覺到他的樣子，對他咬耳朵。「敵人也很緊張喲。說什麼練習高爾夫，一定是他害羞躲起來了。」

「是這樣就好了。」

客廳約有十坪大小，沒看見餐廳，餐廳應該在別的地方吧。客廳中央有一張巨大的大理石茶几，三面排列著皮沙發。直貴在朝美的催請之下，坐在正中央的沙發上。

落地窗外是一大片鋪著草皮的庭院，耳邊傳來低沉的「鏘、鏘」聲。看不見朝美的父親，但他似乎正將高爾夫球打進球網。

朝美的母親端著托盤，將裝了紅茶的杯子和餅乾放在他倆面前。直貴看見杯子有三個，心想：看來她似乎也打算坐下來。

她母親果然坐在他倆對面，問了一堆問題。內容包括大學和打工的事，乍看之下毫無章法，想到什麼問什麼，但恐怕並非如此。她母親和藹可親地對著自己笑，直貴差點鬆懈下來，但是他要自己別忘了，這一個個問題都會被當作分析自己的材料。

「直貴，你要不要去我房間？」朝美問他。她或許是不忍心讓直貴繼續接受母親的盤問。

「哎呀，妳房間有好好整理過嗎？」她母親隨即插嘴道。

「我打掃好了啦。」

「待在這裡有什麼關係。如果嫌我這個電燈泡，我去那邊就是了。」京子顯然不願讓兩人進房間。

「在這裡的話，直貴沒辦法放輕鬆吧？來，我們走吧。」朝美起身拉直貴的手臂。「是嗎？」他邊說邊站起來。得救了，他內心鬆了一口氣。

朝美的房間在二樓，是一間窗戶面南的四坪大西式房間，家具和窗簾都是以藍色為基調精心挑選過的，連床單也是淡藍色。

直貴坐在低腳沙發上，吁了一口氣。

「緊張嗎？」

「那當然。」

「抱歉啦。再怎麼說，我媽也問太多了。居然連大學成績都想從你口中問出來。」

「妳母親大概怕獨生女被怪人纏住，非常擔心妳吧。」

「就算是這樣，也太失禮了。那個人老是這樣，可以臉上掛著笑容刁難人。」

「我是不覺得她在刁難我……，但不曉得她對我的印象如何。」

「我想是不差，你不用那麼擔心。反正和你交往的人是我，不是我媽。」

「我是擔心要是她對我的印象太差，說不定會反對我們交往。」

「不可能的。如果她真的說那種蠢話，我會和那種笨父母斷絕親子關係，你放心好了。」

直貴面露苦笑。他在心裡自言自語，如果能夠輕易和家人斷絕關係，自己就不會活得這麼辛苦了。

當直貴在看朝美的相簿時，耳邊傳來敲門聲。房門在朝美應門前打開，她母親探進頭來。

「晚餐準備好了。」

「我不是說過很多次了嗎?有敲門是很好，但是在我應門之前別開門。」朝美抗議道。然而她母親似乎並不打算放在心上。「好好好……」敷衍地回應，門也沒帶上就離去了。

朝美嘆著氣起身，先關上門，然後說：「我父母不喜歡女兒捍衛自己的隱私權，他們真是奇怪。」

「不曉得，我不太了解。妳在他們的庇護下生活，或許他們這麼做是天經地義吧。」

「我覺得乾脆沒有父母還比較好……，」話一說完，她瞄了直貴一眼，低下頭說：「啊，抱歉。」

「妳不用在意，我也經常覺得沒有父母比較輕鬆。」他將手搭在朝美肩上。「下樓吧，拖拖拉拉的話，妳媽又要上來了。」

一到餐廳，看見朝美的父親將一頭好看的銀髮全往後梳，正坐在大茶几的一端看報紙。即使直貴他們進去，也沒有看他們一眼，儼然在說：你該先打招呼。

「呃，爸爸。」朝美對他說。

「什麼事？」她父親應道，然而目光依然對著報紙。

「他是我昨天說的武島先生，武島直貴先生。」

「敝姓武島，請多指教。」他站著鞠躬。

她父親總算放下報紙，摘下老花眼鏡，但還是沒有正眼看直貴，用指尖按摩眼角。

「爸爸。」朝美又叫了他一聲。

「嗯，我知道。」她父親看著直貴。「我女兒好像承蒙你照顧了？」

「哪裡，說不上是照顧……」直貴別開視線。

「聽說你是帝都大學三年級學生？」

「是的。」

「朝美，妳之前說什麼？什麼函授課程怎樣又怎樣的。」

「我之前的學籍在函授教育部，二年級的時候轉到通學課程。」直貴說。

她父親「哼」地嗤之以鼻。「那可真是辛苦你了。」

「哎呀，那算不了什麼。」

「朝美，」她父親看著女兒。「妳受到他什麼影響？」

她眨眨眼，盯著父親。「影響？」

「妳受他很多影響，對吧？像是閱讀的興趣變了，或是認識了新的世界。我在問這個。」

朝美緊張地看了直貴一眼，然後又將視線拉回父親身上。

「那種事情，沒辦法用一句話說清楚。但是我想，我是受到他許多影響。」

「妳只要舉其中一、兩樣就行了。妳又不是小孩子了，能說出自己的想法吧？」

朝美咬著嘴唇，深吸一口氣，然後開口說：「我從直貴堅強的生活方式中學到了很多。他沒有半個親人，但還是唸大學，我覺得這很不簡單。換作我絕對辦不到。看到他，讓我深感自己應該更努力，他給了我那種……，該怎麼說呢，像是能量的東西。」

當她說話時，她父親目不轉睛地盯著直貴。直貴渾身不自在，用手摸摸脖子旁邊。

「能量啊，真抽象。」

「因為……」

「唉，好了。那我來問你好了。」朝美的父親對直貴說，「你怎麼樣？你受到朝美什麼影響呢？」

來了，直貴心想。他早已做好心理準備，中条先生原本就是衝著自己來的。他端正站姿。

「和朝美說話的時候，」他舔舔嘴唇，「通往陌生世界的大門就會輕易地開啟。我至今只知道社會底層的事，我希望今後能夠力爭上游，但那對我而言，就像是進入陌生的原始叢林。她對我而言是一幅圖畫，也是一張地圖。」

「簡單來說，和朝美交往，讓你得以一窺有錢人的生活，是嗎？」

「爸爸！」

直貴笑著安撫她，然後再度看著中条先生。「我指的是精神層面，當然也包含了物質層面。如果可以的話，我也希望變成有錢人，所以我對於成功的人過著何種生活很感興趣。但是在這種情況下，對方不見得一定要是朝美。」

她父親沉默不語。直貴心想，這個回答雖然得不到滿分，至少也能得到及格分數吧。朝美也露出稍微放心的表情。

「來來來，你們在聊什麼複雜的話題？我們吃飯吧。」京子推著餐車過來。

放在茶几上的是四個松花堂便當，配上清湯，似乎是在附近的外送餐館訂的。直貴一心以為她母親肯定會親自下廚，因而略感困惑。

「為什麼今天吃便當呢？」朝美問，她似乎也不知情。

「我沒時間去買菜呀。人家客人專程到我們家裡來，總不能把冰箱裡剩的菜隨便煮一煮端上桌吧？」

「我明明事先告訴過妳今天的事了……」

「這家店的魚很好吃喲，我們家經常訂這家店的菜。」京子對著直貴微笑。「來，請不要客氣。」

「我要開動了。」直貴低著頭拿起免洗筷。

這八成是一家高級餐廳。便當裡的菜肴樣樣堪稱山珍海味，有不少是直貴生平第一次吃到的。然而他猜想，如果朝美的男朋友不是像自己這種窮學生，這位母親應該會親手做羹湯。她判斷直貴並不是需要特地做菜的對象。簡單來說，她認為今天的會見無需誠意，只要用錢打發就好了。

唯有她母親格外呱噪地對直貴說話，但整體而言，這頓飯的對話很少。她父親心情不悅地動著筷子，不時以啤酒將食物灌入喉嚨。

「直貴大二的成績非常優異，連續拿到獎學金，而且深受教授喜愛，現在就問他有沒有意願唸研究所。」

朝美拚命強調直貴的好，但她父親只是不置可否地點頭。看在直貴眼中，他彷彿早已決定，絕對不會佩服那種事情。她母親表面上發出感嘆聲，但有點像在演戲。

玄關的門鈴響起，是在這頓食之無味的晚餐結束時。京子走到對講機前，以開朗的語氣說了什麼，旋即走回來。

「老公，孝文來了。」她對丈夫說。

「噢，這樣啊。請他進來。」中条先生的臉色看起來柔和了幾分。

「嗯，那當然。」說完，她母親就離開了。

「為什麼孝文會來？」朝美看著父親。

「我有事找他來的。我們有公事要談，這有什麼辦法。」

「但為什麼偏偏選在這種日子？而且今天是星期天耶。」

說話聲逐漸靠近，京子走了進來。她身後緊跟著一名個頭矮小，但體格健壯的男子，年約二十五、六歲，身穿深藍色襯衫，領帶也打得完美無缺。

「啊，有客人在啊？」他發現直貴，採取立正站好的姿勢。

「哎呀，沒關係、沒關係，他是朝美的朋友。而且我們已經吃完飯了。」

「我到隔壁房間等吧？」

「我都說沒關係了，反正你坐下。喂，京子，也拿杯子給孝文。」

中条太太應了聲「是」，消失在廚房。名叫孝文的年輕人臉上稍露猶豫的神色後，在中条先生的勸請之下，坐在他身旁，然後，不好意思地交替看著朝美和直貴。

「呃，伯父說這位是朝美的朋友，是社團朋友還是……」

「是男朋友。」朝美宣佈似地說。

「敝姓武島。」直貴一面用眼角餘光捕捉她父親的苦瓜臉，一面低下頭。

「是喔，朝美的男朋友啊。這樣啊。」孝文稍微睜大眼睛，將身體向後仰。「朝美，妳真有兩下子。」

「對吧？」

「所以來向妳父母打招呼啊？原來如此。那我真是來錯時間了。」孝文嘻皮笑臉地說。然而他藏在眼底不懷好意的光芒，和他臉頰微妙地抽搐，直貴都看在眼底。

「他是我表哥。」朝美對直貴說，「我姑姑的兒子。」

「我叫嘉島孝文。」說完他遞出名片，名片上印著嘉島孝文四個鉛字。他和朝美的父親在同一家公司上班，在公司裡似乎是上司和下屬的關係。

京子用托盤端著玻璃杯、新的啤酒和下酒菜回來。孝文將玻璃杯拿在手中的同時，中条先生拿起啤酒瓶，直貴看著他替孝文斟啤酒。

「舊金山怎麼樣？」中条先生問孝文。

「是個好地方喲，我只待了一個月，不過還是把握機會四處走走。」

「你該不是用公司的錢到處玩吧?」中条先生咧嘴一笑。

「這個嘛,一點點啦。」

「你這傢伙。」

中条先生的心情之好,簡直和剛才判若兩人。然而直貴發現,他也是在演戲。直貴有自知之明,知道自己被當成了什麼。

「你是……,武島是嗎?你唸哪所大學?」孝文問他。

「帝都大學商學院。」直貴回答,孝文用鼻子冷哼兩聲,點了點頭。

「挺不錯的大學嘛,真了不起。」

孝文一副還算不錯,但稱不上頂尖大學的口吻。直貴決定不問孝文畢業於哪所大學,他唸的肯定是比帝都大學略勝一籌的學校。

朝美和之前一樣,激動地訴說直貴是怎麼考上現在的大學。然而孝文卻只是一副興趣缺缺的表情,「是喔、是喔」隨聲附和,一臉「半工半讀又怎樣?值得那麼驕傲嗎?」的表情。

「你唸企管系,將來的目標是成為企業家嗎?」

「不,我完全沒那個打算。」

「完全?真是沒企圖心啊。」孝文看了身旁的中条先生一眼。「我可不想一輩子受雇於人,不過不方便在常務董事面前這麼說就是了。」

中条先生晃動肩膀，「呵、呵」地笑了。

「我倒是拭目以待，看你能夠闖出怎麼樣的一番事業。不過，唉，男人就是要有這點氣魄才像樣。」

「但光用說的，你愛怎麼說都行。」朝美予以反擊。

「十年後妳就知道我是不是只會耍嘴皮子了。」孝文對她咧嘴一笑，或許是打算顯示自己有十足把握。

「你打算到怎樣的地方上班呢？」中条先生問直貴。

「我還沒有具體想過。」

「還沒想過？你還真悠哉啊。」

「但是直貴才剛升上大三。」

「我從大三就開始調查公司了。」孝文用手捏下酒菜，喝下啤酒。「真好吃，舅媽做的菜總是好吃得令人感動。」

「那還用說。別人送我頂級螃蟹，我用那個做的。」京子露出高興的神情。只有孝文面前放了一盤下酒菜，京子似乎打從一開始就不想給直貴吃。

「話是這麼說，但孝文最後還不是進了爸爸的公司？」

「那是最後。這是我經過深思熟慮的結果，綜合各種條件、待遇、未來發展性，還有自己的理想，選擇了目前的公司。」

「然後碰巧進了我們公司，對吧？」中条先生替他幫腔。

「就是這麼回事。」孝文點頭。

「如果和別人做相同的事，就只能變成和別人相同等級的人。這是錯的。」中条先生看著直貴說，「唉，我們對這種事不該多嘴。就連我們公司裡面，當個上班族得過且過的人也多得是。」

「直貴對未來也不是完全沒打算，對吧？」

朝美鼓勵直貴發言，但直貴決定沉默。因為他認為，在這個場合說什麼都沒用。他了解自己今天被找來這裡的原因了。

「已經這麼晚啦？」中条先生看了牆上的時鐘一眼。

直貴也知道這句話意謂著什麼。他看了朝美一眼，說：「那我差不多該告辭了。」

她沒有留他，只是一臉歉然地說了句「是喔」。她肯定察覺到了他內心的感受。

「我送你到車站。」朝美走到玄關時說。

「不用了，都這麼晚了。」

「可是……」

「朝美，」京子在她身後委婉地說，「已經很晚了。」

「才幾點而已。」

「真的不用了，」直貴對著她笑，「謝謝妳。」

「那我開車送你吧。」孝文說，「我沒辦法送你回家，但可以送你到方便坐車的車站。」

話一說完，他就開始穿鞋。

「不，不用麻煩。而且我不用換那麼多次車。」

「離你家最近的車站是哪裡？」

「白江站。」

「那要搭南武線到登戶站？」

「是的。」

「這樣的話，我就送你到武藏小杉站吧。這麼一來，你只要換一次車就行了。」

「真的不用了。再說，你喝了啤酒不能開車吧？」

「我只喝一口而已，我想和你聊一聊。舅舅，可以吧？」

「嗯，你就送他一程吧。」中条先生點點頭。

直貴看了朝美一眼。她一臉不知該不該反對的表情，大概是摸不透孝文心裡在想什麼吧。

「那，我能麻煩你嗎？」直貴問道。

「可以啊，我現在去開車。」孝文先行走了出去。

孝文的車是一輛深藍色的ＢＭＷ。方向盤在左邊，所以直貴必須繞到馬路上。朝美也一起跟了過來。

「今天非常謝謝妳。」上車之後，直貴隔著車窗說。「嗯。」她點點頭。

我再打電話給妳……，直貴想補上這一句。但是他還來不及說，車就發動了，車子幾近全速前進。直貴將背貼在椅背上，看了駕駛座一眼。孝文一臉爽朗的表情目視前方，和剛才的他相差十萬八千里。

「不好意思，讓你特地送我。」直貴口頭上道謝，扣上安全帶。

「我不知道你有何打算，」孝文開口說，「但我希望你別和朝美有進一步的發展。講得更白一點，我希望你離開她。」

「為什麼呢？」

「你問我為什麼……」孝文一面轉動方向盤，一面放鬆臉頰肌肉，露出一抹冷笑。

「你該不會認為，你能和中条朝美結婚吧？你應該知道朝美是在跟你玩玩吧？」

「她是在跟我玩玩嗎？」

「那還用說。朝美有個壞習慣，因為出身富裕的家庭，所以對於身處逆境懷有憧憬。她至今交往過的男朋友，都是讓人有這種感覺的人。但是到頭來，她很快就玩膩了。她一對對方感到厭倦，馬上就會甩掉對方，然後移情別戀，尋找具有身處於別種逆境特質的男人。」

「聽你說話的口吻，你好像認識她所有的男朋友？」

「認識啊，我全都瞭若指掌。我希望她收斂一點，但她現在還是學生，玩玩感情倒也無可厚非。不過她都已經大三了，我希望她差不多該定下來了。」

「為什麼孝文你連這種事情都要擔心呢？她只是你的表妹吧？」

「我認為你沒資格直呼我的名字。」他「呼」地吐氣。「唉，算了，我有充分的理由擔心她。不管怎麼說，我是她未來的丈夫。」

直貴睜大眼睛，倒抽了一口氣，霎時說不出話來。

孝文嘴角扭曲。「你好像吃了一驚，但我沒騙你，改天你可以問問朝美。我舅舅、舅媽也知道這件事，或許可以說是他們兩老決定的。」

「他們今天完全沒提到這件事……」

「有必要告訴你嗎？」孝文邊開車，邊斜眼瞄了直貴一眼。「像你這種陌生人。」

當直貴窮於應答之際，車開到了車站。

「事情就是這樣，你最好想清楚。不然只是浪費彼此的時間。」孝文腳踩剎車說。

直貴沒有回應，只說了句「謝謝」，就下車了。

隔天晚上，直貴在「ＢＪ」準備開店時，朝美開門進來。她一在吧檯坐下，就重重地嘆了一口氣。「昨天真對不起。」

「妳用不著道歉吧？」

「可是，我沒想到事情會變成那樣。我父母真是笨蛋，笨得無可救藥。」

「他們是為女兒的將來打算吧。不過話說回來，妳的未婚夫居然出現，我真是服了他們。」

「未婚夫？什麼意思？」

直貴告訴朝美，從孝文口中得知的事。眼看著她的臉色漸漸沉了下來，他話還沒說完，她就開始用力搖頭。「怎麼可能有那種事？你該不會相信他的鬼話吧？」

「他說他沒騙我。如果不相信的話，叫我找妳確認。」

「好蠢。」她拋下這麼一句，直貴不曉得這句話是針對誰說的。

朝美將手指伸進瀏海，搔了搔額頭的髮際一帶。「我想喝點什麼，但還沒開店，會不會不方便？」

「啊，不會，沒那回事。喝烏龍茶嗎？」

「啤酒。」她粗魯地回應。直貴吁了一口氣後，打開冰箱。

「那是我父母擅自提議的，我從來沒答應過。說起來，我們家族都想撮合近親結婚，我父母原本也是親戚。」

「所以血緣很近。」直貴將玻璃杯放在她面前，倒進Budweiser。

「因為他們害怕稱不上巨額的財產分散。還有另一個原因，他們好像認為與其有新的親戚，不如和目前的親戚加深關係來得輕鬆。比方說比較不容易產生婆媳問題。」

「原來如此。」

「真是荒謬，明明遺傳學都證明了近親結婚的壞處。人際關係也是如此，一旦關係錯綜複雜，為了什麼事情導致關係惡化的時候，反而麻煩。」

「像是離婚的時候吧。」直貴邊用濕毛巾擦吧檯邊說。

「正是，為什麼他們不懂這麼簡單的事情呢？」

「唉，但無論如何，」直貴用水沖洗毛巾。「妳父母好像不喜歡我。或者應該說，不管上門的人是誰，他們都不願承認是妳男朋友。除了那個裝腔作勢的男人之外。」

「和你交往的人是我，又不是我父母。」

「話是這麼說沒錯，但是……」

「幹嘛，話說得不清不楚的。」

「昨天我走之後，妳父母什麼都沒對妳說嗎？」

「你回去之後，我就進自己房間了。你說他們能對我說什麼？」

「像是，不准和那種男人交往！自稱是妳未婚夫的人倒是叫我離開妳。」

「那個白痴。」朝美啐道，大口灌下啤酒。

「我問你，你覺得我看起來像是那種對父母言聽計從的千金大小姐嗎？你別看我這樣，我自認一路走來都是靠自己這雙腿。」

只不過妳是穿著高級的鞋子走路，直貴在內心嘀咕。

快開店時，店長出現了。朝美向他點頭致意，他也回以笑容。後來，朝美和店長聊了一陣子音樂。喝完第二杯啤酒，她便回去了。「總之，你別在意我父母。」她最後叮嚀道。

「她真是個好女孩啊。家裡好像很有錢，要是和那種女孩子在一起，你一定會被人說是攀龍附鳳。」店長擠眉弄眼地對直貴說。

攀龍附鳳啊……

直貴發現自己是真心喜歡朝美。假使她不是出身自富裕人家，自己八成也會喜歡她。然而夢想與她攜手共度的未來時，會想到隨她而至的好處倒也是事實。自己身無分文、毫無權位，唯有一肩人生的負債，忽然間得以進入上流階層……，這份想像令他異常興奮。他認為這是一口氣扭轉先前霉運的機會。同時，他也感到一股無以名狀的恐懼，若不是認識了朝美，自己或許一輩子都無法鹹魚翻身。

但是事情不會進行得那麼順利，果不其然，通往上流社會的門即將關上。直貴心想，中条夫婦同意自己和他們女兒結婚的可能性是零。隱瞞剛志的事，結果也一樣。一旦論及婚事，剛志的事遲早也會曝光吧。直貴能夠輕易料想到，到時會受到何等強烈的阻力。

7

十一點多，白石由實子帶了兩名女性朋友前來。由實子光顧過好幾次，但總是有人同行，而且都坐一般座位。或許是這個原因，她從沒找過直貴說話。當然，直貴也不會對她說話。

然而今晚很稀奇地，由實子獨自移到吧檯座位。

「你看起來氣色不錯耶。」她依舊一口關西腔，以和氣的口吻說。

「妳也是。」

「給我一杯野火雞（Wild Turkey）威士忌加冰塊吧。」

「沒問題嗎？」

「什麼沒問題？」

「沒事。」直貴搖搖頭，準備玻璃杯。由實子好像更瘦了，臉部輪廓之所以看起來變得深邃，應該不全是化妝的緣故吧。她甚至給人幾分不健康的感覺。

他將玻璃杯放在由實子面前的同時，由實子說：「聽說你在和千金小姐交往啊？」

「妳聽……」直貴想問她是聽誰說的，但把說到一半的話嚥了回去。當然是聽店長說的，由實子雖不找直貴說話，倒是經常和店長聊天。

「交往得順利嗎？」

「普普通通吧。」

「是喔，」她將玻璃杯送至嘴邊。「聽說她也經常來這裡啊？不知道我有沒有看過？」

「不曉得……」

直貴心想，幸好朝美和由實子沒有撞個正著。話雖如此，直貴沒有和由實子交往過，所以就算朝美懷疑兩人的關係，也只是單純的誤會。他害怕的是由實子找朝美說話，兩人從此變得親密。縱然不是刻意，由實子也有可能不小心說出剛志的事。

直貴心想，非得封住她的口才行。凡事不怕一萬只怕萬一，等到面臨那種局面才手忙腳亂就太遲了。但是他想不到該怎麼對由實子說才好。

當他在思考時，由實子開口說：「喂！」

「嗯？」

「那件事……，你說出你哥哥的事了嗎？」

「對誰說？」

直貴一問，由實子不耐煩地將臉轉向一旁。「當然是你女朋友啊，你說了嗎？」

「不，還沒說。」

「是喔，」她點點頭。「這是正確的，你就是死也不能說。」她壓低音量接著說：「任何事情我都會幫你。」

「謝謝。」直貴說。

「可是，如果她調查我的話，就沒辦法了。如果她問我以前的同學，一下子就穿幫了。」

「她應該不會調查得那麼徹底吧？」

「很難說。畢竟，她父母目前已經反對我們交往了。」

由實子偏著頭。「怎麼回事？」

直貴說出到朝美家打招呼時發生的事。由實子喝光加冰塊的波本威士忌，粗魯地放下玻璃杯。「搞什麼鬼？氣死人了。」

「唉，沒辦法，這就叫做身分差異。要續杯嗎？」

「要。喂，你是真心喜歡那個女孩子吧？有沒有想過未來要和她結婚？」

她的嗓門太大，直貴有點擔心地看看四周，但幸好沒有被人聽見。他又替她調了一杯，放在她面前。

「欸，那是以後的事。」

「但你願意娶她吧？」

「是又怎樣？」

他一問，由實子趨身向前，將臉湊近他。「父母反對根本不重要。重要的是你們當事人的感受。付諸行動不就得了？事後她父母說什麼都無所謂。」

「難道妳的意思是要我們同居？」

「不行嗎？」

「不可能啦。」直貴面露苦笑，搖了搖頭。如果向朝美提議，她說不定會同意，但直貴不願使出強硬的手段。他心想，到頭來她應該會被帶回家，這麼一來只會惡化她父母對自己的印象。他不想被中条家討厭。既然要和朝美結婚，他也不希望朝美和中条家斷絕關係。

「我認為如果生米煮成熟飯，你們就贏了。越有錢的人，越在意世人的眼光。」

聽見由實子這麼說，他又苦笑道：「妳別胡說。」

但是當客人全都離開，直貴獨自在店內整理時，由實子的話忽然浮現在他腦海中。雖然這麼做極為胡來，但不失為解決問題的方法。

生米煮成熟飯啊……

假如朝美懷孕的話如何呢？她父母會命令她墮胎嗎？不，就算她父母命令她，她也不可能答應。無論使出任何方法，也沒有人能將她押上手術台。

朝美的父母或許會和她斷絕關係，但天底下會有父母對女兒懷孕毫不關心嗎？由實子說的沒錯，中条家必須設法保住面子。為了保住面子，就得同意她的婚事，讓生下來的孩子繼承中条家。換句話說，他們只好接受直貴是她丈夫。

如果事情進展順利，就算他們發現剛志的事，中条家也束手無策。他們反而會想盡辦法，避免剛志的事被世人知道。

直貴覺得，讓朝美肚子裡懷自己的小孩……，這個極其大膽的點子，宛如在黑暗中發現的一道曙光。

但問題在於朝美，她不可能參與這項計畫。

兩人之間已經有過好幾次肉體關係，然而每次都會採取避孕措施。他會小心注意，而她更是慎重其事。只要他沒戴保險套，她就絕不同意讓他進入自己體內。

「我不認為懷孕的話，拿掉小孩就好。不過，我絕對不要順其自然有小孩。要懷孕時，我希望是出於堅定的意願。再說，這樣對小孩未免太不負責了。」

這是她從前說過的話，這個想法現在八成也沒有改變。

直貴心想，如果說懷孕是為了讓兩人結合，她會做何反應呢？然而就算如此，她也不可能點頭答應。她可能會說，如果無論如何都想在一起的話，就算不那麼做，也可以選擇私奔啊。

三天後朝美打電話來，證明了這一點。她的聲調比平常高，感覺情緒相當激動。「我再也無法忍受了，我想離開這個家算了。」

「妳父母對妳說了什麼嗎？」

直貴的話，令她霎時沉默下來。於是他察覺到有什麼事發生了。

「他們說了什麼有關我的事，對吧？關於和我交往的事。」

直貴聽見「呼」地吐氣的聲音。

「無論他們說什麼，我的心意都不會改變，你放心。無論發生什麼事，我都會陪在你身旁。我之前不是說過了嗎？我可以捨棄父母。」

直貴從她激動的語氣中，察覺到她父母對她說了相當重的話。

「冷靜下來！不能意氣用事！就算妳離家出走，也解決不了任何問題吧？」

「要讓他們知道我們是認真的。我父母是笨蛋，以為你的目的是中条家的財產。要讓他們知道你對那種東西一點興趣也沒有，我離家出走是最好的方法。」

「別衝動！總之讓腦袋冷靜下來！」

直貴設法安撫朝美，但他不難想像，一旦發生事情就容易激動的她，很可能擅自離家出走。如果自己使出強硬的手段，她父母也會訴諸非常手段。直貴不想把事情鬧大，因為他認為事情一旦變成那樣，她父母就會調查自己的過去，掀出自己隱瞞的一切。他想趁她父母尚在尋求妥當的解決方法時，按照由實子所說，將生米煮成熟飯。

然而時間似乎所剩不多。告訴他這一點的是從前回收公司的同事立野。有一天，當直貴走出大學，發現他在校門旁等候。立野一身工作褲搭深藍色POLO衫的外出打扮。他看起來比最後一次見面時更瘦，髮量也變得稀疏。

「好久不見啦。你不管怎麼看都是用功讀書的大學生，整個人像是脫胎換骨了。」立野以毫不客氣的眼神打量直貴全身。

「立野先生的身體也很硬朗吧？」直貴問道，心想他有什麼事呢？

「我已經完全不中用了。對了，要不要聊聊？我帶來了有趣的消息。」立野的眼神中浮現不懷好意的光芒。

直貴盡可能挑了一家帝都大學學生不會光顧的咖啡店，和立野對坐。立野津津有味地啜飲咖啡，點燃香菸。

「小直，你最好小心。」立野意有所指地說。

「小心什麼？」

「有人在四處打探你的事，你做了什麼嗎？」

「我什麼也沒做啊。你說四處打探我的事，是怎麼回事？」

「昨天，我有點事情到辦公室一趟。然後，回程路上有一個男人叫住我。一個年輕小伙子，身穿高檔西裝，感覺像是生意人。」

直貴知道那個人是誰，但沒有多加解釋，只催促立野說下去。「然後呢？」

「他問我有沒有時間，我說可以。然後，他就問我認不認識武島直貴。我說認識又怎樣，他就說什麼都好，要我把你的事告訴他。他大概也去找過社長，但沒問出個所以然，所以才會向進出的員工打聽吧。」

直貴感覺口中的水分迅速流失，於是以咖啡潤喉，清了清嗓子。「那麼，你把我的事告訴他了嗎？」

「我說了無關痛癢的事，」立野賊兮兮地笑了。「像是你工作時的情形。我說你工作很認真，那傢伙就露出白問了的表情。」

「是喔……」

「那件事，」立野壓低音量，「我沒說。就……，你大哥的事。」

直貴看著立野。為什麼他會知道呢？直貴心想，大概是聽福本說的吧，該向他道謝嗎？

「要是我告訴他，你就糟了吧？」立野一臉見獵心喜的表情。

「嗯，是不太妙……」

「我想也是。我不知道他有何企圖，但是他好像不知道你大哥的事，所以我想也不用特地告訴他。」

直貴不置可否地點頭。「那真是謝謝你了。」

「你幹嘛那麼客氣。我自認很精明，但我是不是太雞婆了呢？」

「不，沒有那回事。」

「我想，那傢伙大概還會再來，因為我們當時沒有好好說上話。他還說：『改天再請教你。』到時候還是別說出你大哥的事比較好吧？」

「是啊。」

「那我就替你保密吧。你只要老實告訴我，要我這樣做就好了。我們都什麼交情了，你可別客氣喲！」

「你來找我，就是為了這件事嗎？」直貴伸手拿桌上的帳單。

「別急嘛！反正你沒有急事吧？」立野開始抽菸。「不過，這對我而言倒是好事一樁。畢竟那傢伙說，視我提供的資訊內容，會給我某種程度的謝禮。但是因為我沒說什麼重要資訊，結果他只給了我幾張千圓紙鈔。他厚厚的錢包裡好像塞滿了萬圓大鈔，真是可惜。當時我的心有點動搖。」

直貴心想，原來是這麼回事啊。這男人不會光憑一番好心，就隱瞞剛志的事。

「我現在身上沒帶多少錢，改天我會好好酬謝你。」

直貴一說，立野就蹙眉搖手。「我並不打算敲詐窮學生。不過，有那種傢伙跟在你身邊，就代表了小直你身上有什麼吧？而且那還不是壞事，我猜是相當好的事。怎麼樣，我猜對了吧？」立野以爬蟲類的眼神看直貴。

直貴大感佩服。立野專靠旁門左道過日子，似乎擁有常人無法想像的靈敏嗅覺。

「我說不上是好是壞。」

「唉，算了，我沒必要現在問詳情。總之，我知道現在對你而言是重要時刻。如果你順利跨越這一關，就不再是窮學生了，你到時再謝我就行了。我期待那份豐厚的謝禮。」

直貴面露淺笑。他總覺得，立野今後肯定還會出現在自己面前。假如自己和朝美結婚的話，他大概馬上會來邀功領賞吧。

「抱歉，我接下來要打工。」直貴站起身來。

這次立野沒有留他。「加油喲！我會替你加油的。」

直貴拿著帳單走向櫃枱。各付各的吧，這句話不可能從立野口中說出來。

直貴心想，得加緊腳步。去找立野的人大概是孝文吧。這也許是出自他自己的意思，或者也包含了中条夫婦的意思。無論如何，他們已經著手調查直貴的人品、經歷。他們知道剛志的事，大概也只是時間早晚的問題。

在那之前必須先下手為強，讓朝美懷有自己的小孩。

週末，直貴決定找她到家裡來。她原本想去打保齡球，但是直貴說想在家裡辦什錦煎餅的派對。

「我學會了廣島式什錦煎餅的正宗做法，也買了鐵板，趁還沒忘記，我想再做一次。」

這件事在某種程度上是真的。直貴從店裡客人身上學會做法是事實，然而那是兩個多月前的事了。他其實不怎麼想自己動手做。

但是朝美不疑有他。「哇，好期待。那我買一堆啤酒過去。」她發出高興的聲音。

下午三點左右，她來了，直貴已經準備就緒。什錦煎餅根本不重要，他想迅速解決，儘早製造兩人肌膚相親的機會。床邊的櫃子裡藏著已經用針戳洞的保險套。直貴雖然認為這種招數很下流，但是他沒有自信說服得了朝美。

「哇，好多高麗菜，要用到這麼多嗎？」

「這正是廣島式什錦煎餅的美味祕訣。」

毫不知情的朝美一會兒看著他煎餅的動作表示佩服，一會兒像孩子般大聲嚷嚷，說她第一次在家裡這樣煮東西吃。直貴想起她母親那貴婦人的臉，心想那也難怪。

兩人各吃兩片什錦煎餅，喝光了六罐啤酒。直貴看見她的模樣，放下心中一塊大石。他原本擔心朝美是不是正值生理期，他發現她生理期間喝酒會比較節制。

「啊，肚子好撐。真好吃，我吃飽了。」

「妳愛吃就好。」他開始迅速收拾杯盤。

「稍微休息一下，等等再收嘛。」

「不，這樣我覺得很礙眼。」

朝美也幫忙收拾。直貴望向窗戶，天色還很亮，心想：要是她提議去哪裡可就糟了。

這時，門鈴響起。他擦擦手，打開大門，看見站在眼前的人，驚訝得倒抽了一口氣。對方是嘉島孝文。

當直貴說不出話來時，孝文趁機推門進來。他的目光迅速地捕捉到朝美在流理台洗碗的身影。她瞪大眼睛。「為什麼你會出現在這裡……？」

孝文環顧室內，揚起鼻子聞了聞味道。「你們做了文字燒(*1)嗎？真是的，朝美最愛大眾化食物了。」

「我是問你，你來做什麼？」

「是舅媽拜託我來的，她要我讓妳清醒過來。所以我才會來這裡接妳。」

「她為什麼知道這裡？」

「天曉得，」孝文聳聳肩。「我只是聽命行事。舅媽說妳今天好像去了那個男人的家。」

朝美的表情沉了下來，她好像察覺到了什麼。直貴心想，她母親大概偷聽她講電話。

「總之就是這麼回事，我得善盡義務。善盡身為妳母親外甥的義務，和妳未婚夫的義務。快，我們回去吧。」

直貴以手臂阻擋孝文進屋，孝文瞪著他。「我那樣苦口婆心地勸你，你好像還沒覺悟。你最好快點結束這種沒有結果的交往，這對你而言只是在浪費時間。」

---

*1 東京一帶流行的平民化小吃，與關西的大阪燒相同。一般又稱為「東京燒」，在燒烤的過程中，很多人喜歡在鐵板上用它來寫字，所以又叫文字燒。

「滾回去！」

「我會回去，但是要帶她回去。」

「我不回去。」朝美轉身面向孝文。「我要待在這裡。」

「妳打算永遠待在這裡嗎？不可能吧？」

「我要永遠待在這裡，我不要回家了。你就那樣告訴我爸媽。」

直貴吃驚地看著她。「朝美……」

「妳以為這麼做行得通嗎？妳可是中条家的獨生女喲！」

「那又怎麼樣？又不是我自願出生在那種家庭的。」

孝文或許是詞窮了，猛地揚起下巴抬頭看她。

就在這個時候，從半開的大門出現人影。

「武島先生，有你的郵件。」郵差遞出郵件。

直貴伸出手之前，孝文收下郵件。他兩手各拿著一封信和明信片，審視信件。

「別那麼不禮貌！那是寄給直貴的信。」朝美尖著嗓子指責。

「我知道，我又沒有看內容。喏，這一封好像是大學寄來的通知。」說完他先遞出那封信。接著他看了明信片的正面。「喔，武島……，剛志？你的親戚嗎？」但是下一秒鐘，孝文的臉色變了。「咦？這個印章是什麼？」

「不准看！」直貴一把搶過明信片。「滾回去！」

但是孝文沒有出去。他嘴角浮現一抹奇怪的笑，目不轉睛地上下打量直貴全身。

「你在幹什麼？快點回去啦！然後，將我剛才說的話確實傳達給我爸媽。」朝美的語氣依舊強硬。

但是孝文毫不理會她大吼大叫，冷笑起來。「喂，朝美，這下事情好玩了。」

「你什麼意思？」

「直貴的家人當中，好像有麻煩人物。」孝文面向直貴。「對吧？我說的沒錯吧？」

「你在說什麼？」

「他的家人是受刑人。」

「咦……？」直貴感覺朝美倒抽了一口氣。

「妳叫他讓妳看那張明信片就知道了，正面蓋著櫻花的印章。那應該是蓋在從監獄寄出來的信件上的。我之前因為工作關係送儀器到監獄的醫療設施，是法務省的官員告訴我的。」

「怎麼可能有那種事。直貴，沒那回事對吧？」朝美問直貴。她的話中帶有懇求他否定的意味。

然而直貴無法回答。他咬著嘴唇，狠狠地瞪視孝文。

「他是誰？」孝文以逼退直貴的視線問，「他也姓武島，姓氏和你一樣，我想應該是你的近親吧。或者是家人呢？」
「你別開玩笑！直貴說過了，他沒有家人。」
「那，是誰呢？」
「他為什麼得告訴你，那是個人的私事。再說，就算有明信片從監獄寄來，寄信人也未必是受刑人吧？說不定只是在那裡工作。」
孝文忍俊不住笑了出來。「那個櫻花印章啊，是檢閱的時候蓋的，代表檢閱過了。若是在那裡工作的人寄出的信，為什麼得接受檢閱呢？」
朝美似乎無言以對，看著直貴發出求援的目光。「他是你親戚嗎？」
「不是遠親吧？」孝文說，「受刑人能夠寄信的對象有限。我記得，還要事先提交名單給獄方。如果是遠親，直貴不可能名列其中。」
孝文的話正確到令人厭惡的地步，令直貴沒有反駁的餘地。
「就算親戚在坐牢，那又怎麼樣？又不是直貴犯罪。」朝美仍然露出剛強的一面。
「妳這句話是認真的嗎？朝美妳也不是小孩子了，應該知道能不能跟親戚坐牢的人交往吧？」
「為什麼不能？政治人物當中，也有人在坐牢啊。」
「好，問題是他親戚犯的罪，究竟是不是那種的呢？」孝文搓揉下巴。「唉，算了。這種事情調查就會知道，我又不是沒有朋友在當警察，如果是上過報的事件，只要用電腦搜尋報導就行了。」

「隨你高興。」

「當然隨我高興，調查之後還得告訴舅舅他們才行。」說完孝文就開門離開了。

朝美赤腳走到玄關鎖門，然後回頭面向直貴。「你會對我解釋吧？」

直貴目光落在手中的明信片上，上頭是哥哥熟悉的字跡。

「信紙沒了，所以我改用明信片。今天，某個劇團到獄裡表演。戲碼是《磨坊書簡》。劇情是描述一名貧窮的老人，老是用風車磨粉，但其實他是偷偷摸摸地削去牆上的土，再利用風車搬運……」

混帳傢伙，寫這什麼悠哉的東西！直貴在心中暗罵。

「他是誰？」朝美追問。

瞞不下去了，直貴死心了。就算這時矇混過去，結果還是一樣。孝文大概馬上會查出武島剛志這個男人做過什麼吧，而那件事遲早也會傳進朝美耳中。結果就是這樣……，直貴吁了一口氣。

「我大哥。」他粗魯地說。

「哥哥？可是你不是說你是獨子……」

「他是我大哥，獨子是騙妳的。」他扔下明信片。

朝美撿起明信片。「為什麼？」

為什麼……？直貴不懂這個問題的意思。但可以肯定，若非問你為什麼要撒謊，就是為什麼你哥哥在監獄裡。

「強盜殺人。」

他像是要將積在肚子裡的話一吐為快地說出哥哥做了什麼、自己隱瞞那件事活到今天、一旦曝光自己總會失去什麼。

朝美表情僵硬地聽他說。過程中都沒有插嘴，表示這件事對她造成了莫大的衝擊。

直貴從她手中拿回明信片，撕成碎片，丟進一旁的垃圾桶。

「你怎麼……」朝美開口說，「你怎麼不事先告訴我？」

「告訴妳的話，妳就不會和我交往了。」

「那種事情很難說。在這種情況下知道，反而更令人震驚。」

「夠了，別再說了。」直貴背向她，盤腿坐下。

「直貴……」朝美走到他背後，將手放在他肩上。「我們好好思考一下吧。我也因為事發突然，腦筋有點混亂。我們冷靜一下吧。」

沒有那種時間，直貴在心裡反駁。中条夫婦從孝文口中得知這件事後，肯定會衝到這裡來帶走她。就算他們沒有那麼做，她一旦回家之後，下次再見自己的可能性趨近於零。

「喂，直貴。」

朝美再度叫他，他握住她的手。或許是握手的力道太強，她驚訝地睜大眼睛。

「怎麼了？」

他沒有回答，將她推倒，手探入裙子底下。

「等一下，你要做什麼？」她用力掙扎，隨手抓一旁的東西。櫃子的抽屜掉下來，裡面的物品散落一地。直貴將身體壓在她身上，試圖用左手固定住她的手臂，不讓她亂動。

「住手，喂，你為什麼要這麼做？」一記巴掌飛向直貴的臉頰，於是他畏縮了。朝美趁機迅速地從他的手臂中逃脫。

直貴趴在地上低垂著頭，重重地喘氣。

「你好過分，好像因為再也見不到我了，想在最後滿足你的慾望。這不像是你的作風。」

「不是妳想的那樣。」他氣喘吁吁地說，挨摑的臉頰疼得發麻。

「那是怎樣？想要試探我嗎？」

「試探？試探什麼？」

「我的心意啊。看看我會不會因為知道你哥哥的事，就想離你而去。所以才會做出剛才那種舉動，確認我是否變心……」

「這樣啊，」直貴無力地笑了。「原來也有這種思考方式啊。」

「不對嗎？」

「不對，但對不對都無所謂了。」直貴靠牆而坐。「妳要回去吧？太晚就不好了。」

朝美做了一個深呼吸，然後跪坐，挺直背脊。「你希望我回去嗎？」

直貴又是一個苦笑，輕輕地晃動肩膀。「妳剛才痛罵那個男人時或許是認真的，但是現在的想法改變了，對吧？妳也說最好冷靜一下，該不會現在還想一直待在這裡吧？」

「你怎麼樣？你希望我怎麼做？」

「我希望怎樣說了也是白說。就算妳不回去，妳父母也會來帶妳回去。他們說不定接到孝文的電話，現在已經出門了。」

「喂，直貴，我是在問你的想法。」

直貴沒有回答，從她身上別開視線，望向一旁。

兩人沉默半晌。直貴試圖找出解決問題的方法，但是一籌莫展。每當他聽見遠方的車聲，就以為是中条夫婦來了。

朝美開始收拾散落一地的物品，她始終不發一語。她心裡肯定也是一團混亂，她應該會認為，就算男朋友的親人是殺人犯，也不能因此變心。然而直貴知道，這種堅持不會持久。

「這是什麼？」朝美輕聲低喃。

直貴一看，她正撿起掉在地上的保險套。她凝視著包裝的表面。

「有小洞……，好像是針刺出來的小洞……」她像在唸咒地說。

直貴站起身來，從她手中一把搶過來，然後丟進垃圾桶。

「沒什麼。」

「騙人。是你刺的吧？為什麼要那麼做……」她說到這裡，倒抽了一口氣，睜大眼睛抬頭看他。「你打算用那個嗎？你剛才之所以推倒我，也是為了要用那個，不惜使用蠻力和我上床？」

直貴無法回答。他走向流理台，用髒杯子盛滿自來水喝下。

「好過分，」她說。「你以為只要讓我懷孕就行了？」

直貴盯著貼磁磚的牆壁，無法回頭看她。

「回答我啊！你讓我懷孕，打算做什麼？我們還沒有結婚，就有小孩，你不覺得這樣未免太奇怪了嗎？」

他「呼」地吐氣，緩緩轉身。朝美依然坐得挺直。

「我想和妳結婚，共組家庭，我想要我們的孩子。就是這樣而已。」

「就算是這樣，也不能用這種方法……」朝美搖搖頭。眼看著她眼中發出淚光，旋即溢出，一道道淚水流過臉頰。「你把我當成什麼了？我自認是你的女朋友啊！」

「我也是。」

「你不是，沒有人會對女朋友做這種事。你想把我的身體當作工具，就算你這麼做是為了讓我們的感情順利發展，想利用我的生殖能力仍是不爭的事實。虧你做得出這種事！」

「就算告訴妳，妳也不可能贊成。」

「廢話！」她厲聲吼道，「將懷孕用於那種事情……，你太卑鄙了。你不覺得你很下流嗎？」

直貴垂下目光，無言以對。他十分清楚這麼做很卑鄙，但是他找不到其他方法。

「你以為只要我懷孕，就算你哥哥的事曝光，我父母也不會反對嗎？」

他點頭，甚至連掩飾都開始嫌麻煩了。

「你為什麼要那麼做？包括瞞著你哥哥的事也是，你的做法太奇怪了。為什麼你不找我商量，兩人共同克服這件事呢？」

聽見她的話，直貴抬起頭，目光與她對上，他忽然放鬆緊抿的嘴唇。

「怎樣，我說錯了什麼嗎？」

「妳不會懂的，妳既不懂世人在想什麼，也不懂妳自己。」

「你沒資格說我。」朝美用殷紅充血的眼睛，狠狠地瞪著他。

「或許妳不想聽我這麼說，但現實就是這麼回事。」直貴又望向一旁。

過一會兒，她站起來。「我要回去了。」

直貴點點頭。「這樣最好。」

「我會思考看看。但是，我想我沒辦法接受你的想法。」

「那妳要怎麼做？」

「我不知道，到時候再說。」

「是嗎？」

朝美穿上鞋走出他家，直貴盯著大門關上，然後躺在榻榻米上。明明不好笑，卻有一股笑意湧上心頭。

8

直貴以相同的姿勢，恍惚了兩個小時左右。他提不起勁做任何事。

這時，門鈴響起。他緩緩起身。

打開大門，他不禁睜大眼睛。眼前站著朝美的父親。

「現在方便嗎？」

「啊……，方便。」

中条先生邊環顧室內邊進屋。直貴拿出坐墊。

「我去泡咖啡。」

「不，不用了，我不打算久待。」中条先生看看四周。「半工半讀應該很辛苦吧，既需要體力，時間和金錢方面都很吃緊。」

直貴默默點頭，摸不透對方的真正用意。

「我從孝文口中得知令兄的事，我第一個反應是吃驚。不過，我十分理解你為什麼要隱瞞那件事。如果站在相同的立場，我大概也會這麼做。同時，我要對你身在這種處境，還辛苦唸大學表示敬意。如果問我能不能做到，我實在沒有自信。」

中条先生從西裝內袋拿出一個信封，放在直貴面前。「你肯不肯收下這個？」

「這是什麼？」

「你看了就知道。」

直貴拿起信封，往裡面一看，裝著一疊萬圓大鈔。

「你可以當作是我的捐款收下，就算是資助你。」

直貴看了對方一眼。「代價是和朝美分手……，是嗎？」

「沒錯。」中條先生點頭。「我希望你離開朝美。」

直貴「呼」地吐氣，先是盯著手上的信封，然後抬起頭來。「這件事她知道嗎？」

「朝美嗎？我還沒告訴那孩子，或許不會告訴她。」

「我不認為她會接受這種做法。」

「人年輕的時候，大多無法接受父母的做法，但是她遲早會諒解我這麼做的用意。我之所以說或許不會告訴她，就是這個意思。我現在不會馬上說，說不定日後再找機會告訴她。」

「大人的做法啊。」

「你這句話大概是在諷刺我，但就是那麼回事。」

「她現在在哪裡？」

「我想她在自己房間，我讓她母親和孝文看著她。這孩子一旦發起脾氣來，沒人知道她會做出什麼事。」

直貴再度將目光落在信封上。金額並非十萬或二十萬，肯定是他至今不曾擁有過的數字。他將信封放在中条先生面前。「這我不能收。」

中条先生或許對直貴這個舉動並不感到意外，他看起來像是在微微點頭。然而他並不打算就此放棄，他從坐墊上起身，突然雙手撐在榻榻米上，深深地垂下頭。「我求你，請你務必答應我們的要求。」

中条先生之前在直貴面前，總是表現得派頭十足，現在的行為出乎直貴意料之外，令他不知所措，窮於應付。然而他並沒有失去冷靜，雖然驚訝，但也分析出，下跪哀求肯定是中条先生事先準備好的戲碼。

「請您抬起頭來。」

「你肯答應嗎?」中条先生仍舊低著頭問直貴。

「總之，請您先抬起頭來。」

「除非聽到你的答案，不然我不會把頭抬起來。」說完，中条先生一直維持同樣的姿勢。

他大概認為，如果只是低頭就能讓直貴答應，那根本不算什麼。但即使如此，直貴認為能夠付諸行動的人應該寥寥可數。貫徹高勢態，強硬堅持主張的做法也不是沒有。換句話說，這就是父親對女兒的愛嗎?直貴懷著格外淡漠的心情盯著他。

「為什麼你能夠做到這種地步呢?甚至不惜捨棄尊嚴……」

「當然是為了我女兒。如果是為了那孩子的幸福，任何事我都肯做。」

「您的意思是，和我在一起對她而言是不幸嗎?」

中条先生沉默半晌後，稍稍抬起頭。「這真的很難啟齒，但的確是這樣。自從令兄的事情發生之後，你過得幸福嗎?你是不是吃了很多苦頭，還遭人用有色的眼光看待?」

直貴做了一個深呼吸，表示默認了。

「如果朝美和你在一起，那孩子也得背負那份壓力。身為父母實在沒辦法明知如此卻視而不見，請你務必諒解。」

「如果我同意您的論點，我不就永遠無法結婚了。」

「大概也有人的思考邏輯和我不同吧，你只要找那種對象就好了。」說完他又低下頭。

直貴嘆了一口氣。「夠了，我知道了。請您抬起頭來。」

「請你務必答應我們……」

「好，」直貴點頭。「我會離開朝美。」

中条先生抬起頭來，一臉夾雜放心與警戒的表情道謝。

「但是這筆錢我不能收。」直貴將信封再往前推。

「你不收下，我很為難。」

中条先生語氣沉重地說，令直貴感覺到他話中隱含著某種企圖。

「這是交易嗎？」直貴試探性地問。

中条先生沒有否認。「我不知道這種說法是否恰當。」

「總之，今後不准再接近朝美，也不准和她聯絡，一旦毀約就要歸還這筆錢……，您想和我簽這種形式的契約，是嗎？」

中条先生沉默了。於是直貴心想，難道自己猜錯了嗎？看著對方一臉尷尬的表情，他才恍然大悟。

「原來如此，光是這樣還不夠。」他說，「今後不准告訴任何人，我一度和朝美，中条朝美小姐交往過。這份契約中也包含了這一項吧？」

「你想說我自私吧？」中条先生以認真的眼神看著他。

直貴心想，難怪他會從頭到尾保持低姿態。他就算能夠盡全力讓自己和朝美分手，也無法封住自己的口。

「錢還您，我不能收。」直貴重複這一句話。

「你的意思是，就算你沒收錢，也不會說出去嗎？」

「不，」直貴緩緩搖搖頭。「和朝美交往的事我不會保密。我打算到處宣揚，所以錢我不能收。」

中条先生的表情立刻扭曲變形。一臉困惑、狼狽，同時又將對直貴的憎恨表露無遺的表情。但是他了解到就算將憎恨發洩在直貴身上，也徒勞無功，於是心中焦躁不已，即使捨棄所有尊嚴，也得懇求他不說出去才行。他臉上的表情變得緊張，和剛才演戲般下跪哀求時大不相同。看見他此一反應，直貴決定接受。

「開玩笑的，」直貴說，「我不會那麼做。」

沒想到直貴會這麼說，這下中条先生的臉上面無表情，只是眨眼。

「您不用擔心，我不會告訴別人我和朝美的事。就算到處宣揚，我也得不到任何好處，所以我不要錢，因為我沒有理由收下。」

「你真的不要錢嗎？」中条先生的眼神感覺仍半信半疑。

「是的。」直貴點頭。

中条先生有些猶豫，最後還是將信封收進懷中。他一副交涉結束，想快快離開的模樣。

「替我向朝美問好。」直貴說完後搖了搖頭。「不，不用替我傳任何話。」

中条先生點頭起身。「你也要保重。」

大門關上後，直貴仍然坐著。一天當中發生了許多事，許多人來了又走，最後只剩自己一個人。

他告訴自己，只是走到了固定的終點。自己已經習慣了放棄，今後肯定也將繼續放棄。反覆這種過程就是自己的人生……

9

從隔天起，他都不在家。如果待在家裡，朝美肯定會來找他。她不可能乖乖遵照父親的指示，父親和直貴達成的協議，她也不可能接受。

直貴決定不見朝美，看到她只會難過。

然而她遲早會去「ＢＪ」，在店內就逃不掉了。直貴聯絡店長，請了一陣子的假。

離開家裡也無處可去。想了半天，他打電話給白石由實子。

「妳說過要站在我這邊，對吧？」直貴在由實子家說，「助我一臂之力。」

「幫你得到千金小姐？」由實子問。

「不，」他搖頭。「正好相反。」

直貴說明事情原委，他只有對由實子能夠和盤托出。

聽直貴說完後，她一臉陰鬱地沉默不語。直貴不知道她在想什麼，惴惴不安地等候。

不久，她搖了搖頭。「太過分了。」

「什麼太過分了？」

「一切的一切。」說完她吁了一口氣。「你無論到哪裡，都因為你哥哥的事受折磨，因為這個緣故失去了一切。之前是音樂，這次是女朋友，我認為天底下沒有這麼沒道理的事。」

「別說了，那種事情說也沒用。」

「可是這樣真的好嗎？你能對她死心嗎？」

「我已經習慣死心了。」直貴淡淡一笑。

由實子看到他的模樣，皺起眉頭，像是在忍耐頭痛似地將手抵在額頭上。

「我不想看見你臉上這種表情。自從樂團那件事發生後，你就變了。我剛才說太過分了，其實我覺得最過分的事莫過於改變了你。如果是之前的你，絕對不會想到要故意讓女朋友懷孕。」

直貴低下頭，搔了搔後頸。「我是個下流的男人。」

「你明明不是那種人……」

「我重新體認到了自己的立場。她父親說的沒錯，我要是和誰結婚，改天就會讓那個人和我有相同的處境。如果有了小孩，接著就換那個孩子承受。知道了這一點，根本沒辦法和任何人結婚。」直貴緩緩搖頭。「不光是分手，她父親還要我連交往都要保密。那個一臉不可一世的父親，即使只是做做樣子，都不惜向我下跪哀求。我到底是什麼妖魔鬼怪啊？」

由實子痛苦地聽著他說，一會兒拉下身上運動衫的袖子，一會兒捲起來。

直貴嘆了口氣。「因為這樣，所以請妳幫我。朝美大概會想見我，她的個性好強，我想她壓根兒無法接受我屈服於她父親強硬的態度。撇開對我的心意不談，她會想要貫徹自己的堅持。但是對我來說，那種堅持根本不重要。」

「我應該怎麼做才好？」

「這事不難，妳只要暫時住在我家就行了。」

「住在你家？」

「嗯，過幾天朝美應該會去找我。妳就告訴她，說我不知道去哪兒了，暫時不會回來。我想，她大概會問妳和我是什麼關係。然後，」直貴盯著由實子的眼睛繼續說：「妳就說是我的女朋友。說我們交往很久了，我一天到晚偷吃，妳很苦惱，而我好像老毛病又犯了……，妳就這樣告訴她。」

由實子的表情扭曲。她撥起瀏海，重重地嘆了口氣。「那種話，我說不出來。」

「拜託啦，要是不這麼做的話，她不會死心。」

「可是……」

「如果妳不肯答應的話，我只好找別的女人了。就算不說出詳情，只要說是為了和纏著我的女人分手，還是有幾個女人會因為好玩而幫我。」

聽見他這句話，由實子瞪著他。倒不是因為他提出無理的要求，或許是因為他暗示自己的異性關係。

「我要在你家待到什麼時候？」

「暫時先住一個禮拜吧，我想過幾天她就會去。如果她沒去的話，到時候再說。說不定她不會去，那樣的話也好。」

「這樣做好嗎？」她偏著頭。「你和她分手，站在我的立場或許應該高興……，但感覺很差。」

「我的感覺更差。」直貴這麼一說，由實子勉強點頭答應了。

從那一天起，兩人開始交換住處。直貴也沒有去大學上課，因為他總覺得朝美會躲在角落等他。由實子的家收拾得整齊乾淨，直貴住在她家裡盡可能小心，不弄亂東西，三餐以外食和便利商店的便當解決。

這種生活過了三天，當他在看電視時，由實子突然打開大門回來了。

「東西忘了嗎？」直貴問道。

但是由實子搖搖頭。「計畫破功了。」

當他發出「咦」的聲音反問時，從由實子身後出現人影，是朝美。她咬著下唇。

「由實子，妳……」

「不是你想的那樣。我照你的話做了，但是，她……」

「你以為演那種戲騙得了我嗎？」朝美低頭看著他說。

「我出去外面。」說完由實子便離開了房間。

朝美脫鞋進屋，跪在他面前。「你為什麼要躲起來？這不像是你的作風。」

「因為和妳見面很難受。」

「因為你想和我分手吧？既然如此，別分手不就得了。」

「不分手不行。」

「為什麼？我知道我爸對你說了什麼。我爸也說，你同意分手。但是我怎麼也想不通，為什麼你要答應呢？」

直貴看著她激動的模樣，反而感覺到自己的心情漸漸變得冷靜。他心想，這個女孩果然只是意氣用事。

「我後來想過了。」她說，「或許那個方法沒有那麼糟。」

「哪個方法？」

「就是，」她調整呼吸後說，「懷孕那件事。」

直貴低著頭，他不願再想那件事。

「因為你沒有找我商量，我當時氣頭上，但是想要結婚的兩個人有小孩這件事本身，絕對沒有錯吧？再說，說服我父母也沒那麼簡單……」

「別再說了。」直貴打斷她的話。

朝美以不解的眼神看他。他看著她的眼睛說：「我的狀況，沒有妳想的那麼簡單。我原本以為，如果和妳結婚的話，說不定就能克服我的問題，但看來並非如此。就算妳懷孕，中条家的人也不會伸出援手，弄不好你們還會斷絕親子關係。」

「斷絕親子關係也無所謂，只要我們兩人齊心協力……」

「我一個人就夠辛苦了，要是再加上妳和嬰兒，會更辛苦。我實在沒有自信能夠撐下去。」

朝美睜大眼睛，定定地凝視著他，緩緩搖頭。「你的意思是，若是我離開中条家，你對我就不感興趣了嗎？」

「說穿了就是那麼回事吧。」

朝美一直盯著直貴，那眼神像是想設法透視他心中的什麼。直貴受不了那種視線，望向一旁。「已經夠了吧?」

「什麼已經夠了……」

「太麻煩了,事情變得怎樣都無所謂了。」

「包括我在內?」

「嗯……」

感覺朝美倒抽了一口氣。「好,我知道了。」

她站起身來,一腳踩進鞋子出了房間。她用力甩上大門的力道揚起了灰塵,在日光燈底下飛舞。

由實子走了進來。「這樣好嗎?」她小聲地問直貴。

「沒關係,」直貴也起身。「這是固定的劇情。」

第4章

1

面試官有三人，坐在中間的人戴眼鏡，約莫五十多歲；右手邊的看來年輕一點；左手邊的人相當年輕，看起來才三十出頭。

發問的主要是中間那一位。選擇我們公司的理由為何？假如能夠進公司，想做什麼工作？認為自己什麼地方優於他人？他丟出這類制式的問題。這些都在預料範圍內，直貴應答如流。

有人說面試沒有特別重大的意義。簡單來說，是用來測試面試官看應試者是否順眼。即使能夠妥善回答問題，也不見得能給他們留下好印象。面試官從面試者學生時代的成績和筆試的結果，就能知道大概的實力，最後只剩下個人好惡。若是女學生，容貌似乎影響甚鉅。直貴心想，這是有可能的，或者該說理當如此。聽說有女學生為了準備面試，接受整形手術。大概有人會皺眉表示不能苟同，但直貴認為她們這麼做很正確。

那麼，男學生又是如何呢？大部分的情況下，面試官都是男性，他們中意的是哪種學生呢？大概是具備個人特色，朝氣蓬勃，而且具有個人魅力吧。而社會人又是如何呢？上司想要的應該是忠誠大於個人特色。話雖如此，也不可能只有唯命是從類型的人受歡迎。換句話說，過猶不及，太具個人特色或太過平庸都不好。

「你好像沒有家人？」中間的面試官看著手邊的資料問。

直貴簡單扼要地說明父母去世的經過。這個部分沒有問題，重點在於後面。

「你好像有哥哥，他現在在做什麼呢？」

直貴心想，來了！他接受過幾次面試，這是一定會被問到的問題。他全神戒備。當然，不能讓對方察覺到他的緊張。

「他在美國唸音樂。」

三人一臉佩服的表情。特別是左邊那位年輕的面試官，似乎格外感興趣。

「他在美國哪裡？」年輕面試官問直貴。

「紐約。但是，」直貴面露微笑。「我不知道詳細地點，因為我沒去過。」

「你說唸音樂，具體來說是主修什麼樂器？」

「他主修大鼓，好像其他打擊樂器也要練，我不太清楚。」

「武島剛志先生嗎？他在美國很活躍嗎？」

「不曉得，」直貴側著頭微笑。「我想他還在磨練中。」

「留美唸音樂聽起來很美好，但是不好意思，你們家的生活情形似乎在經濟上沒辦法學音樂。」

「所以他學大鼓。」直貴沉著以對。「您說的沒錯，我們家在經濟上沒辦法買樂器，所以無法練習吉他或鋼琴。但是大鼓的話，就能敲打身邊的物品代替。這就和非洲部落的主要樂器是打擊樂器同樣的道理。」

年輕面試官輕輕點頭，其他兩人一臉興趣缺缺的表情。

接著，又問了幾個感覺不太有意義的問題，直貴的面試就結束了，結果會在一週內以郵件通知。走出公司後，他盡情地伸了個懶腰。

接受面試的公司已經超過了二十家，但是沒有一家公司寄來錄取通知。直貴一開始依照興趣，接受媒體相關行業，特別是出版社的面試，但到了這個地步，業別根本無所謂了，感覺只要有公司肯錄用自己就好。剛才面試的是食品公司，這是他從前想都沒想過的業別。

直貴對大學成績頗有自信。他雖然是從函授教育部轉到通學課程，但是這應該不會對面試造成負面影響。直貴不記得自己在面試過程中犯下什麼重大失誤。但是為何沒被錄取呢？

直貴心想，沒有家人應該是一大問題吧，公司方面會傾向雇用家庭完整的人。如果成績和人格方面沒有太大的差異，選擇家世有保障的學生，可說是理所當然的。

前一陣子指導就業的教授對直貴說，你設定的目標企業，規模會不會太大了？如果對成績有自信的話，報考重質不重量的公司，會比較有希望錄取。恐怕教授也猜測，直貴沒被錄取的原因是他完全沒有親人這一點。

直貴當場模稜兩可地回答，其實他自有一套想法。他自己也認為，報考錄取人數少的公司大概會比較有利。但是那種公司，恐怕也會對每一個人進行徹底調查。雖然不曉得會調查到何種程度，但直貴總覺得，公司至少會調查哥哥是否真的去了美國，如果沒去的話人在哪裡？而公司一旦知道武島直貴的哥哥實際在哪裡、做什麼，絕對不會錄取自己。然而直貴無法告訴教授這件事，因為他在校內從未透露過剛志的事。

到便利商店買便當，回到位於新座的公寓時，天氣已經暗了。搬到這裡將近一年。雖然得從車站坐公車，再走十分鐘以上的路，但是房租比之前住的地方更便宜。

直貴打開大門，檢查安裝在大門內側的郵筒，裡面沒有來自面試過的公司的通知信，倒是有一封信。他看了寫收信人姓名的筆跡一眼，皺起眉頭；筆跡很眼熟。

「直貴：

你好嗎？如果你能看到這封信，我會很高興，這代表信順利寄達你手上。其實我好一陣子不知道你的住址，而無法寄信。一年前左右，信被退回來了，於是我決定寫信給你高中的班導梅村老師。但是我不曉得梅村老師的住址，所以試著寄給高中。增加寄信對象時，需要經過許多道手續，有點麻煩，但是寄給公立高中的老師，獄方認為應該沒有問題而獲准。結果，梅村老師回信說你搬家了，他有收到搬家通知，並把你的新住址告訴我。我想你有許多事情要忙，大概忘了寄搬家通知給我吧。不過因為梅村老師的來信，我知道你的住址了，請你放心。

新座應該是在大泉學園和石神井附近吧。聽到這個地名，我覺得好懷念，我從前因為工作的關係，去過石神井。那裡的公園有一個大池塘，聽說裡面有鱷魚，我和同事試著找過，但是沒找到。你的新家在那座公園附近嗎？如果你去過公園的話，告訴我現在變成怎樣。

對了，梅村老師的信上也提到，你是不是差不多在找工作了呢？聽說最近工作不好找，我很擔心你。但是你讀了大學，我想一定會很順利。加油！

我想你很忙，但是明信片也好，請你寄給我。只告訴我收到這封信了也好。

我很好，最近好像有點胖了。大家都說我是因為工作太輕鬆，我現在的主要工作是車床。

我下個月再寫信給你。

兄　剛志」

直貴迅速瀏覽哥哥的來信後，咬著嘴唇撕裂信紙。他憎恨擅自將自己的住址告訴哥哥的梅村老師，並後悔寄搬家通知給老師。

直貴打算切斷和剛志的關係。當然他無法切斷血緣，然而他思考，是否能將哥哥從自己的人生中抹煞掉。他之所以沒有告訴哥哥新家住址，也是基於這項考量。他也想寫信告訴哥哥，自己想和他斷絕關係，但到底無法做得那麼絕。他知道剛志之所以犯罪，是因為想讓弟弟唸大學。一想到剛志收到弟弟的來信，說要斷絕關係時的心情，直貴就覺得自己未免太殘忍。

他知道搬家沒寄通知給哥哥也很殘忍。但直貴期待，哥哥能夠體諒自己目前的立場與心情。他心想，或許這就是長期交往的情侶想分手時的心境。他十分明瞭，兩種心情都非常自私。

直貴一心盼望的錄取通知，大約一週後終於寄來了。雇用他的是一家以電器製品量販店聞名的企業。面試時，直貴就有預感會被錄取。他記得當時幾乎沒有被問到家人的事。

直貴找到工作的事，沒幾個想要通知的對象。他也提不起勁向替自己擔心的梅村老師報告，因為他害怕老師和剛志聯絡。

結果直貴只告訴了白石由實子。話雖如此，倒不是他特地主動聯絡，而是她打電話來時，直貴順口說的。她對於直貴遲遲找不到工作感到擔心。

由實子說：「我們慶祝你找到工作吧。」於是兩人在池袋一家居酒屋碰面。

「真是太好了。你遲遲找不到工作，我很擔心呢。聽說今年比去年更難找工作，」她喝下生啤酒後說，「而且錄取你的是新星電機這種一流企業。」

「不算一流啦，不過在秋葉原等電器街倒是名聲響亮。」

「這樣就夠了不是嗎？有工作就是一種幸福。」

「也是啦。」直貴也以烤雞肉串當下酒菜喝啤酒，滋味份外美妙。

「你也告訴你哥了吧？他一定非常高興。」由實子愉快地說。看在直貴眼中，她的表情非常天真。

或許是發現他的臉色沉了下來，她微微抬頭盯著他看。「你怎麼了？」

「沒什麼。」直貴的語氣冷淡。

「你該不會……，沒告訴他吧？」

直貴沒有回答，啃著柳葉魚，從她身上別開視線，嘆了一口氣。

「為什麼？」由實子嘆著氣地說，「告訴他不就好了。」

「妳很雞婆耶！」

「我或許是多管閒事……，但你哥一定會很高興的。為什麼不讓他高興一下呢？」

直貴沉默地喝啤酒，或許是心理作用，味道似乎變淡了。

「直貴。」

「囉嗦！」他不耐煩地說，「我已經決定不和大哥聯絡了。」

「為什麼？」

「為什麼為什麼的，妳很煩耶！這是我的問題，妳別管！」

由實子懾於直貴的氣勢，揚起下巴，但仍盯著他說：「因為你哥害你不得不和喜歡的人分手？」

「我說妳很吵妳是聽不懂嗎？妳再說的話，我要動手打人嘍！」

直貴不禁大聲嚷嚷，引來四周客人的目光。他喝光啤酒，向店員要求續杯。

「你如果想揍我的話，你就揍好了。」由實子咕噥了一句。

「沒人想揍妳。」

「我只是覺得，你應該體諒你哥的心情。你認為你哥是罪犯，但事情不是那樣的。就算他目前在服刑，但他是罪犯已經是過去式了。」

「世人可不那麼認為。」

「世人怎麼認為又怎樣？想說人閒話的人儘管讓他們去說。」

「妳這種說法是行不通的。就連我這次找到工作，也是因為謊稱大哥去了國外，好不容易才獲得錄取的。妳要是說他人在監獄裡看看，馬上就會被解雇。」

店員拿來新的啤酒杯。直貴一拿起來，馬上將半杯啤酒灌入喉嚨。

「就算這樣，和你哥斷絕聯絡未免太奇怪了。這麼做，你也和世人沒兩樣了，不是嗎？」

「我有什麼辦法？」直貴嘆氣，「如果和大哥聯絡的話，他的事遲早會曝光。之前都是這樣，大哥的來信，總是扯我後腿。」

各種往事在直貴腦海中奔竄，他搖搖頭，好將那些事情逐出腦海。

「但不管你怎麼做，他現在還是有寄信來對吧？」

「我打算明年搬家。」

「又要搬？你不是之前才搬過嗎？你有錢搬家嗎？」

「我會想辦法。我晚上在『ＢＪ』工作，白天再兼一份領日薪的工作，兩、三個月後應該就能存到押金。」

「你那麼想逃離你哥嗎？」由實子露出悲傷的眼神。

「我啊，已經受夠了。」直貴盯著附著泡沫的啤酒杯說，「每當大哥的事曝光，我的人生就會被打亂。這種事情反覆幾次之後，我總有一天一定會恨他，我害怕事情變成那樣。」

「但是……」由實子說完這兩個字，就此陷入沉默。

過沒多久，直貴真的開始打工當道路施工的工人，幾乎不去大學上課了。反正他已經修完了畢業所需的學分，而且決定只用星期天寫畢業論文。

他不分日夜工作，身體的疲勞接近極限。即使如此，一想到這是為了自己的人生，他就能努力下去。剛志的信一個月一次規律地寄來，更喚起了他的幹勁。直貴告訴自己，要搬到這封信寄不到的地方去。

他後來不再看剛志的來信，每次只瞄信封上的收信人姓名一眼，就立刻丟進垃圾桶。他知道自己的弱點，只要一看內容就會心軟。

就這樣迎接三月的到來。直貴拼命打工，卻沒存到什麼錢。為了添購上班的行頭，得買襯衫、皮鞋等許多必須事先買齊的東西。他明白或許暫時沒辦法搬家了，一旦開始上班，當然也無法再打工。

大學畢業典禮那一天，剛志彷彿知道這件事，寄了信來。那一天沒有上工，所以直貴在家裡睡覺，他不想參加畢業典禮。

若是平常的話，他會不開封直接丟掉。當時之所以拆信，純粹只是因為心血來潮罷了。他心想，反正大概也沒寫什麼重要的事。

但是看了信紙上的內容，直貴從被窩裡跳起來。

「直貴：

你好嗎？你差不多快畢業了吧？你成為大學生時，我真的好高興，沒想到你能順利畢業，簡直像在做夢。我想讓人在天國的媽媽看看你盛裝打扮的模樣。當然，我也想看。

而且你從下個月開始就要成為上班族了。真是了不起。雖然我不太知道新星電機這家公司……」

直貴拿著信打電話給由實子，但耳邊只傳來電話答錄機的語音訊息。他想起了今天是非假日，由實子去上班了。

他等不及晚上，看了時鐘一眼，衝出家門。

直貴前往的是東西汽車的總社工廠，也是他從前工作過的地方。不過，他並非這家公司的員工。

他從熟悉的大門進入工廠。他知道只要表現得光明正大，就不會被警衛攔下。

正好是午休時間，身穿工作服的作業員悠閒地走動。直貴前往自己曾經工作過的廢棄物處理場。

處理場中有兩名男子在一堆鐵屑旁吃便當，兩人看起來都三十多歲，沒有看見立野的身影。直貴鬆了一口氣，躲在建築物後面，能夠看見一旁工廠入口的地方。

不久，員工陸續回來，午休似乎快結束了。直貴掃視眼前，由實子和另一名女性員工有說有笑地走著。直貴小跑步接近她。

出聲叫喚之前，她察覺到直貴，倒抽一口氣地停下腳步。

「怎麼了？」和她在一起的朋友問道。

「沒什麼，妳先走。」

那名朋友狐疑地看著直貴，從他面前經過。這段時間，由實子縮起下巴盯著他。

「妳跟我過來一下。」直貴抓住她的手臂。

走到工廠轉角處，他放開了手，從口袋中拿出信，亮在由實子面前。「這是怎麼回事？」

「那是什麼？」由實子搓揉剛才被直貴抓住的手臂。

「妳還敢問我？這是我大哥的信。他知道我找到工作了，而且連公司都知道，是妳告訴他的吧？」

由實子沒有回答，從他身上移開視線。

「除了妳之外，我沒有告訴任何人。如果有人告訴我大哥，只有可能是妳。老實說吧！」

由實子「呼」地吐氣，微微抬頭地瞪他。

「是我告訴他的，我這麼做有錯嗎？」

「廢話！妳忘了我前一陣子說的嗎？我說了，我不要和我大哥聯絡。」

「所以我代替你和他聯絡。沒什麼關係吧？我愛寫信給誰，是我的自由吧？」

「我說妳啊！」

直貴表情扭曲，差點伸手打人。他之所以忍住，是因為由實子的視線對著他背後。回頭一看，一名看似工廠組長的男人衝了過來。大概是剛才那名朋友通風報信的吧。

「快點走！」由實子在直貴耳邊說。

「你在幹什麼？你找白石小姐有什麼事？」組長皺起眉頭。

「他是我親戚。因為家裡有事，呃，他是來告訴我事情的。」由實子拼命掩飾。

「發生了什麼事嗎？」

「嗯，一點小事。但是，沒事的。」她抬頭看直貴。「謝謝你，我待會兒會跟家裡聯絡，替我向阿姨問好。」

她以眼神懇求直貴快走。

不能在這裡引發騷動。直貴不甘願地轉身，向仍狐疑地看著他的組長點頭致意，便離開了那裡。

當他走向大門時，經過廢棄物處理場前面。剛才在吃便當的兩個人，仍舊繃著臉處理鐵屑。直貴從中看見了自己從前的身影。

他心想，說什麼也不要回到那裡。

他內心焦急不已，心不在焉地待在家裡。晚上七點多左右，門鈴響起。打開門一看，由實子站在眼前。

「對不起，我想與其打電話，不如直接來比較快。」

「虧妳找得到這裡。」

「嗯，我半路上在派出所問了路……，我可以進去嗎？」

「嗯。」

由實子是第一次來直貴現在的住處。她一面環顧室內，一面坐在地板上。

「你果然要搬家嗎？」

「要等我錢存夠。」

「你真的不想和你哥聯絡嗎？」

「妳很煩耶。」

由實子沉默半晌後，緩緩點頭，從一旁的皮包拿出信封，放在直貴面前。「這個，給你用。」

「這是什麼？」

「你看了就知道。」

直貴看了信封裡面，裝了三十張左右的萬圓大鈔。

「有這些錢你就能搬家了吧？」由實子問道。

「妳這是什麼意思？」

「沒什麼意思。你想搬家，卻因為沒錢所以搬不了，對嗎？既然這樣，我借錢給你。」

「妳之前不是反對嗎？」

「那是之前。但是現在不一樣了。我想，這樣對你比較好，說不定對你哥也比較好……」

說完她低下頭。

直貴交替看著信封和由實子。如果可以的話，他想在開始上班之前搬家。如果趕緊找房子，或許現在還來得及。

「工作地點好像是在西葛西，」他說，「前天，公司寄了通知來。入社儀式好像由每個營業處舉辦。」

「西葛西……，離這裡挺遠的耶。」

「嗯，這也是我想搬家的理由之一。」

「那這筆錢派得上用場嗎？」

直貴輕輕點頭，說他會儘快還錢。

「直貴，你真的不再和你哥聯絡了嗎？」

「我是這麼打算的，我和大哥已經是形同陌路的人了。」

由實子嘆了口氣，低喃了一句：「是喔……」

隔天，直貴馬上前往江戶川區，找了兩家房屋仲介業者，在第二家找到了合適的住處，位於可以騎腳踏車通勤的地點。因為沒有保證人，要收取額外的押金，但向由實子借來的錢足以支付。

四月後，直貴從新家前往剛入社的公司，他感覺身心煥然一新。他對自己發誓，今後要過一般人的生活，而且要過不被人在背後指指點點，或受到差別待遇的生活。

接受一個月的研習後，決定了正式的部門，直貴被分配到電腦賣場。聽說這是最忙也最辛苦的一個部門，直貴雖然感到緊張，內心也充滿了幹勁。

直貴穿上有公司標識的夾克，展開接待來客的職業生涯。除了架上擺設的商品，還得熟悉店內未陳列的商品，以及預定販售的商品。回到公寓之後，學習新知也偷懶不得。直貴會看過所有資料，假日到書店或圖書館充實電腦相關的知識。當然，光有知識並不足以勝任店員的工作，直貴還經常觀察善於接待客人的資深員工，暗地裡學習對方的技巧。閱讀電腦雜誌的同時，順便看看教人正確使用敬語的書籍。他想讓周遭的所有人認同，武島直貴這個人能夠以一名社會人的身分立足於世。

直貴的辛苦沒有白費，三個月後，他的表現獲得了公司的肯定。他感到心滿意足，希望今後能夠平安無事地升官發財。

剛志的信不再寄來了，這是當然的，因為除了公司之外，直貴沒有告訴任何人新住址。就這樣，過了幾個月。

2

那天早上，直貴像平時一樣騎腳踏車上班，發現店門前並排兩輛警車，還有警官站崗。當他想進入建築物時，警官要求他出示員工證。

「發生了什麼事嗎？」直貴邊出示員工證邊問，但是身穿制服的年輕警官沒有回答。他看起來倒不是因為嫌麻煩，而是無法判斷是否可以回答。

直貴上班的電腦賣場位於二樓。賣場內側有間小更衣室，他習慣在那裡更衣，打卡鐘也在那裡。但是警官站在樓梯前面，阻擋了他的去路。

「不能進入賣場。」繃著臉的警官語氣粗魯地說，「請搭電梯去五樓。」

五樓是辦公室。

「發生了什麼事嗎？」直貴再度詢問。

「等一下會有人解釋。」警官不耐煩地揮手。

其他員工也陸續來上班，他們也受到和直貴相同的待遇。大家隨便道聲早安，便討論發生了什麼事。

「倉庫裡也有一堆警察耶。」負責音響賣場的資深員工小聲地說。

倉庫位在店後方，隔著馬路的另一側，存貨幾乎都放在那裡。

到了五樓，已經有幾名沒辦法進入賣場的員工在等候。座位不夠坐，所以許多人站在走道上交談。

直貴漸漸明白，店內似乎遭竊了。除了預定今天販售的七十台遊戲機之外，賣場中的遊戲軟體、電腦軟體和電腦主機等也被人洗劫一空；倉庫方面沒有損失。

「呃，請聽我說。」一頭白髮的分店長高聲說。

霎時所有人安靜下來，注視分店長。

「我想已經有人聽說了，昨天晚上……，呃，說不定是今天一早，有小偷侵入賣場。損失金額目前還不清楚，但以遊戲、電腦區為主，被翻得亂七八糟。所以至少在中午之前都不能進入賣場。除了賣場之外，還有幾個地方不能進入。呃，目前決定今天臨時停止營業，請各位務必遵照警方的指示，協助警方調查。」

分店長的語調不疾不徐，但是他一臉緊張。就連距離稍遠的直貴也看得見，他舔了好幾次嘴唇。

接著，一名陌生男子走上前去。分店長向他低頭致意，直貴察覺他似乎是警方的負責人。他身穿西裝，眼神中帶有上班族所沒有的敏銳與陰沉。

男子沒有報上姓名，連珠炮地吩咐所有人分成各個部門待命、不准擅自去哪些地方、去的時候要向附近的警官報備，儼然一副「我們替你們調查，凡事按我們的話做是理所當然」的態度，令現場發出了不滿的聲浪。

「搞什麼，那個老頭子，連句解釋也沒有哇？」

「叫我們待命，到底該在哪裡待命？我們除了賣場之外，根本沒地方去啊！」

「究竟要我們等到什麼時候？」

結果，所有人直接在辦公室裡，按照部門分組待命。因為椅子不夠，陸續有人坐在桌上或地上，但是沒有受到制止。

「偏偏是今天遭小偷，我們店還真倒楣啊。」一名姓野田的員工說，他比直貴大兩歲。

「今天是那個上市的日子吧，我原本想銷售額應該會成長不少。」

在場所有人都明白「那個」指的是什麼：即是新上市的遊戲機。

「預約怎麼辦？」直貴試著問道。由於是當紅遊戲機，上市前就接受了不少的預約。

「啊……，開店時間就快到了。突然停止營業，客人一定會打電話來抗議。」

「但是看到警車來了，應該不至於來電抗議吧。客人會體諒我們店應該是發生了什麼事。」

「白痴！客人可沒那麼理性。」

野田的預言成真。距離開店不到幾分鐘前，辦公室的電話開始接連響起，直貴也忙著應付。電話的內容幾乎都一樣，都是來問被偷的遊戲機什麼時候會再進貨。既然知道發生竊盜事件，意謂著那些客人開店前就來了。他們一心想買遊戲機，根本沒空顧慮到行動受限的員工立場，滿腦子都是想要的遊戲機。可以預見的是，一旦回答事件剛發生，不清楚什麼時候進貨，肯定會被罵得狗血淋頭。頂多只能回答目前警方正著手調查中，我們會努力儘早進貨。對方大都無法接受這種回答，結果一通電話就要花上十多分鐘。

「我真想叫小偷挑個黃道吉日偷東西。如果是其他日子的話，我們就不用像這樣忙得焦頭爛額了。」應付電話告一段落時，野田說。

「但如果是其他日子的話，不就沒有意義了嗎？」直貴說。

「為什麼？」

「因為我想，竊賊的主要目標是新上市的遊戲機。」

「啊，這倒也是。」野田摸摸下巴。

昨天，直貴親眼看見遊戲賣場的負責人，兩人一組在搬運遊戲機，心想，明天店裡應該會擠滿人潮。

電腦賣場的負責人河村走過來，他一臉怪異的表情。電腦賣場是由河村、野由以及直貴三人負責。

「喂，你們兩個跟我來。」河村小聲地說。他不到三十五歲，但髮量稀疏，看起來比實際年齡更老成些。

「又要聽客人抱怨啊？」野田不耐煩地說。

「不，警方要採你們的指紋。」

「指紋？」直貴看著河村。「為什麼要採我們的指紋？」

「警方懷疑我們嗎？」野田一副「不可能有那種事吧」的口吻問道。

「警方說這是消去法。」河村邊走邊小聲地說，「從現場採集到的指紋當中，先消去員工的指紋。如此一來，剩下的指紋就是竊賊的。」

「耶，竊賊會留下指紋嗎？」野田歪著嘴說。

「何況所謂的現場，其實就是賣場對吧？到處都是客人的指紋。要怎麼分辨出竊賊的指紋呢？」

河村停下腳步。他確定四下無人之後，將臉靠近直貴他們。「你們別告訴別人，警方好像認為這件事是內賊幹的。」

「不會吧？」野田驚訝地向後仰。河村皺起眉頭，將食指貼在唇上示意噤聲。

「竊賊的目標顯然是遊戲機，但是為什麼竊賊知道遊戲機今天在賣場呢……？警方很在意這一點。」

「誰都知道今天那台遊戲機上市啊。」野田輕聲說。

然而河村臉部的表情沒有和緩下來。

「警方說，竊賊一般都是將倉庫視為下手目標。因為沒有侵入倉庫的跡象，所以判斷竊賊從一開始就知道遊戲機放在賣場。」

「所以有內賊……」

不待直貴反駁，河村便說：「因為那台遊戲機搬進賣場，是在昨天打烊之後。」

被採指紋的不止直貴他們。繼他們之後，其他員工也被帶到警方鑑識小組待命的房間。

採完指紋之後，警方向各個賣場的人問話。前來偵訊直貴他們的，是一名姓古川的刑警，他看起來三十五、六歲，體格強健，留著平頭。

問題的內容可以想見，像是知不知道新上市的遊戲機被移到賣場、如果知道的話，有沒有告訴外人這件事。

直貴回答，知道但沒有告訴任何人，野田和河村的回答也一樣。

「那麼，最近有沒有發生什麼異狀？」古川改變問題的內容。

「異狀？」河村鸚鵡學舌地說。

「什麼事都可以，像是看見可疑人物，或是有奇怪的客人上門。」

直貴他們面面相覷，野田和河村也不知如何回答才好。直貴心想，自己大概也露出了相同的表情。

「怎麼樣呢？」古川著急地催促道。

「不，聽你這麼問，好像也沒什麼異狀……，對吧？」河村搔著頭看直貴他們。

「沒有任何異樣嗎？」

「該怎麼說呢……？」河村語帶猶豫地說，「像我們這種量販店，一天當中會有許多客人上門。比起實際購物的人，只看不買的人佔壓倒性的多數。我們不會一一記得那些人，其中當然有舉止稍微怪異的人，但要是在意那種人的話，就不用工作了。」

聽見前輩的話，直貴和野田也點頭表示同意。河村說出了他們倆的心聲。

刑警一臉不滿，但沒有進一步盤問。

結果這一天，直貴他們被限制行動到平常下班時間。他在回家路上順道經過的快餐店裡，看見電視新聞報導這起事件。警方限制他們行動半天，卻沒有得到任何線索，直貴從那個新聞節目中得知事件的概要。新聞說，店的鐵捲門似乎是被竊賊強行撬開，但出入口的鎖沒有遭到破壞的跡象。此外，監視攝影機的電線被切斷沒有運作。就遭竊物品數量龐大這一點研判，竊賊不止一人，而且可能是手法相當熟練的竊盜集團。

直貴一回到家，電話馬上響起。接起來一聽，是由實子打來的。她知道了這起事件。

「很慘吧？你負責的那區也有損失嗎？」

「被偷走了電腦軟體。今天因為這件事，整理傳票忙得不可開交。刑警問東問西，還要採指紋，今天簡直糟透了。」

「指紋？為什麼要採你的指紋呢？」

「說是消去法，但是警察懷疑有內賊。」他說出河村說的話。

「耶，這是什麼意思？你又不可能做那種事。」

「警方大概有他們辦案的程序吧。再說，看電視也知道，警方懷疑有內賊的證據，不止遊戲機一項。」

「其他還有什麼嗎？」

「像是監視攝影機沒有運作、大門的鎖沒有遭到破壞，而且好像有店內的人帶路的跡象。」

「是喔……，咦？那意思是說，真的有內賊嘍？」

「我是不敢相信啦。」

「直貴，你明天要上班嗎？」

「要啊。今天也為了準備明天上班的事，忙得暈頭轉向。上司替我們打氣，拜託我們明天要比平常更大聲招呼客人、笑容滿面，以免影響店的形象。」

「耶，沒問題嗎？」

「什麼沒問題？」

「因為，」由實子沉默了一下，然後咕噥地說：「竊賊說不定在店內吧？」

直貴握著話筒笑了。「所以怎樣？」

「就是，呃，我覺得會不會有危險。電視上不是說，好像是什麼大型竊盜集團犯的案嗎？」

「或許是竊盜集團沒錯，但不會被歹徒襲擊啦，只是一般的小偷。」

「是喔？」然而她似乎還是很擔心。

「妳別胡思亂想，瞎操心！倒是之前的錢，我會用下次的獎金還剩下的部分。」

他指的是向由實子借的錢，公司發夏季獎金時，已經還了一部分。

「不急，你什麼時候還都可以。」

「怎麼可以那樣。」

後來閒聊幾句，便掛上了電話。她最近不再提起剛志的事，大概是知道直貴會不高興吧。

事件過後的第五天，當直貴在賣場向一名女客人介紹電腦時，河村來到他身旁講悄悄話。

「這裡交給我，你去五樓一趟。」

直貴吃驚地看著前輩。「馬上嗎？」

「嗯。」河村點點頭。「我不太清楚什麼事，但上頭要我叫你過去。」

「是……」直貴莫名其妙，偏著頭走向員工專用的電梯。

五樓的辦公室裡，員工各自忙碌地伏案工作。竊盜事件的影響應該不小，但是辦公室內似乎已經恢復了以往的景象。

當直貴杵著發愣時，一旁有人叫他，禿頭的總務課長走過來。「不好意思，工作中還找你過來。」

「啊，哪裡。」

「你能不能過來這裡一下？」說完，總務課長推了直貴的背一把。

辦公室有一角以簾幕隔開，課長帶他進去。裡頭有一張會議桌，桌旁坐著兩個男人。其中一個男人似曾相識，是古川刑警。也就是說，另一人也是刑警。

古川對工作中找他過來致歉。不過，語氣很公事化。

「我有事情想確認一下。」古川說。

「什麼事呢？」

「我希望你別生氣，聽我說。關於這次的事件，警方認為必須清查所有方向。坦白說，我們認為是內神通外鬼，於是我們想約略掌握所有員工的人際關係。我們並不想涉入個人隱私，只是要弄清楚一些事情，像是是否和黑道人士有關係、身上是否背著大筆債務、有哪些家人等等。」

直貴十分清楚刑警話中的涵義。他心想，原來警方辦案也必須了解這些事情。同時，他也猜想得到自己為何被找來，他祈禱是自己猜錯了。

但上蒼沒有聽見他的祈禱，古川拿出直貴的履歷表。

「你有哥哥，對吧？」說完，刑警盯著直貴。

3

直貴看了總務課長一眼，刑警對公司提及的疑問到哪個程度呢？只是針對自己是否有家人進行調查嗎？

「是的，我有哥哥。」他姑且對刑警點頭。履歷表上寫得清清楚楚，這一點不能說謊。

「根據你的說法，他好像是去美國唸音樂……，是嗎？」

「是的，沒錯。」直貴感覺全身發熱，心跳加速。

「是美國的哪裡呢？」

「是……，紐約一帶。呃，我不太清楚，我們完全沒有聯絡。」

古川一臉狐疑，將履歷表放在桌上，十指交握，稍稍趨身向前。

「那是真的嗎？」

「咦？什麼是真的？」

「你哥哥去了美國，真的是那樣嗎？」

刑警的視線死盯著直貴，直貴用手背抹了抹嘴角。

「你哥哥拿到了工作簽證嗎？還是以留學的形式呢？」

直貴沒有抬起頭，搖了搖頭。「我不太清楚。」

「無論如何，他應該不可能一直待在美國吧？最近一次回日本是什麼時候呢？」

直貴答不上來。如果拐彎抹角地回答，似乎馬上就會被揪出破綻。

他瞄了總務課長一眼，課長抱著胳臂，一臉愁眉不展的表情。

「是不是有什麼不便回答的隱情呢？」刑警問直貴。

「不，呃……，我哥哥的事我不太清楚。」

「但你們是兄弟，總會知道點什麼吧。如果你真的不知道他下落的話，我們警方會正式展開調查。」

「竊盜事件和我哥有什麼關係嗎？」

「就是不知道，所以才要調查。我們不能全盤採信你說的話，我不是不相信你，這是必要的手續。」

直貴也很清楚刑警的意思，然而他不想在這裡說出剛志的事。

於是刑警說：「還是說，總務課長在場你不方便說呢？如果是這樣的話，我可以請總務課長離席。」

直貴「啊」的叫出聲，他覺得古川看穿了自己內心正天人交戰。

「我離席好了，」總務課長從位子起身。「沒有關係。」

直貴輕輕點頭，同時，做好了心理準備，自己大概沒辦法在這家公司再待下去了。

總務課長離開，刑警嘆了一口氣。「長期從事這份工作，讓我養成了獨特的直覺。你或許會覺得不科學，但這是事實。當我看你的歷履表時，沒來由地靈光一閃。我覺得你對哥哥的描述不對勁，懷疑其中是否有隱情，所以我想和你見見面。看來我的直覺是對的。」

直貴沉默不語，刑警再度問他：「你哥哥在哪裡？」

直貴舔舔嘴唇，撥起瀏海。「監獄。」

「怪不得……」古川毫不驚訝，這個答案或許他多少預料到了。

「罪名是？」

「我非說不可嗎？」

「如果你不想說也可以，反正我總會知道，這種事情三、兩下工夫就查得到。只不過到時候我再向你確認一次，你心裡也不好受吧？」

刑警擅長引人說出真話，直貴不得已只好點頭。

「你哥哥做了什麼呢？」古川問相同的問題。

直貴直盯著刑警回答：「強盜殺人。」

這究竟出乎意料之外，古川霎時瞪大眼睛。「什麼時候的事？」

「大概……，六年前吧。」

「是喔，原來如此啊，於是你謊稱他去了國外。唉，我也不是不能理解啦，畢竟現在工作難找啊。」

古川將雙肘靠在桌上，十指交握托住下巴，然後閉眼半晌。

「這件事，我們不會向公司透露。」古川睜開眼說。

大概已經太遲了吧，直貴邊想邊點頭。

但是警方沒有告訴公司，直貴哥哥的犯罪經歷倒是事實，證據就在於公司設法在探聽這件事。就連同單位的野田和河村，好像也被總務課長找去，問他們知不知道任何有關武島哥哥的事情。當然，兩人都回答一無所知。

然而剛志的事曝光肯定只是遲早的問題。公司如果想知道的話，應該能夠輕易調查得到，只要委託徵信社就行了。

而那一天終於來了。竊盜事件發生後約過了一個月，直貴再度被總務課長找去。這一天不見刑警的身影，但是人事部長坐鎮辦公室內。

總務課長像在唸稿似地開口說：「公司必須確實掌握員工的家庭情況，如果考進公司時說的內容造假，公司也不能置之不理，因此我們對你哥哥進行調查。」

接著，總務課長流暢地說出就連直貴都無法好好整理出來的事情；包括剛志犯了什麼罪、法院如何審理、何時以何種形式判決等。他依據的或許是徵信社的報告書。

「以上內容沒有錯吧？」頂上無毛的總務課長問直貴。

「沒有錯。」直貴以沒有抑揚頓挫的語氣說。

「刑警說的就是這件事？」

「是的。」

總務課長點頭，看了身旁的人事部長一眼。將頭髮全往後梳，戴著金框眼鏡的人事部長面露不悅的神情。

「為什麼要謊稱你哥哥去了美國？我認為這應該不會對你找工作造成負面影響，不過話說回來，你不覺得隱瞞這麼重要的事情，有點惡質嗎？」

直貴抬起頭來，和人事部長四目相接。「我這麼做算惡質嗎？」

「難道不是嗎？」

「我不曉得。」直貴搖頭俯首。

為何惡質？直貴滿腹想抗議的情緒。你們雇用的是我，又不是我哥哥。既然如此，我因為哥哥的事情撒謊，有那麼罪大惡極嗎？又不會給任何人添麻煩……

人事部長問到剛志的事，但對今後沒有特別說什麼。直貴甚至連會被要求馬上提出辭呈，都做好了心理準備，但是人事部長也沒有提起這件事。

然而自從那天起，他四周的環境確實改變了。沒過多久，所有員工都知道了他哥哥的事。

看到同部門的野田和河村冷淡的態度，直貴就明白了這一點。

話雖如此，他卻沒有受到任何特別不合理的待遇，反倒是野田和河村看起來比之前更照顧他。當直貴超時工作又沒有加班費時，他們就會叫他別太勉強自己。當然，直貴並不會因此而感到心裡好過。

竊盜事件的嫌犯於事發後兩個月落網，竊盜集團中包含外國人，其中有人一年前從新星電機西葛西店離職。這個人洩露店內的擺設和防盜裝置等資訊，他也知道新上市的遊戲機會在上市前一天移至店內。

經過這次事件，公司大幅修正了內部的安全管理機制。內容並非單純改善防盜系統，而是將範圍延伸至員工的人際關係。涉案的離職員工就是因為欠下大筆債務，為了還債而參與犯罪。

全體員工再度寫下家庭成員、嗜好、專長、有無接受過獎懲等內容，交給公司，甚至有一欄要填寫貸款金額。原則上，不想寫的欄位可以留白，但是寫上總比被公司懷疑好，大部分的人都會盡可能填寫。

「公司叫我們寫這種東西，以為會有什麼幫助嗎？不方便寫的事情不寫不就得了嗎？」野田一手拿著原子筆發牢騷。

「因為竊盜事件中有離職員工涉案，公司方面非得想出解決方案不可。提議要我們寫這個的人，也知道這起不了什麼作用。」河村安撫他道。

直貴心裡的感想和兩人不同。他懷疑要大家寫這個的人，應該是總務課長。他因直貴的案例，發現員工可能有人懷有不可告人的祕密，於是想趁機盡可能事先掌握類似狀況。

直貴在家人欄中寫上剛志的名字，隔壁欄填入正於千葉監獄服刑。

後來風平浪靜地過了好一陣子，直貴每天在固定時間上班，換上制服到店裡。說是經濟不景氣，電腦賣場卻仍舊忙碌。有客人上門詢問新產品；有客人上門詢問操作手冊上沒寫的項目；還有客人上門抱怨買回家的電腦沒辦法順利運作，來店的客人五花八門。直貴圓滑地接待每一種客人，客人的問題他幾乎應答無礙，而且他會想盡辦法努力滿足客人無理的要求。事實上，他有自信業績比野田和河村好。

這樣下去或許不會有問題，當他這麼想時，公司突然發佈人事異動。人事部長找他過去，當面對他下令。他被調派到物流部。

「那裡說想要年輕人。你到我們公司的時間不長，調部門應該不會有多大影響，所以就這麼決定了。」人事部長輕描淡寫地說。

直貴不能接受，沒辦法伸手去拿人事命令公文。

人事部長一副「有什麼問題嗎」的表情盯著直貴。直貴看著他的眼睛。「果然是那件事的緣故嗎？」

「那件事是指？」

「我大哥的事，因為我哥哥在坐牢，所以我不得不換部門嗎？」

人事部長先是大幅度地向後仰身，然後將身體探向桌面。

「你這麼認為嗎？」

「是的。」直貴直截了當地回答。

「原來如此啊。唉，你愛怎麼想，那是你的自由。不過，我希望你記得一件事，對於上班族而言，調部門是無法避免的。有許多人對於非自願的人事異動感到不滿，不是只有你一個人這樣。」

「不是不滿的問題，我只是想知道理由。」

「我說了，理由只有一個，因為你是上班族。」人事部長簡短說完，一副無話好說的態度起身。直貴只能看著他的背影。

「搞什麼鬼啊！你一定要抗議，這樣太莫名其妙了。」由實子一手拿著生啤酒，高高地嘟著嘴巴。

兩人在錦系町的居酒屋，是直貴找她出來的。雖然是為了大吐苦水，但是她似乎很高興直貴約她。

「妳說我要怎麼抗議？對方都說人事異動是上班族的宿命了，我根本沒有還嘴的餘地。」

「可是，這樣太莫名其妙了。直貴，你在店裡的業績很好吧？」

「大概跟那種事沒什麼關係啦。」

「我要寫信向新星電機的社長抗議。」

由實子的話，令直貴差點將啤酒噴出來。

「別鬧了。要是妳這麼做，我反而引人注目。算了啦。」

「不然怎麼辦？」

「我覺得沒被炒魷魚就要偷笑了。從前一旦我哥哥的事情曝光，一切就沒戲唱了。打工是這樣，玩樂團要出道時也是這樣，一切都會化為烏有。」

「還有……，女朋友對吧？」由實子微微抬頭。

直貴吁了一口氣，面向一旁，灌下啤酒。

「沒被炒鱿魚就要偷笑了，我已經放棄了。」

「放棄什麼？」

「我自己的人生。我一輩子都沒辦法站在幕前，就像玩樂團不能站上舞台一樣，就連在電器賣場上班，都不能站在店裡。」

「直貴……」

「別再說了，我已經放棄了。」說完，直貴一口喝光杯中剩下的啤酒。

新工作簡單來說，就是倉管人員。工作內容是搬進包裝好的產品，移到店面，管理存貨。制服由彩色的夾克，變成灰色的工作服，外加工作帽。直貴一面用堆高機和手推車搬運瓦楞紙箱，心想，到頭來我還是和大哥做相同的工作。剛志是搬家工人，然而因為腰痛無法工作，而一時鬼迷心竅闖入別人家偷東西。

直貴心想，換作我會怎樣做呢？如果自己身體受傷的話，會怎麼做呢？假如公司指派別的工作還好，但是如果沒有指派別的工作呢？辭掉工作嗎？然後為錢所苦，最後萌生偷別人東西的念頭嗎？直貴認為自己現在不可能做那種事。然而剛志當時又何嘗想過，自己會變成小偷，因為一時衝動而殺害老太太呢？自己身上和殺人犯哥哥流著相同的血液。而世人害怕的，正是這種血液。

4

一天，當直貴在倉庫盤點存貨時，感覺背後有人。回頭一看，眼前站著一名面帶笑容，個頭矮小的老先生。他身穿咖啡色西裝，打著同色系領帶，年齡看起來超過六十歲，額頭光禿禿的，剩下的頭髮全是白髮。

「有什麼事？」直貴問道，心想，他應該是公司的人。除了貨物送達時以外，大門都關著，而且倉庫入口有櫃枱。櫃枱人員是一名打工的歐巴桑，不至於不負責任到毫無警戒地任由非員工通行。

「沒什麼，你不用在意我，可以繼續工作。」那人說道，語氣從容而有威嚴。

直貴答了一聲「是」，目光落在手邊的傳票上，但因在意著那個人，無法集中精神作業。

身分不明的男人說：「你習慣這裡的工作了嗎？」

直貴看了男人一眼，對方臉上仍掛著微笑。「嗯，還好。」直貴答道。

「這樣啊。物流系統是我們公司的生命線，所以倉庫的工作很重要，萬事拜託嘍。」

「是。」直貴點頭，然後又看了男人的笑容一眼。「請問……」

「嗯？」對方稍微揚起下巴。

「你是總公司的人嗎？」

他的問題，令對方笑得更燦爛了。他將雙手插進口袋，走向直貴。「算是吧，我的座位在大樓三樓。」

「三樓嗎……？」他這麼說，直貴還是會意不過來。直貴只在面試時去過總公司。

或許是發現迂迴的說法直貴聽不懂，對方搓了搓人中，說：「三樓是主管辦公室，其中最裡面的是我的辦公室。」

「主管辦公室的最裡面……」如此低喃幾秒後，直貴同時張大嘴巴和眼睛。「咦？那，呃……」他舔舔嘴唇，吞下唾液，「你是……，社長嗎？」

「嗯，我姓平野。」

直貴採取立正站好的姿勢，社長姓平野這點他還知道。他挺直背脊，想不透社長為什麼會出現在這種地方。

「你是武島吧？」

「啊，是。」他很驚訝社長竟然知道自己的姓氏。

「你會不會覺得這次的人事異動很不合理？」

突如其來的問題令直貴啞口無言，腦中一片空白。或許是明白這點，平野社長面露苦笑，點點頭拍了拍他的肩膀。

「突然被社長這麼問，你也不敢說『是，我覺得』吧。哎呀，放輕鬆，你就當作來了一個叔叔輩的朋友。」平野社長如此說完後，在一旁的瓦楞紙箱上坐下，箱子裡裝著電視。「你也坐嘛。」

「不，呃……」直貴搔了搔頭。

社長「呵呵呵」地笑。

「大概是上司吩咐你，絕對不准坐在商品上面吧？這是全公司上下的規定，但是我不記得自己下過那種命令。哎喲，有什麼關係，反正沒有人在看。」

「是。」即使社長這麼說，直貴還是不敢坐。他將雙手背在身後，採取稍息的姿勢。

社長蹺起二郎腿，從上到下仔細打量直貴。

「這裡的人事是交由這裡的人事部管理。關於你調部門，我並沒有干預。至於事情原委，我也是剛才才確認過。」

直貴低下頭，他完全猜不到社長打算說什麼。

「不過啊，我覺得人事部的處理方式沒錯。他們只是做了理所當然的事。」

直貴仍舊低著頭，用鼻子用力呼吸，吐氣的聲音應該也傳進了社長耳中。

「你大概覺得，自己遭到了歧視吧？坐牢的人明明不是自己，為什麼得受這種待遇？」

直貴抬起頭，因為平野社長的聲音中，不再帶有先前的笑意。事實上，社長的確沒有笑，他以認真的眼神看著公司的新任倉管人員。

「在這之前，你是不是也遇過這種事情？就是受到不合理的待遇。」

直貴緩緩點頭。「遇過很多次。」

「我想也是。你大概每次都很痛苦吧？應該也會對別人的歧視感到憤怒。」

直貴沒有肯定，閉嘴眨了眨眼。

「歧視啊，是理所當然的。」平野社長平靜地說。

直貴睜大眼睛。他以為平野社長會說，公司沒有歧視他。

「理所當然的嗎……？」

「是啊。」社長說，「大部分的人都想離犯罪遠遠的。哪怕只是間接的，都不想和罪犯，特別是犯下強盜殺人這種重罪的人扯上關係。因為難保不會因為一點關係，就被捲入莫名其妙的事。排斥罪犯和罪犯身邊的人，是非常正確的行為。或者可以說是一種自我防衛的本能。」

「那，像我這種親人是罪犯的人，該怎麼辦才好呢？」

「我只能說，沒辦法。」

社長的話令直貴感到憤怒，難道他是為了宣告這種事情，特地跑來這裡的嗎？

「所以，」社長彷彿看穿他內心的想法，接著說：「罪犯也必須對此有所覺悟，問題不是自己坐牢就解決了，必須認識到接受懲罰的不只是自己一個人。你認同自殺嗎？」

「自殺？」社長突然改變話題，直貴不禁慌張起來。

「我在問你，你認為人有沒有尋死的權利？」

「這……」他稍微想了一下後回答，「我認為有。因為是自己的性命，要怎麼處理是個人的自由，不是嗎？」

「嗯，很像時下年輕人的意見。」平野社長點點頭。「那，殺人怎麼樣？你認同嗎？」

「怎麼可能認同。」

「我想也是。那麼，為什麼殺人行為不能原諒呢？被殺的人已經沒有意識了，既沒有想要活下去的求生欲望，也不會因為被人奪走性命而憤恨。」

「因為……，如果可以殺人的話，自己也可能被殺，這樣終究不太好。」

「這種理由，無法說服一心尋死的人，因為他們認為自己被殺也無所謂。對於這種人，要怎麼說服他？」

「這種情況下……，」直貴又舔舔嘴唇。「要告訴他，對方也有家人和心愛的人，因為那些人會難過，所以別那麼做。」

「是啊，」社長滿意地放鬆臉頰肌肉。「你說的一點也沒錯。人是有感情的，有時是愛情，有時是友情。任何人都不能隨便斬斷別人的感情，所以殺人是絕對不可以的。這麼說來，自殺也不對。自殺是殺死自己，就算自己認為有何不可，周遭的人未必希望如此。你哥哥的行為可以說是自殺，他選擇了被社會宣判死刑。但是他卻沒有想到，留在社會上的你會有多痛苦。衝動行事是解決不了問題的。包括你現在所受的苦難，都是你哥哥犯罪的刑責。」

「您的意思是，如果對別人的歧視感到氣憤，就恨我哥哥是嗎？」

「你要不要恨你哥哥，是你的自由。我只是想說，你恨我們實在說不過去。如果用更殘忍一點的說法，我們必須歧視你。這麼做是為了讓所有罪犯知道自己犯罪會使家人連帶受苦。」

直貴看著平野輕描淡寫說話的臉。他受了這麼多不合理的待遇，但第一次聽見將歧視正當化的看法。

「不過，小學老師大概不會這樣教學生吧。老師大概會教學生，罪犯的家人也是被害者，我們必須用寬容的心胸接納他們。不光是學校，世人的認知也是如此。我想你哥哥的事在職場上也傳開了，你有沒有因為這件事而被惡整呢？」

「沒有，」直貴搖搖頭。「大家反而比以前更照顧我。」

「我想也是。你知道為什麼嗎？大家大概都認為，因為你很可憐，所以得親切對待你。」

「我認為不是這樣。」

「為什麼那麼認為？」

「為什麼……，理由我說不上來，是大家身上散發出來的氣氛讓我有這種感覺。」

社長對直貴的答案滿意地點頭。「大家都很頭痛，不知道該怎麼對待你才好。他們其實不想和你扯上關係，但又覺得表現得太明顯是不道德的，所以大家反而對你過度客氣。有一個名詞叫做『反向歧視』，他們的行為正是如此。」

直貴無法反駁社長的話。之前待在銷售部門時感到同事不自然的疏遠感，可以說是他們的反向歧視。

「我之所以說人事部的處理方式沒錯，就是這個道理。無論是歧視或反向歧視，如果其他員工必須將精神花在工作之外的事情上，就沒辦法提供客人正常的服務。要消除歧視或反向歧視，就只好將你調到別的部門，好讓原本的部門不會因為這種事情產生負面影響。」

所以將我調到這個陰暗的倉庫嗎？直貴將目光落在腳邊。

「我希望你別誤會，我們不是不信任你這個人。罪犯的弟弟身上流著和罪犯相同的血液，所以八成也會做出相同的壞事，我們不相信這麼不科學的事。如果不信任你的話，也不會把你安置在這個部門。只不過，對公司而言重要的不是一個人的人格，而是他的社會性。現在的你處於失去重要特性的狀態。」

你哥哥的行為可以說是自殺，他選擇了被社會宣判死刑……。直貴反芻剛才平野說過的話，難道剛志選擇的不只是自己被社會宣判死刑嗎？

「不過啊，被社會宣判死刑和真正的死不同，還有機會生還。」平野說，「生還的方法只有一個，就是一點一滴地拾回社會的信任，一一建立與他人的關係。如果能以你為中心點，建立像蜘蛛網般的人脈，就沒有人能夠無視你的存在。而踏出第一步的地方就是這裡。」說完，社長指著腳邊。

「您是要我從這裡開始……」

「有意見嗎？」

「沒有，」他立即搖頭。「我十分明白社長的意思。但是，我不確定自己做不做得到。」

於是平野咧嘴一笑。「你做得到的！」

「是嗎？社長一點也不了解我這個人。」

直貴發現自己不小心失言了。他想要改口抬起頭時，平野從懷中拿出什麼。

「我確實一點也不了解你這個人。但是，我只知道你有抓住人心的能力。如果不是這樣的話，這種東西也不會到我手裡。」

平野遞出的是一封信。直貴伸手想要接下，平野倏地將信收回。

「很可惜，這不能給你看。這封信的寄件人拜託我，絕對不能把她寫的內容告訴你。寄件人還寫到，這是她擅自寫的，就算我看了這封信感到不悅，也別責怪你。」

直貴從這段話中察覺到這是怎麼回事，只有一個人會寫這種信。

「你好像猜到寄件人是誰了吧？」平野說，「既然這樣，你應該也知道信的內容了。這封信的寄件人深切地訴說，你至今多麼辛苦、現在仍為哥哥的事煩惱不已，以及你的人格特質有多麼棒。除此之外，還拜託我務必幫助你。雖然這封信寫得不好，但是打動了我的心。」

「那傢伙……」直貴握緊雙拳。

「剛才我說，踏出第一步的地方就是這裡。但我或許修正一下比較好，因為你手中已經握有第一條人脈。至少你和這封信的寄件人心靈相通，接下來只要將人脈增加成兩條、三條……就行了。」

平野將信收進懷中，定定地看著直貴的眼睛。他的視線彷彿斷言道：如果你辜負這封信寄件人的期望，你就沒有未來嘍！

直貴做了一個深呼吸，然後說：「我會試著努力。」

「我拭目以待。」平野拍了兩下收著信的口袋一帶，轉身背對直貴。個頭矮小、身材瘦弱的社長背影，看在直貴眼中卻顯得巨大。

直貴那天下班後，沒有直接回家，而是搭上電車。目的地當然是寄信人的家。他抓著吊環，隨著電車搖晃身體，反芻社長說的一字一句。

他心想，或許真是那樣吧。自己現在身處的逆境，是對剛志犯罪判處刑罰的一部分。罪犯必須做好心理準備，連自己的家人都會被社會宣判死刑。為了顯現這一點，歧視是必要的。直貴從前甚至不曾有過這種想法。他兀自認定，自己之所以被人冷眼看待，是因為周遭的人心智不成熟。他不停地詛咒命運，認為這是沒天理的事。

或許那種想法太天真了。歧視永遠不會消失，問題就是從這裡衍生出來的。直貴心想，自己一路走來都是在眾人的歧視中努力，在心裡搖頭。自己總是放棄、死心，然後以為自己是悲劇主角。

到了由實子的公寓，他按響門鈴，但是無人回應。信箱裡夾著郵件，她似乎還沒回來。直貴後悔過來之前沒先打電話。

直貴猶豫要不要找個地方打發時間，或繼續在門前等候。由實子也有自己的事，有時大概也會陪公司同事去喝酒吧。

先找家咖啡店，過一會兒再打電話看看吧……。當他這麼想，無意看了信箱一眼時，目光停留在夾在信箱中的一封信上。正確來說，是注意到寫在信封背後的郵遞區號，那個數字具有某項特徵。

不會吧？他心想，抽出那封信。

看見收信人姓名的那一瞬間，直貴全身起了雞皮疙瘩，像是看見了令人無法置信的景象。

武島直貴先生……，信封上以看到不想再看的筆跡，如此寫著。

5

「直貴：

你好嗎？時間過得很快，今年一眨眼又接近了尾聲。對你來說，今年是怎樣的一年呢？我還是一成不變。有幾個朋友出獄了，相對地進來了幾個新面孔。說到這個，上週進來了一個有趣的傢伙。他長得很像藝人志村健。大家都叫他模仿志村健，他是模仿了一下，但是不怎麼像。就是這樣的一個人，我問他入獄的原因，有點被嚇到。我們常說人不可貌相，果真如此。我想告訴你詳情，但是這種事情不能寫，所以出獄之後我再告訴你。總覺得最近常說『出獄之後』這句話。一定是因為你常這麼寫。對了，你上個月的信中提到，等我出獄之後，第一件事就是一起去替媽媽掃墓，對吧？我非常高興聽到你這麼說。我當然也打算去替媽媽掃墓。但第一個必須去的地方，還是緒方女士的墳前。我想要先在緒方女士的墳前恭敬地道歉，然後才能去下一個地方。

真是的，又寫起了出獄之後的事。明明還有好多年，不過我盡量不去想那種事。總之，努力地過完每一天。但是你替我想到了出獄之後的事，我真的非常感謝。果然還是兄弟好，我想再次感謝媽媽替我生了一個弟弟。

今年，你每個月都有回信，我很開心。坦白說，之前我有點寂寞。但是你也別太勉強自己，電器賣場的工作很辛苦吧？要保重身體。你只要想到的時候再回信給我就好了。

我想接下來天氣會變冷，小心別感冒了。我會再寫信給你，再見。

兄　剛志」

看到不想再看的筆跡，直貴拿著信紙的手在發抖。許多疑問在腦海中打轉。這種東西為何會寄到這裡呢？剛志究竟在說什麼呢？上個月的信是怎麼一回事呢？

但是一看信封上收件人姓名，就能輕易地猜到答案。信封上寫的住址是由實子的公寓，住址後面寫著「白石」。

換句話說，剛志認為這裡是直貴的新住處而寄信來。為何他會這麼認為呢？答案只有一個可能。

這時，耳邊傳來有人上樓的腳步聲。直貴面向聲音的方向，由實子正要上樓。她看見他，臉上倏地一亮。

「直貴，你來啦？」她衝上來，「怎麼了？」

「這是什麼？」直貴將手上的信封和信紙遞到她面前。

由實子的表情立刻沉了下來。她低下頭，頻頻眨眼。

「我在問妳這是什麼，回答我！」

「我會向你解釋，先進去再說。」她說完便打開門鎖。

「妳擅自做這種事，到底有何居心……」

「拜託你，」由實子回頭，以懇求的眼神看他。「進來。」

直貴吁了一口氣，跟在她身後進屋。

由實子脫下白色大衣，站在小流理台前。「直貴，喝咖啡好嗎？」

「快點給我解釋！這是怎麼一回事？」直貴將信紙和信封丟在地上。

由實子將水壺放在瓦斯爐上加熱，默默地撿起信紙和信封。她將信紙仔細摺好收進信封，然後放進掛在電話櫃旁牆上的信插。信插裡放著好幾封相同的信封，每一個信封上都有直貴十分熟悉的筆跡，收件人大概都寫著他的姓名。

「對不起。」她端坐在地板上，低頭道歉。

「妳這是做什麼？這麼客氣地道歉，是在挖苦我嗎？」

由實子「呼」地吐氣。

「我知道自己這麼做沒有經過你同意。但是，我不認為做錯了。」

「妳未經我同意就寄信給我大哥。寫的好像我搬到這裡，讓我大哥寫信寄到這裡來。這樣難道沒有錯嗎？」

「就法律而言，我是有錯。」她仍舊低著頭說。

「就情理面而言也錯了吧？妳用我的名義寄信，還擅自偷看我大哥的來信。」

「這……」由實子好像嚥下一口唾液，「我拆開你哥的信時，總是覺得心裡過意不去。但是，如果不看你哥寫的內容，就沒辦法回信了。」

「所以妳為什麼要那麼做？妳以我的名義和我大哥通信，究竟有什麼用意？」

「因為，」由實子微微抬起頭，但是不看直貴的臉。即使如此，他還是知道她的睫毛濡濕了。「直貴你之前說再也不要寫信給你哥了，還說連住址也不要告訴他。」

「這和妳有什麼關係？」

「是沒有關係……，但是，這樣不是很令人難過嗎？你們明明是親兄弟，明明是彼此在這世上唯一的親人，卻不再聯絡。」

「我之前不是也說過了嗎？我要和大哥斷絕關係。我想生活在大哥的信寄不到的地方，和大哥無關的世界中。」

「這麼做有什麼意義？」

「我不知道有什麼意義。我只是受夠了被世人用異樣的眼光看待，我不想被人歧視。」

直貴吼到這裡，赫然驚覺，自己口中的「歧視」這兩個字，竟如刺般扎進他心中。同時，他想起了幾個小時之前，平野社長對他說的話。

由實子緩緩抬頭看他，淚水滑過雙頰。「就算你隱瞞這件事，事實還是不會有所改變。無論你怎麼逃避、掙扎，都沒有用。既然這樣，不如面對現實，不是嗎？」

她的話又給直貴的心再添一擊。她說的沒錯，自己從前太天真了，一直認為在逃避不了歧視的前提下，必須設法摸索、努力生存下去。

直貴嘴唇緊抿成一條線，跪在由實子面前，把手輕輕放在她肩頭。她意外地睜大眼睛。

「抱歉。」他低喃道。

由實子的嘴唇張成驚呼的形狀。

「我今天原本沒打算說這種話，我原本是想向妳道謝的。」

「道謝？」

「寄給社長的信。那封信是妳寫的，對吧？」

「嗯……，」她似乎明白了怎麼回事，輕輕點頭。「那或許也是我雞婆……」

直貴搖搖頭。「社長來見我了。然後，他對我說了很多，讓我上了一課。我這才徹底了解自己從前有多天真。」

「這麼說，你沒有因為我寫信給社長生氣？」

「嗯，還有……，」直貴目光對著信插。「或許我也沒道理因為妳寫信給我大哥而生氣。或許只有我的信，才能安慰人在獄中的大哥。」看見默默點頭的由實子，他進一步問道：「可是，我大哥看不出來那不是我的筆跡嗎？」

於是她微微一笑，指著桌上。

那裡放著一台廉價的文書處理機。

6

「直貴：

你好嗎？你又搬家了吧？這樣一直搬家，不是得花很多押金嗎？唉，但如果是工作上的緣故，那就沒辦法了。

新住址寫著白石。這代表你寄住在白石這個人家裡吧？寄住的話，會提供三餐嗎？如果會的話就好了。我想你剛進公司，大概有很多事情要忙……」

——四月二十日的郵戳。

「直貴：

你好嗎？我沒想到你會這麼快回信，老實說，我嚇了一跳。你有空寫信嗎？當然，我很高興收到你的信。我完全不敢指望你會馬上回信。對了，上個月的信上我忘了寫，你是用文書處理機打的吧？看不到你親手寫的信，我覺得有點失落，但是用文書處理機大概比較輕鬆吧。畢竟你是在電器賣場上班嘛，不會使用文書處理機反而奇怪。現在進來的人當中，也有一堆人會用電腦。甚至有人是用電腦做壞事，而被逮捕的。不過我不能寫他們是做了哪種壞事……」

——五月二十三日的郵戳。

「直貴：

差不多到了悶熱天氣一天接著一天的季節了吧？最近常常下雨，到處都是霉味。又不能想洗衣服就洗，真痛苦。雖然無法避免流汗，但至少別讓汗水弄濕衣服。也就是說，我大部分時間都打赤膊。有很多人都這麼做，所以房裡總像是澡堂。

你的工作好像很辛苦。你前一封信中提到有一堆事情要記，既然聰明如你都這麼說了，想必工作內容相當困難吧。你每天都帶資料回家看啊？真是了不起。像我，那種事情無論如何也辦不到……」

——六月二十日的郵戳。

「直貴：

你好嗎？我看了你的信。真好，獎金啊，我也想用這兩個字看看，說我領到獎金了。我很好奇你領到了多少，但是既然你不說，那就算了。不過聽到獎金，令我再度確認：噢，直貴是上班族了。虧你能夠努力到這個地步。你真的很成器，邊打工邊唸大學，又進入大公司上班。

我真想向大家炫耀你是我弟弟。實際上，我已經向同房的人炫耀過了。告訴他們，我弟弟是這麼了不起的人喲！……」

——七月二十二日的郵戳。

看著剛志的來信，直貴熱淚盈眶。剛志不知道白石由實子這名陌生女子在看自己的信，也不知道是她以直貴的名義回信，開開心心地寫信。恐怕剛志是將弟弟的回信，當作最大的鼓勵吧。直貴之前從沒想過，自己的信居然具有那麼大的力量。

直貴從一疊信抬起頭來，看著一旁垂著頭的由實子。「我現在知道妳為什麼要讓我說一堆公司裡發生的事了，妳是想將那當作寫信給我大哥的資料。」

她面露微笑。「不光是這樣，我也想聽你說話呀。」

「可是我大哥真的沒有發現，寫信的人變了嗎？」

「我會小心，以免被他發現。」

「原來如此。」他回到原本的地方盤腿坐下。「不過話說回來……，為什麼？」

「什麼為什麼？」

「我從之前就想問了，為什麼妳肯為我做這種事？」

「這……」由實子一臉鬧彆扭的表情低下頭。

「我想了一下。我至今只要一說出大哥的事，每個人都會從我身邊離開。但是事情並非如此，只有一個人沒有離開我，那就是妳。為什麼？」
「你希望我離開你嗎？」
「妳知道我不是那個意思。」
由實子稍微放鬆臉頰，在沉思什麼。過了半晌，她低著頭開口：「因為我也一樣。」
「一樣？」
「我爸他是主動申請破產的。」說完，她抬起頭。「這件事說來好笑，我爸沉迷於賭麻將，欠了一屁股債。我想，他大概是被壞人當成了冤大頭。」
「付不起打麻將輸的錢而破產？」
由實子搖搖頭。「他是為了還輸的錢而到處借錢，他向信用卡公司和地下錢莊借錢……，我光想就全身起雞皮疙瘩。每天都有人來討債……」她擠出笑容繼續說，「甚至有人要我爸讓我到色情按摩院上班還錢。」
聽到這裡，直貴也寒毛直豎。
「親戚雖然給予我們某種程度的資助，但是幫不上大忙。結果，我們連夜搬家，到處避風頭，直到對方接受我們主動申請破產為止。我寄住在親戚家，好不容易高中畢業，費盡千辛萬苦才進入現在的公司。如果公司知道我爸的事，大概就沒辦法繼續工作下去了。」

「妳爸現在在做什麼?」

「他在大樓的清潔公司上班,我媽也在打工賺錢。不過,我們已經好幾年沒見面了,我爸好像覺得沒臉見我們。」由實子看著直貴,微微一笑。「很好笑吧?」

直貴想不出該回什麼話,甚至無法想像她有那麼艱辛的過去。直貴擅自認定,一向鼓勵自己的她,八成是在良好的環境下生長的。

「我們一家人四處躲債,所以已經厭倦了逃避,也不想看見任何人逃避。所以我不希望你逃避問題,事情就是這樣。」

一顆淚珠從她眼中滴落。直貴伸手用指尖抹去她的淚痕,她用雙手包住他的手。

第5章

1

「直貴：

你好嗎？感覺獄裡這一陣子忽冷忽熱。我想，大概夏天快到了吧。今年的梅雨季或許是乾梅。我有點擔心會不會又缺水，一旦缺水，獄裡就會限水。

對了，實紀好嗎？我每天都在看你前一陣子寄來的照片。她剛出生不久時，我覺得她和你像是一個模子刻出來的，但是看到最近的照片，覺得她還是比較像由實子。不過，孩子像父母是理所當然的。我問獄友，聽說孩子一陣子會像父親，一陣子會像母親，變來變去的，而最後會像誰就要靠運氣了。聽說有的人小時候是醜小鴨，長大之後卻成了天鵝，或者小時候可愛無比，長大卻其貌不揚，就是這個緣故。不過，我不曉得這種說法有幾分真實就是了。無論如何，你們是一對俊男美女，實紀肯定是個美人胚子，搞不好她三歲就是個小美人了。她長得那麼可愛，附近鄰居一定也對她讚不絕口吧。但是你要小心喲，這世上有些傢伙腦子裡會想些令人意想不到的事。你要看好她，免得她被人綁架。我不是要嚇唬你，但是一說到實紀，就會擔心不已。我連見都沒見過她，卻會夢見她。不過話說回來，三歲應該是正可愛的時候吧，差不多不需要人費心照料了。

我在想，實紀沒有兄弟姊妹會不會很可憐？你們是不是差不多考慮要再生一個了呢？當然，養小孩很花錢，但有兄弟姊妹是很棒的。唉，對你說這種話，說不定會被你笑吧。我這個笨大哥，一點忙都幫不上。

我或許多嘴了，你心裡可別覺得不舒服。我下個月再寫信給你。

再啟　如果可以的話，希望你多寄一些實紀的照片給我。

兄　剛志

直貴回到員工宿舍葛西太陽社區時，看見前田太太正在替盆栽澆水。她住在一樓，和由實子也很熟，她先生是新星電機西葛西店家電賣場的員工。

葛西太陽社區有兩棟公寓，每棟各八間房間。其中一棟是新星電機員工宿舍。

「晚安。」

直貴向前田太太打招呼，她馬上回頭露出笑容。「哎呀，你回來啦，今天很早嘛。」

「因為東西老是賣不出去，也沒有貨要送。」

「真的耶，我老公也感嘆地說，之前只要降價就賣得出去，現在再怎麼降價，客人也不會上門。」

「真的很頭痛。」直貴低頭行禮，爬上樓梯。直貴他們家就在前田家樓上。

打開家中大門，傳來鰹魚高湯的香味。由實子正站在廚房裡嘗味道，她停下手邊的動作，放鬆嘴角的肌肉。

「你回來啦，很早嘛。」

「樓下太太也說了同樣的話。」

餐廳內側有兩個房間；一間是寢室，另一間當作客廳使用。直貴一面脫下西裝外套，一面探頭往客廳裡瞧。實紀躺在地毯上睡覺，身上的毛巾被大概是由實子替她蓋的吧，實紀身旁躺著她最喜愛的小狗玩偶。

「我剛才提早餵她吃飯，她吃完馬上就睡著了。我們今天去了公園，她好像很累。實紀這孩子，玩得可瘋了。」

「她已經習慣公園了嗎？」直貴邊更衣邊問。

「豈止習慣，每天吵著要去公園，我真拿她沒輒。小孩子還是喜歡在外面玩。」

「那是當然的。」

換下衣服洗好手，直貴在餐桌前坐下。由實子迅速擺好一桌菜。

「她交到朋友了嗎？」直貴問。

「嗯，她和一開始認識的詠美和芹奈最好。但是最近也開始和一個叫辰也的小男生玩了。他明明比實紀小兩個月，身材卻相當高大，嚇了我一跳。」

「他不會對實紀動粗吧？」

「放心，我們都在一旁看著，而且辰也脾氣很好。」

聽見由實子的話，直貴鬆了一口氣。一方面是因為獨生女交到了朋友，二方面是因為由實子順利地融入了公園裡的主婦圈。

他一面吃著由實子親手煮的菜，一面看著實紀的睡相。他原本以為，自己永遠沒辦法過這種平靜安穩的日子，然而，這都成為事實，平凡無奇的每一天對他而言就是珍寶。

和由實子同居沒多久，她就懷孕了。直貴其實很煩惱，但是由實子身上卻嗅不出一絲憂慮。畢竟她告訴直貴自己懷孕時說：「恭喜你，從今天起就讓我叫你孩子的爹吧。」

直貴只有讓由實子入籍，沒有舉辦結婚典禮。不過，他在看得見教堂的公園裡，送給由實子一只廉價的戒指，一場屬於兩個人的結婚儀式。

一旦有了孩子，就不能一直住在由實子家。於是直貴申請員工宿舍，名額相當少，但是直貴幸運地抽中了。

「你完成了身為父親的第一項任務。」由實子笑著說。

「其實我的籤運很差。」他這麼一說，她稍稍正色認真地點頭。

「你從前真的背透了，接下來一切都會順利的。」

「真是這樣就好了。」他也點頭。

搬家、由實子辭職、準備生產，接著生產，情況陸續改變。直貴整天忙著得馬上處理的事，由實子倒是老神在在。儘管狀況不斷地改變，她總是不忘提醒他寫信給剛志。

「得快點告訴哥哥這件事，他一定會大吃一驚。但是他應該會替我們高興吧。」

無論是同居或結婚後，她心裡老是惦記著要寫信給剛志。要是因為事情忙碌或提不起勁，直貴懶得寫信，她一定會催促他：「你告訴哥哥實紀會走路了嗎？咦？你還沒寫信嗎？為什麼？你不快點寫，哥哥下一封信不是要來了嗎？上上個月也是這樣，不是嗎？去寫實紀的事啦。我想這個月的大新聞就是這件事了。噢，對了，附上照片怎麼樣？」

直貴感謝她這樣耳提面命。但是另一方面，他心裡也有一抹不安。感覺上，她好像太過在意剛志的信了。

她會不會是為了不讓我自己感到自卑，才勉強我這麼做的呢……？直貴經常這麼想。

吃過晚餐後，玄關的門鈴響起。直貴站在大門內側，從窺孔一看，門外站著一名長髮女子，她身旁似乎還有人。

「請問有什麼事嗎？」他開門之前問道。

「抱歉，晚上還來打擾您。我們明天就要搬進來了，想和您打聲招呼。」女子說。

直貴打開門，門外果然站著兩個人。女子身後有一名男子，女子似乎在哪見過，但是直貴一時想不起來。

「抱歉，這麼晚了。」女子再度道歉，低頭行禮。看似她丈夫的男人也學她。「敝姓町谷。我們預定明天要搬進202室，可能會給您添不少麻煩，所以先來打聲招呼。」

女子說話乾淨俐落，她的個性大概很堅強吧。丈夫給人一種默默聽從的印象。

「你們太客氣了，」直貴也笑臉以對。「如果有什麼幫得上忙的地方，請儘管開口。我明天也在家。」

明天是國定假日。當然，他們也正因如此，選擇明天搬家。

「謝謝您。呃，這是一點小意思，請笑納。」她遞出一個小包裹，上面貼著寫了「町谷」的紙。

「啊，不好意思。」直貴收下包裹後轉身，由實子來到面前。「他們要搬來202室。」

由實子也露出笑容。「如果有什麼不清楚的事情，儘管問我們。」

町谷太太低頭致謝，打算離去。但是丈夫不知為何一直盯著直貴。不久，他開口說：

「呃，你是武島吧？剛進公司的時候，你待在電腦賣場。」

「啊，是……」

對方提起相當久遠前的事，令直貴吃了一驚。再次看對方的臉，記憶忽然被喚醒了。

「你應該是以前會計科的……」

「嗯，我是町谷。這次被調到這裡了，我之前待在龜戶那邊。」町谷像是在自言自語，含糊不清地說。

「原來是這樣啊。」

當直貴還在電腦賣場時，曾和他碰過兩、三次面。他應該是比直貴早一年進公司的前輩。

「我不曉得你住在這個員工宿舍。」町谷從直貴身上別開視線，用指尖摳了摳臉頰。

「你們是朋友嗎？」他的妻子問。

「不，算不上是朋友。」町谷像在辯白似地回答，交替看著直貴和由實子。「那，明天我們會搬進來。」

「好。」

關上大門的同時，由實子說：「總覺得有種不好的預感。」

「為什麼？」

「因為，他好像一直盯著人看。明明太太說話客客氣氣的，但是先生一知道你比他資淺，說話就突然變得不客氣。」

「講究上下關係的社會就是這樣。」直貴一面上鎖，勉強用開朗的口吻說。其實他內心也有不祥的預感，他待在電腦賣場的時間並不長，但是在那短短期間內，因為剛志的事曝光，在職場上被人用異樣眼光看待。而町谷知道當時的事。

不會吧……？直貴輕輕搖頭。事隔久遠，町谷肯定忘記了。

實紀似乎醒了，開始找由實子撒嬌。

隔天早上十點多，家具業者的大型卡車停在公寓旁。直貴從房間窗戶看著幾名身穿制服的工人，動作俐落地將行李搬進202室。每一樣家具都是全新的，閃閃發亮。直貴想起自己和由實子搬家時，只有茶几是新買的。

當時，或許是不忍心看一對年輕夫妻沒有請搬家公司，自己費力地搬行李，打從樓下的前田夫婦，到附近的前輩們都來幫忙。可以說是從那之後，和大家變熟的。

下午三點左右，町谷夫婦搬家告一段落。結果，輪不到直貴去幫忙。

「町谷太太好像是有錢人家的千金小姐，」購物回來的由實子邊將食物放進冰箱邊說，「聽說她老家在世田谷，父親是某家公司的董事。」

「妳聽誰說的？」

「前田太太，我們在超市裡遇到。」

兩人似乎馬上對新鄰居的八卦聊得很起勁。直貴心想，自己剛搬來時說不定也被人說長道短。但是幸好剛志的事沒有傳遍街頭巷尾。

有一天深夜，直貴被搖醒，由實子盯著他看。

「怎麼了？」他睡眼惺忪地問。

「後面有怪聲。」

「怪聲?公寓後面?」

「嗯。」她點頭。公寓後面的狹窄空間可容人勉強通過。

「會不會是野貓?」

「不是,我從窗戶看了,但是太暗看不清楚。」

直貴爬出被窩,打開面向後面的窗戶,但一片漆黑,什麼也看不見。

「什麼也聽不見啊。」

「我剛才聽見了。討厭。如果是縱火犯怎麼辦?」

「怎麼可能。」直貴對著由實子笑,但是被她這麼一說,內心緊張了起來。他脫下睡衣,然後說:「知道了,我去看一下。」

他迅速更衣,拿著手電筒走出屋外。每一戶的燈都熄了。

繞到公寓後面,打開手電筒開關,眼前是大量的瓦楞紙箱。摺疊起來的瓦楞紙箱堆得高高的,上面有搬家業者的標識。

直貴關掉手電筒走回家。當他上樓時,馬路對面出現人影。是町谷,他手上提著一捆瓦楞紙箱。

「啊……」町谷一臉尷尬的表情。

「一旦搬完家,瓦楞紙箱就不知道怎麼處理了。」直貴鎮定地說。

「沒地方放，對吧？」町谷像是自言自語地說。
「但是，放後面不好吧。基於消防安全，那裡禁止堆放物品。」
「就兩、三天而已，我會馬上丟掉。」
「可是丟瓦楞紙箱有固定的日子，這裡的住戶都會嚴格遵守規定……」
「你很囉嗦耶，我知道了啦。」町谷打斷直貴的話，咂咂嘴走回家。

2

後來，持續了好一陣子風平浪靜的日子。若說到變化，頂多就是町谷的妻子懷孕了。搬來新家還不到兩個月，肚子就明顯地隆起。
「那是奉子之命成婚吧，」由實子聽見她懷孕的八卦，一面準備晚餐，一面感興趣地說，「他們一定是在肚子遮不住之前，趕緊舉行婚禮。」
「那不是跟我們一樣嗎？」
「沒錯，所以我們算是他們的前輩，改天得送份賀禮過去才行。」
直貴笑著點頭，感覺心裡有件事耿耿於懷。自己和町谷有幾次在公司碰到面，町谷的態度總是格外冷淡，就算向他打招呼，感覺他只是不得已搭理一下。
直貴心想，他是否還對那一晚的事情懷恨在心。町谷當時無視規定，將瓦楞紙箱丟在公寓後面。直貴不過是基於好心提醒他，但是町谷或許會覺得直貴傷了他的自尊心。

不過，不可能吧？直貴轉念一想，不可能有人將那種雞毛蒜皮的小事放在心上。

三天後，當直貴從公司回到家，發現玄關放著一個大紙袋。往裡頭一看，是全新的紙尿褲。問由實子怎麼回事，她一臉無精打采地嘆氣。「藥房送的，集點兌換的商品。」

「妳為什麼換紙尿褲？實紀已經不需要了吧？」

「其他商品都不怎麼樣。我想既然如此，可以送給町谷太太。」

「噢，原來如此。」直貴點頭。「那妳明天拿去給她吧。可能有點早，但是她應該會很高興吧。」

由實子聳聳肩，噘起下唇。「事情和我們想的不一樣。」

「和我們想的不一樣？什麼意思？」

「我剛才拿去了。但是，她說她不要。」

「咦？不會吧？她直截了當說不要嗎？」

「她的說法還算客氣。她說我們家不打算用紙尿褲，謝謝妳的好意，請將紙尿褲送給其他人……。唉，就是這樣。」

「她的小孩不用紙尿褲嗎？」

「事實上，的確有些媽媽主張不用紙尿褲。一旦使用紙尿褲，會導致包尿布的時期拉長。

對嬰兒來說，太舒服也不好。我們家不是也盡量不給實紀用紙尿褲嗎？」

「但外出的時候很方便啊。」

「我也這麼說了，」由實子搖搖頭，「但是她說，反正她就是不要。人家都這麼說了，我總不能硬塞給人家吧？」

「所以妳就帶回來了？」直貴看著紙袋，偏著頭覺得不解。他心想，每個父母對於養育小孩有不同的堅持是很好，但是怎麼會有人不接受別人好意特地送去的東西？用或不用，等收下之後再思考不就好了嗎？直貴認為，至少自己沒辦法像那樣拒絕對方。

「既然這樣，就別送什麼紙尿褲，還是改送簡易急救箱好了。」由實子自討沒趣地說。

再次聊到有關町谷夫婦的話題，大約是在一個月之後。某個星期六傍晚，帶實紀出門購物的由實子一進家門，就向直貴報告：「町谷太太今天出現在公園了。」

「出現在公園？但是孩子還沒出生吧？」

「有人在生小孩之前就會先出現。臨盆前，最好先聽聽大家的建議，而且小孩出生後，也能順利地融入大家。」

「那妳提供了什麼建議嗎？」

「我沒說什麼。因為我在主婦圈裡還算是菜鳥，所以我會避免出風頭。」

「真複雜啊。」

當時的對話就此打住。直貴沒有特別放在心上，而由實子應該也不認為那具有重大意義，他們相信風平浪靜的日子今後會持續下去。

直貴的工作正好從那一陣子開始變得繁忙。話雖如此，公司的業績並無成長，反而因為大幅精簡人事，每個人的工作量都加重了。每天加班又沒有加班費，回家時間變晚了。回到家，寶貝女兒已經睡了，只能聽由實子說話，獨自吃晚餐。而由實子的說話內容，並不特別令人感興趣，淨是哪裡大特價，所以一口氣買了很多，或是電視上播了有趣的節目。兩人結婚之後話題變少了，直貴漠然地想，適度地應聲。

他察覺到異狀，是在某個假日的午後。當他在看報時，實紀扯了扯他的衣袖。

「爸爸，我們去公園。」

「公園？喔，這個嘛。」直貴看了看窗外，天上的雲不多，似乎不用擔心會下雨。在晾衣服的由實子說：「爸爸累了，媽媽等一下再帶妳去。」

「沒關係啦，公園又沒多遠。我偶爾也應該帶實紀去散散步。」

「既然這樣，改去別的地方吧。要不要我們三個人出趟遠門？」

「好啊，想去哪裡？」直貴看著女兒問道。

「去遊樂園好不好？還是妳想去動物園？」

然而實紀搖搖頭。「我想去公園，我想跟詠美和芹奈她們玩。」

「孩子這麼說耶。」直貴抬頭看妻子。

由實子在實紀面前彎下腰。「那待會兒再和媽媽一起去吧，等一下下哦。」

「不要，人家不想去那個公園。」

「哪個公園？」直貴交替看著妻子和女兒。「搞什麼，還有其他公園啊？」

由實子沒有回答，垂下目光，感覺她還嚥下唾液。

於是實紀說：「因為那個公園裡沒有芹奈嘛，也沒有詠美。」

「沒有？為什麼？妳都帶她去哪裡？」直貴問由實子。

她放棄找藉口，嘆了口氣。「這一陣子，我都帶她去別的公園。」

「別的公園？為什麼？」

「為什麼……，因為買東西方便，而且那裡車流量比較少。」

「畢竟……」由實子說完這兩個字，就此噤口。

「我知道了。好，實紀，那跟爸爸去吧，爸爸帶妳去平常去的公園。」

「太好了！」實紀說完高舉雙手。

「等一下。既然這樣，我帶她去，你好好休息。」由實子說。

「幹嘛啊，突然改變心意。不用了，我帶她去就好了。」

「你待在家裡。今天公寓的管理公司說不定會打電話來，他們要我叫你待在家裡。」

「這件事，我怎麼第一次聽到。」

「我忘了告訴你。……實紀，那只能去一下下喲。」說完，由實子開始準備外出。

妻子和女兒出門後，直貴躺在客廳裡看電視。但沒有他愛看的節目，立刻感到無聊。他望向電話，由實子說管理公司要打電話來，究竟是什麼事呢？為了等不知何時才會打來的電話，必須一整天待在家中，實在有些愚蠢。

於是他決定主動打電話給管理公司。但是響了幾聲之後，聽到的卻是電話答錄機的語音訊息，原來管理公司今天也放假。若有急事聯絡請撥以下號碼，直貴聽見語音這麼說，但他在聽取號碼之前便掛斷電話。

由實子在搞什麼鬼？是不是記錯了什麼事……

直貴拿起錢包和鑰匙，想去看女兒在公園裡玩耍的情形。

實紀常去的公園，距離公寓約五分鐘腳程。他邊走邊微微偏頭。由實子說為了購物方便，最近常帶實紀去別的公園。其實這裡的公園並不會不方便，而且車流量並不大。

公園逐漸接近。直貴心裡萌生惡作劇的念頭，他想悄悄靠近，嚇兩人一跳。

公園四周有樹叢，他躲在樹叢後移動。兩人肯定在沙坑和鞦韆旁邊，聽說實紀最愛這兩種遊樂器材。

公園中央有幾名看似小學生的男孩在踢足球，也有打羽毛球的情侶檔。

不久，直貴來到沙坑附近。他從樹叢中探出頭，馬上發現了實紀。她在沙坑裡堆什麼，由實子也蹲在一旁。

好像沒有其他小朋友。實紀好不容易來了，卻沒遇見芹奈和詠美。直貴將之解釋為，大家大概沒有特定的集合時間吧。

就在他心想差不多該出聲叫她們時，實紀突然站了起來，面向直貴所在處的另一邊。往那裡一看，一名和實紀年齡相仿的小女孩，由一名看似母親的女人牽著走路。小女孩提著小水桶，似乎是玩沙的道具。朋友總算出現，令直貴鬆了一口氣。

但是那位母親對由實子打了招呼，馬上拉著小女孩的手走向另一邊，直貴感覺得到那個小女孩不高興。實紀站著目送不發一語的兩人離去，由實子為了讓女兒的注意力從她們身上移回沙坑，遞鏟子給她。

直貴從這幕景象察覺到了事情原委，也了解由實子為何不帶實紀來這個公園，並進一步明白她不告訴丈夫這件事的心情……

直貴跨出腳步，默默地靠近妻子和女兒。

先發現他的是由實子，然而她沒有出聲。她看到了他，但只是睜大眼睛。她好像從丈夫的表情，明白他已經知道這件事了。

「爸爸。」接著實紀也發現他了，她滿臉笑容地衝了過來。半路在沙坑跌倒了，但是她馬上爬起來，臉上仍帶著笑容。

直貴彎腰，配合女兒的視線高度。「妳在沙坑裡玩嗎？」

「嗯，可是啊，芹奈不在，詠美也走掉了。」

剛才離去的似乎是詠美。

「是喔。」直貴撫摸女兒的頭後，看著起身的妻子。由實子也低著頭。「原來是這麼回事啊。」

「你看見了？」

「嗯，」他點頭。「妳顧及我的感受，所以說不出口吧？」

「有點難以啟齒……」

我想也是，直貴心想。他一想起從前數度重複上演的事情，「妳太見外了」這句話就說不出口。

兩人坐在長椅上，看著獨生女在沙坑玩耍，直貴聽由實子訴說事情經過。話雖如此，她也無從掌握究竟發生了什麼事。以她的話來說，似乎是「有一天大家的態度突然就變了」。

「並沒有人特別說什麼，或露骨地做出厭惡的表情動作，但就是覺得不對勁。該說是冷淡嗎？我若是打招呼，對方還是會回應，但不像之前會站著閒聊。碰巧買東西時遇見了，對方也是一溜煙就不見。然後就是公園……」

「實紀被朋友排擠嗎？」

「我說了，事情沒有那麼嚴重。不過，只要我們一出現，大家就會匆匆忙忙地回家。如果我們先來，就沒有人會靠過來。就像剛才一樣。」

「所以妳決定去別的公園嗎？」

「是啊，」由實子說。「如果我們在，其他媽媽就不會讓小孩在這裡玩，我覺得這樣小孩很可憐。」她「呼」地吐氣，「當然，我那麼做也是因為不想讓自己感到不愉快……」

直貴雙臂環胸。「事情為什麼會變這樣呢？」

然而由實子沒有回答。她並非不知道原因，而是知道卻說不出口，直貴心裡對原因也不是沒有個底。

他猜想，原因大概是出在町谷夫婦身上吧，只有町谷知道直貴的哥哥正在服刑。據由實子說，四周的氣氛開始改變，是在他們搬來之後。

直貴想起了町谷太太出現在公園的事。肯定是她把武島家的祕密告訴公園裡的太太們。那麼，由實子送紙尿褲卻遭到拒絕，現在看來也說得通了。

直貴回想，起因應該是瓦楞紙箱吧。難道是町谷對那一晚的事懷恨在心，散佈那種事嗎？

「只好搬家了嗎？」他咕噥道。

「咦？」由實子看著他。

直貴盯著她繼續說：「沒辦法吧？我是可以忍耐，但是我不想讓妳和實紀心裡不好受。搬到別的地方吧。」

由實子皺起眉頭。「直貴，你在說什麼？」

「咦？」

「咦什麼咦。」由實子用好久不曾出現的關西腔說道。「你忘了結婚時答應我的事嗎？我們不是說好了，無論發生什麼事，今後再也不要逃避，要勇敢地活下去。被鄰居漠視算得了什麼？沒什麼大不了的。至少，比起你從前的遭遇，根本算不了什麼。放心，我撐得住，我撐下去給你看。」

「可是，還有實紀……」

直貴一說，即使由實子再堅強，也一度垂下目光。然而她旋即抬起頭來。

「我會保護實紀，我絕對不會讓她難過。還有，我也不會讓她感到自卑。如果父母逃避，連孩子都會抬不起頭。你不這麼認為嗎？」

直貴注視著由實子真摯的眼神。他微笑道：「是啊，不能讓孩子看到父母怯懦的一面。」

「要加油喲，孩子的爹。」由實子輕輕拍了拍他的背。

3

「直貴：

你好嗎？我這一陣子有點感冒，老是打噴嚏。但是同房的傢伙都說我不是感冒，而是花粉熱。我原本以為花粉熱只會出現在春天，難道沒那回事？獄友說秋天也會出現這種症狀。不管怎樣，反正我在吃感冒藥。沒什麼大不了的，大概馬上就會好了吧。

對了，實紀怎麼樣？她習慣幼稚園了嗎？之前由實子的信中提到，她還像個小嬰兒一樣，沒有安全感，大概是母親比較嚴格吧。再說，由實子比一般女性堅強。如果實紀的表現和一般小孩一樣，由實子大概不會滿意吧。

我之前提過，實紀應該差不多不需要人費心照料了，你們要不要考慮生第二胎了？實紀沒有兄弟姊妹，大概會覺得孤單吧。由實子信上完全沒有提到這一點，或者再生一個小孩不是說生就生那麼簡單吧。

我偶爾也想看到你的來信，明信片也行，寄給我吧。

我下個月再寫信給你。

兄　剛志」

重看剛志的來信，直貴嘆了一口氣。他依舊寫些無關緊要的事，大概是獄中會審查信件，所以很多事不能寫，每當看他的來信，直貴就會覺得監獄裡一片祥和。

直貴這一陣子都將回信的事交給由實子負責。他原本就不擅長寫信，而且沒時間寫。然而偶爾他也會覺得，或許自己親手寫比較好。

不過話說回來，要寫什麼好呢？

若是如實地寫出目前的心境，恐怕整封信都是對剛志的抱怨和不滿。他實在沒辦法隱瞞真正的心聲，只寫安慰受刑人的話。因此每個月固定回信的由實子，讓他另眼相看。

他看了時鐘一眼，下午兩點多。去幼稚園接實紀的由實子還沒回來。他知道她晚歸的理由，心情卻沒有因此而平靜。

幾分鐘後，門口傳來聲響。大門打開，兩人回來了。

「我們回來了。」她看見他，擠出了笑容，然後叮嚀女兒：「要漱口喲，還有洗手。」

實紀沒有回應，衝進廁所。她大概想趕緊解決媽媽交代的事，坐在電視機前面吧。她最近大部分時間幾乎都在看喜愛的卡通影片。

「怎麼了？」直貴問妻子。

由實子沉著一張臉坐在他對面。「園長說會注意，但因為對方是小孩，所以找不到具體的解決方法。」

「園長那麼說嗎？」

她說：「嗯。」點點頭。

「那要教人怎麼辦？只能忍耐嗎？」

「別把氣出在我身上嘛。」

直貴吁了一口氣。

實紀從廁所出來，果然打開電視，動作熟練地放錄影帶，坐在平常固定的位子。一旦她坐定，對她說話也不理人，要是不管她，連飯也不好好吃。

「園長拐彎抹角地跟我說，還有換幼稚園這個方法。」由實子說。

「想趕走麻煩人物嗎？」

「不是你想的那樣。」

直貴咂嘴，握緊一旁的茶杯；杯子空了。由實子見狀，開始清洗茶壺。

昨天幼稚園打電話來，說想和家長聊一聊孩子的事。直貴說要一起去，但是由實子堅持沒有那個必要。

「我大概知道園方會說什麼，他們之前有提過。」

「實紀怎麼了嗎？」

「倒不是實紀怎麼了，而是其他小朋友有點……」

「其他小朋友？什麼意思？」

由實子含糊其詞，直貴在質問她的過程中，明白發生了什麼事。簡單來說，就是「歧視」開始發生在實紀身上了。

直貴只能透過由實子，了解幼稚園裡發生的事。所以她不願讓他知道的事，就不會傳進他耳中。實際上，問題似乎早就產生了。具體而言，聽說其他小朋友完全不肯接近實紀。保母提醒小朋友要接納實紀，每個小朋友都會說相同的話；也就是父母說不可以和實紀玩。

幼稚園方面對幾名家長詢問此事。每名家長都回答，他們沒有命令小孩排擠實紀。然而，大家都老實說，如果可以的話，不希望孩子太靠近她。

今天就是針對這件事進行討論。

「園長說，好像有奇怪的謠言在流傳，或許不能說是奇怪。」

「怎樣的謠言？」

「有謠言說，你哥哥快要出獄了。出獄之後，會住進我們家。」

「胡說八道！」直貴皺起眉頭。但這件事並不令人意外，其實他也聽見了類似的話。最近，公司總務部的人問他：「聽說你哥哥最近就會出來，是真的嗎？」

直貴一回答「完全沒聽說這件事」，男同事就以懷疑的眼神說：「如果是這樣的話，你得早點通知公司。還有，萬一事情變成那樣的時候，希望避免找你哥哥到你住的員工宿舍。因為員工宿舍規定，除了直系親屬和配偶外不可同居。」

直貴清楚地回答：「我沒有那種打算，今後也不打算那麼做。」但對方似乎不太能接受。

直貴看了實紀一眼，獨生女依然盯著電視。他咒罵自己居然蠢到沒注意她的情況有異，她去幼稚園，也沒有說話對象和玩伴，為了承受孤獨感，只好專注於卡通。一想到她小小心靈受了多少委屈，直貴就差點掉下淚來。

「換幼稚園比較好嗎？」他咕噥道。

由實子泡了一壺新茶，吃驚地睜大眼睛。

「沒辦法吧。我們確實決定不逃避，勇敢地活下去，但大前提是保護實紀。」

「可是……」由實子好像說不出接下來的話。

直貴十分清楚她沮喪的心情。即使鄰居知道了剛志的事之後，她也沒說半句洩氣話，而且積極地向無視自己存在的人打招呼，率先參與鎮上的活動。武島家至今還能住在這個員工宿舍，正是因為她的堅強。

但即使她再堅強，在幼稚園裡也使不上力。除了幼稚園之外，不知今後實紀的人生中還有何種阻礙等著她。

「你看過哥哥的信了？」由實子看了桌上一眼。

「嗯，他不知道我們的心情，過得很悠哉。」

「得回信給他才行，」她伸手拿信。「大哥感冒不知道好了沒。」

看見臉上浮現微笑的妻子，直貴默默地輕輕搖頭。

4

過了沒多久，直貴有機會與平野再次見面。他從同事口中得知，平野要到店內視察，聽說也會來倉庫。

那一天下午，平野在物流課長帶領之下，出現在倉庫。除此之外，還跟著兩個人。直貴在瓦楞紙箱堆放處，採取立正站好的姿勢。物流課長事先提醒他，社長問什麼，都要確實回答。

平野看起來比上次見面時消瘦幾分，然而他挺直背脊，從容走路的姿勢完全沒變。他聽著物流課長的說明，時而點頭，時而注意四周。

平野一行人來到了直貴身旁，直貴舔舔嘴唇，調整呼吸。他確信平野一定會對他說話，他期待個頭矮小的社長將目光轉向自己。

但是平野維持原有的步調，他的視線也沒有轉向直貴。他以相同的步調前進，聽著部下的說明點頭。幾秒後，直貴目送平野消瘦的背影離去。

這也難怪啦，直貴失望地想。對平野來說，自己不過是眾多員工當中的一個罷了。他或許記得幾年前曾和受刑人的弟弟說過話，但肯定不記得對方的長相，要叫他別忘反倒是強人所難。即使他還記得，如今也沒必要再次交談。

直貴自我解嘲「我真是自作多情」，獨自落寞地笑了。

社長視察結束後將近一個小時，物流課長來到直貴身邊，說是社長要他火速將幾樣商品送至位於店內五樓的會議室。課長將商品編號遞給直貴。

「這是什麼？」直貴看著課長遞給自己的紙條問。

「就是要你送這些過去啊，總之趕快！」

「送過去是可以，但為什麼要這麼做？」

「大概是突擊檢查，」課長說，「可能是要看包裝得好不好吧。所以，呃，拜託你別出差錯喲！」

「我知道了。」

直貴猜不透平野葫蘆裡賣什麼藥，動手備貨，之前從未發生過這種事。他將字條上指定的產品堆上手推車，離開倉庫，走進對面店內搭貨用電梯上五樓。

他敲了敲會議室的門，但是無人回應，覺得不對勁，打開門一看，只有會議桌排成「ㄇ」字形，裡面空無一人。會議室只有這一間。他心想「趕快將商品放好，回去工作吧」，開始搬運瓦楞紙箱時，耳邊傳來開門聲。

「商品放這裡可以嗎……」他說到這裡，頓時啞口無言。平野獨自笑盈盈地站在眼前。

「啊，社長……」

「放那裡就行了。」平野發出腳步聲走向窗戶，眺望窗外後，回頭轉向直貴。「好久不見，你好嗎？」

「托您的福，還好。」直貴將抱在懷裡的瓦楞紙箱放地上，脫下帽子。

「我聽課長說了，聽說你結婚啦？我連賀電都沒打，真抱歉。」

「哪裡，我們連正式婚禮都沒舉辦。」

「是喔。哎呀，婚禮辦不辦無所謂，總之恭喜你。我聽說，你還有了小孩是嗎？我可以認為你諸事順遂嗎？」

「唉，這……」直貴面露笑容，但連他自己也不曉得為什麼笑。臉頰有些抽搐。

「嗯，怎麼了？你現在的表情皮笑肉不笑的喲。你是不是有什麼話想說呢？」

平野的話令直貴鼓起勇氣。他抬起頭來，直視社長的眼睛。「見到社長，有一件事我非常想問。」

「什麼事？」

「之前社長說，世人歧視我們罪犯家屬是理所當然，而且是必要的，重點是，如何從歧視中建立起人脈。」

「嗯，我確實那麼說過。」

「我相信您的話，一路努力走過來，我自認為很努力。結果，有些事情很順利。過去，內人也善盡賢妻良母的職責，每天過著安穩的日子。」

「過去啊？你用的是過去式？」平野滿臉笑容，拉了一把身旁的椅子坐下。「你好像發生了什麼事喔？」

「我和妻子是不在乎。我們了解自己身處的立場，也做好了心理準備，不能逃避逆境。但是我女兒……」

笑容從平野臉上消失。「你女兒怎麼了嗎？」

直貴垂下目光，然後結結巴巴地道出目前的狀況，吐露不願讓女兒受委屈的心情。

聽他說完，平野頻頻點頭，表情並不意外。「你確實理解了我當時說的話，並試著落實在現實生活中。你似乎也遇見了一位好老婆，這點很好。不過，聽完你剛才說的，有個部分我覺得很遺憾。那就是，你好像還沒完全明白我的意思。」

「我誤會了什麼嗎？」

「說是誤會，對你太殘酷了。不過，不可否認的是你好像有點誤解。如果用嚴厲的說法，你還太嫩了。無論你或你太太，你們都太嫩了。」

直貴抬起頭來，咬緊牙根。自己也就罷了，還批評由實子，令他心裡有點不愉快。

「您的意思是，我們必須接受自己女兒受到歧視嗎？」

直貴心想「平野再怎麼樣也不會肯定這點了吧」，但是答案卻出乎他的意料之外。

「按照目前狀況來看，應該是這樣沒錯。」平野坦然地說，「你想想看，你哥哥是強盜殺人犯，有誰會想接近那種人呢？我想我之前也說過了。」

「這我懂，但是……」

「如果不逃避，坦蕩蕩地活下去，哪怕是遭人歧視，路也自然會為你而開……，你們夫妻是這麼想的吧？很像年輕人的思考模式，但這還是太天真了。你們想將自己的祕密和盤托出，讓周遭的人接納你們，對吧？假設這樣能讓人們和睦相處，你認為誰心理上的負擔比較大？是你們呢？還是周遭的人？」

「這……」直貴無法回答。並非他找不到答案，而是明白平野言下之意。「那，到底要我怎麼樣呢？難道只能繼續忍耐歧視嗎？必須要求那麼小的女孩忍耐嗎？」直貴明知將怒氣發洩在社長身上也不是辦法，但是無法克制自己拉高嗓門。

平野舒適地靠在椅子上，抬頭看直貴。「堂堂正正，好像是你們夫妻的中心思想。我不客氣地說，這種隨時隨地保持堂堂正正的態度，對你們而言大概真的是一項痛苦的選擇，但我倒不那麼認為。我只會認為，你們是走在一條簡單明瞭、非常容易選擇的路上。」

「堂堂正正有錯嗎？」

平野沒有回答直貴的問題。他放鬆嘴角的線條，清了清嗓子，然後看了手錶一眼。「下一個行程的時間差不多到了，辛苦你了。」他說完便站起身。
「請等一下，請您告訴我答案。」
「沒有所謂的答案。我說了，問題是如何選擇，如果不是由你自己選擇，就沒有意義了。」
「辛苦你了。」平野又說了一次，他的眼神變得嚴峻。
直貴點頭行禮，離開會議室。

5

社長究竟想說什麼呢？
搭電梯時，直貴還在想這件事。堂堂正正地活著有什麼錯呢？平野說自己是走在一條容易選擇的路上，但他卻不能苟同。回想從前發生過的事情，一路走來絕不輕鬆，也讓由實子吃了不少苦。一切都是為了堂堂正正活下去、為了不逃避，努力活下去。難道這有錯嗎？
社長一點也不懂我的處境……，直貴只好這麼下結論。說穿了，他只是冷眼旁觀，而且對自己一無所知。乞求那種人告訴自己答案根本是個錯誤。
他一面這麼想著，一回到倉庫，課長一個箭步衝到他身邊。
「武島，事情不好了。你馬上回家一趟！」課長氣喘吁吁地說。
「發生了什麼事嗎？」

「你太太好像受傷了。詳情我不清楚，但她被送進了這家醫院。」課長遞給直貴一張紙條。「警方來電通知的。」

「警方？」

「聽說你太太被搶，腳踏車都翻覆了。」

「腳踏車翻覆……」直貴腦中浮現不祥的畫面。但是他立刻將之逐出腦海。「我馬上去看看。」他收下紙條。

換好衣服後，他馬上用手機打電話回家，但只是切換到電話答錄機。他一步出公司，馬上攔下計程車。

腳踏車翻覆……，聽到這句話，直貴當然擔心由實子受傷，但當時實紀在哪也令他掛心。由實子在腳踏車後座安裝了兒童座椅。她經常讓實紀坐後座，母女倆一起出門。

到了醫院，入口處停著警車；車上沒人。直貴側眼看著警車，從正門衝進醫院，到櫃枱告知傷患姓名，櫃枱小姐立刻告知由實子人在何處。

直貴按照櫃枱小姐指示上了四樓，在候診室看見警官，他走上前去。由實子人在候診室中，手臂上纏著繃帶。

「由實子……」直貴在候診室門口叫她。

由實子正在和一名身穿西裝的男人交談。她看見直貴，臉上浮現放心的表情。「老……，老公，」然後向面前的男人介紹，「我先生。」

男人起身自我介紹，他是轄區警局的刑警安藤。他個子並不怎麼高，但是寬闊的肩膀給人魁梧的印象。

「傷勢不要緊吧？」直貴問道。

「我沒事，一點撞傷。倒是實紀……」

「實紀……，」直貴心想，果然不出所料。「實紀當時也坐在腳踏車上嗎？」

由實子一臉愧疚地點頭。

「腳踏車倒下來時撞到頭……，意識還沒復恢。她現在在集中治療室。」

「妳說什麼……？」直貴表情扭曲。

「我去幼稚園接她回家的路上，順道去銀行。然後，離開銀行騎了一陣子，突然……」她低下頭。直貴看見她身旁放著一個黑色肩包。那是她經常帶在身上的皮包，搶匪大概是想搶那個吧。

「這種事情常有。被搶時，如果乖乖放開皮包就好了，但是經常因為馬上伸手去抓，而被拖倒。」安藤刑警說明道。

「對方也騎腳踏車嗎？」直貴問妻子。

「對方騎機車，趁我減速時突然……，要是我放開皮包就好了。」由實子說完咬住嘴唇。

「反正，裡面又沒多少錢……」

責怪她未免殘忍。直貴心想：那種時候，任誰都會反射性地抓住，不想被人搶走皮包。

他看著安藤刑警。「嫌犯還沒抓到，對吧？」

刑警蹙眉點頭。「這一陣子，接連發生類似的搶劫案件，我們認為襲擊尊夫人的可能是同一個人。不過，這次剛好有目擊者，我們期待可以成為有力的線索。」

據安藤所說，由實子遇襲之前，有一名家庭主婦與嫌犯擦肩而過，那名家庭主婦記得機車的顏色和嫌犯的服裝。

安藤說明：嫌犯大概是在銀行附近監視，物色適合的下手目標。

「對不起，」由實子深深地垂下頭。「是我不好。忘了提高警覺，還騎腳踏車載實紀。如果考慮到萬一騎腳踏車摔倒，實紀會怎麼樣的話，絕對不會做出這種事。」

「事到如今，說那種話也無濟於事……」

直貴也知道由實子讓實紀坐在腳踏車後座，明明知道，也從未勸阻。他認為自己也有錯。

「只有頭部受傷嗎？」他問妻子。

「好像是頭和膝蓋有點受傷，但是膝蓋沒什麼大礙。」

「這樣啊。」

直貴也很擔心實紀的臉。他心想，女孩子如果臉上留下疤痕，就太可憐了。依照由實子的說法，這一點似乎不用擔心。當然，前提是實紀安然恢復意識。

後來，安藤問了兩、三個問題，就離開候診室。直貴也猜想得到，這種案件無論問被害者再多問題，大概也對辦案沒有幫助。

只剩兩人之後，夫妻之間沒有對話。由實子一直啜泣。

由實子至今即使稍受折磨，也絕不發半句牢騷。直貴看見妻子這個樣子，內心難受不已，並且重新體認到自己一家人身處的困境多麼艱辛。同時，對於沒見過面的嫌犯感到強烈的憤怒。那個男人為何偏偏挑上自己的妻子下手呢？刑警說，他在銀行前面物色獵物。可見得他認為由實子和實紀是容易下手的獵物。

直貴心想，絕對饒不了他。

幾十分鐘後，出現了一名年輕的護士，通知直貴他們治療大致上結束了。

「我女兒的意識如何？」直貴首先問這件事。

「請放心，已經恢復了。她剛才服藥睡著了。」

由實子在直貴身旁重重吐氣。

「可以看我女兒嗎？」

「可以，這邊請。」

在護士帶領下，直貴和由實子一起進入集中治療室。實紀躺在最旁邊的一張病床上，頭上纏著繃帶。並排在她枕邊的多項醫療儀器，再度令直貴繃緊神經。

一名身穿白袍，自稱是主治醫師的男子走過來，他看起來四十歲上下。

「我們替令嬡做了CT（電腦斷層）掃描，幸好沒有內傷，腦波也很正常。」醫師語氣平穩地說，「而且對聲音也有反應。」

「太好了。」直貴打從心底地說，低頭致謝：「非常謝謝您。」

「呃，外傷的部分……」由實子問道。

「跌倒時額頭好像割傷了幾個地方。有沙礫從傷口跑進皮膚，除去沙礫費了一點工夫，說不定會留下一點疤痕。」

「咦？」聽見醫師的說，直貴抬起頭來。「會留下疤痕嗎？」

「在瀏海放下來就不明顯的地方。再說，現今整形醫療也很進步，用雷射就能消除。」

「疤痕……」

縱然聽著醫師樂觀的預期，直貴還是緊握著垂下的雙手。

6

搶匪被逮捕，是在事發後的第五天。警方根據目擊證言鎖定嫌犯，而指紋更是緝捕到案的關鍵證據。由實子差點被搶走的皮包上，留著嫌犯的指紋。這名搶匪住在鄰鎮，是一名叫做前山繁和的二十一歲男子。

搶匪落網隔天，警方請由實子前往警局指認。然而直貴覺得她回到家後，悶悶不樂。

「我隔著玻璃看見了嫌犯的臉。然後，刑警先生問我是不是那個男人，我只能回答我不太確定。畢竟遇襲時，對方戴著安全帽。」

「可是那傢伙承認是他幹的了吧？」

由實子依舊一臉沉鬱地點頭。「刑警先生說，指紋也一致，肯定他是犯人，找我去好像只是為了確認一下。我原本以為會讓我和犯人見面。」

「你們沒有見到面嗎？」

「刑警先生說，如果有那個必要的時候會再找我。總覺得有點失望。」

由實子說，警方預定以強盜傷害罪起訴犯人。

「那，我們接下來該怎麼辦？就等開庭嗎？」

「不曉得。」她偏著頭，「刑警先生說，有事會跟我們聯絡。」

「是喔。」直貴覺得無法釋懷。

又過了幾天，直貴他們完全不曉得案情進展如何。連犯人是否被拘留在警局，或已移送拘留所也不知道。

有一天晚上，當直貴他們吃晚餐時，門鈴響起。直貴稍稍打開大門，門外站著一對年長的男女。他們看見直貴，低頭行禮。

「抱歉，晚上來打擾。請問，你是武島先生嗎？」男人問直貴。

「我是。」

「抱歉，突然造訪，我們是前山繁和的父母。」

「前山啊……！」

兩人又是深深一鞠躬。男人弓身說：「這次我兒子闖下大禍，真是不知該如何道歉才好。不過，我們想至少得來賠個罪，所以明知冒昧，還是上門打擾。」

他身旁的妻子也露出苦悶的表情。直貴無言以對，只是盯著他們兩人。事出突然，完全出乎意料之外。

「老公，」身後傳來由實子的聲音，「請他們進來吧。」

「啊……，是啊。」直貴思緒紛亂地對前山夫妻說：「先進來再說吧。不過我們家很小就是了。」

「謝謝，打擾了。」說完，兩人進到屋裡。

實紀正打算在客廳玩電視遊樂器。由實子要她先別玩，到隔壁房間去。這時，前山夫婦的目光似乎停在實紀還纏著繃帶的頭上，兩人的表情痛苦地扭曲。

由實子請兩人在坐墊上坐下，但他們不肯用坐墊，正襟危坐地再度道歉。

「看見令嬡，再次讓我們知道自己的兒子闖下滔天大禍。我們十分清楚，就算低頭道歉，也無法平息你們的怒火。如果揍我可以讓你們息怒的話，要打要踹任憑處置。」說完他彎腰將額頭貼在榻榻米上，前山太太在一旁開始啜泣。

「請抬起頭來，」由實子插嘴說，「那麼做也無濟於事……，對吧？」她徵求直貴的同意，他也點頭。

「就算你們向我們道歉，我們女兒的傷痕也不會消失。」

「對不起。」前山先生說，妻子則是以手掩面。

「聽警方說，你們兒子犯案不止一起，難道你們都沒有發現嗎？」直貴問道。

「真的很丟人，我們完全不曉得兒子平常在做什麼。他高中畢業後有過工作，但是沒多久就不做了，後來整天閒晃，過著遊手好閒的生活。就算提醒他要振作，父母的話他也都不聽，好像交了壞朋友。我們很擔心他遲早會給別人添麻煩，果然發生了這種事……」他搖搖頭，「發生這種事，我們感到既抱歉、丟臉又難堪。我們認為這是父母的責任。反正他會去坐牢，但包含令嬡的醫藥費在內，我們希望在能力範圍內賠償你們。」

看見年長，而且恐怕在社會上有相當地位的人打扮整齊，低聲下氣地拼命展現誠意的模樣，直貴不知該說什麼才好。看著他們的身影，令直貴感到痛苦。

「我明白你們的意思了。」他總算開口，「我想，我們大概會向你們提出一定的賠償。但是，我現在沒辦法冷靜地聽你們說……，很抱歉。」

「是，這我們當然了解。我們今天是想非得道個歉才行，所以才來的。突然來打擾，真是抱歉。」

前山夫婦頻頻低頭道歉，然後回去了。在他們堅持留下的禮盒中，裝著某知名水果店的高級綜合水果。

知道客人回去了，實紀從隔壁房間回到客廳，馬上玩起電動。直貴茫然地看著她。

「看見那兩個人，我思考了兩件事。」

「什麼事？」

「其中一件，」直貴舔舔嘴唇，「沒什麼大不了的。他們的兒子被逮捕，明明思緒一團混亂，卻來被害者家道歉，一般人應該很難做到吧？」

「是啊。」

「至少，我就做不到。」說完直貴搖搖頭，「應該說，我過去做不到。結果，我一次也沒去。」

「因為……，犯罪情節不一樣啊。假如兒子犯的是殺人罪，他們應該也沒辦法到被害者家吧。他們兒子犯的是搶劫罪，而且被害者也只受輕傷，所以他們才能輕易地下定決心，登門道歉吧？」

「是這樣嗎……？」直貴用手撐著下巴。

「另一件事是什麼？」由實子問他。

「嗯……，」他輕輕吐一口氣，「他們是好人，對吧？雖然妳那麼說，但是能來道歉，我還是覺得很了不起。他們就算討好我們，對判決結果也沒有任何影響。我想，他們一定是非常好的人，因為生性和善，所以連兒子也管不動。」

「你想說什麼？」

「他們是好人，我非常清楚這一點。但是，」直貴將手指插進頭髮中，沙沙沙地搔頭。他停止動作，接著說：「但是，我還是不能原諒他們。我知道不是他們的錯，但是他們兒子害實紀和妳受傷，不能因為這樣就一筆勾消。看到那兩個人跪下道歉，我心裡非常難過，差點喘不過氣來。那一瞬間，我明白了，我清楚地了解了社長話中的涵義。」

「什麼意思？」

「我們一直以為堂堂正正地活下去就好了，但那是錯的。那只是讓我們自己接受現實。但其實我們必須選擇更艱辛的路。」

那一晚，直貴寫了信。信的內容如下：

「大哥：

你好嗎？我想，你今天大概也在工廠裡努力工作吧。你入獄已經幾年了呢？你大概察覺到自己快要出獄了吧。

不過，我必須向你宣佈一件重要的事。就結論而言，這是我寫給你的最後一封信。從今以後，我會完全拒收你寄來的任何郵件。所以，你不用再寫信給我了。

突然寫這麼殘忍的事，我想你大概很驚訝吧。但是這是我深思熟慮之後所下的結論。當然，我是懷著天人交戰的心情，下這個結論的。

理由是為了保護家人。坦白說，也是為了保護我自己。

我背負著強盜殺人犯的弟弟這個標籤活到今天。由實子則是強盜殺人犯的弟媳，而實紀即將被貼上強盜殺人犯的侄女這個標籤。我們無法抗拒世人給我們貼上標籤，畢竟這是事實，我們無法責備世人對我們貼上標籤的行為。這世上充滿了危險，這是一個不曉得何時、何人會加害自己的社會。每個人只能保護自己，身為沒有特權的老百姓，只好對周遭的人打上某種標記。

被貼上標籤的人，只能接受自己的人生。因為我是殺人犯的弟弟，所以必須捨棄樂團的夢想，也被迫放棄和心愛的女人結婚。工作後，一旦被人發現這件事，就得被調職。由實子受到鄰居冷眼對待，女兒實紀結交朋友的機會也被剝奪。那孩子將來長大成人，假如有心儀的對象會怎麼樣呢？對方的父母發現她伯父是殺人犯，還會祝福他們的婚姻嗎？

從前我沒有將這樣的內容寫在信中，是因為不想讓你有不必要的顧慮。但是我現在的想法變了，我應該早點告訴你這些事。因為，我認為讓你知道我們所受的苦，也是你應受的懲罰。如果不知道這件事，你的刑罰就不會結束。

從我將這封信投入郵筒的那一秒鐘起，我打算拋棄自己是你弟弟的身分。從今以後，我打算和你劃清界線，決心抹滅從前所有和你有關的回憶。所以，假如你幾年後出獄，也希望你和我們保持距離。看完這封信之後，請你當作武島直貴這個男人和自己沒有任何關係。

寄給哥哥的最後一封信竟是這種內容，我感到非常遺憾。請你務必保重身體，出獄後洗心革面，重新做人。這是身為弟弟最後的願望。

弟　直貴」

7

瀏覽文件後，人事課長微微抬頭看直貴。直貴感覺到，他的眼神中浮現困惑、放心，以及些許同情的色彩。

「這樣真的好嗎？」人事課長問道。

「我心意已決。」直貴斬釘截鐵地說。

人事課長輕輕點頭，打開辦公桌抽屜，拿出自己的印章，蓋在文件最下方一排四方形欄位中的一欄。

人事課長將文件重新看過一遍，然後遞給直貴。「你恨……」說完後，他閉上嘴。「不，沒什麼。」

直貴盯著低下頭的人事課長的臉，說了句「謝謝」，離開了辦公室。

人事課長或許想這麼問：你恨公司嗎……？直貴對此早已擬好了答案。我不恨，反倒心懷感謝……，這份心情並不假。

接著，直貴跑到總務課和健康保險課，請各單位的主管在文件上蓋章。最後去找物流課長，蓋齊所有章。如此一來，就完成了離職程序。

直貴找不到物流課長，於是前往倉庫。不過，他並沒有未完成的工作要做。工作幾乎都交接好了，正式離職日是兩週後，但是他還剩兩週的年假，所以他從明天起就不用到公司了。

當他提起打算辭職時，由實子並沒有反對。她只是落寞地笑了，然後說：「這樣的話，得過好一陣子苦日子了。」實際上，今後大概也會讓她吃苦。直貴心想，得盡量縮短讓她吃苦的期間。

感覺有人，回頭一看，平野沒穿西裝外套，正要走進倉庫。他戴著作業員專用的帽子。

「我知道錯過今天，就再也見不到你了。」

「好久不見，承蒙您多方關照。」直貴低頭行禮。

「哎呀，那種場面話說不說都無妨。」社長靠近直貴，像第一次見面時般坐在瓦楞紙箱上。「後來和你哥哥怎麼樣？」

直貴猶豫了一下，然後回答：「我們斷絕關係了。」

平野噘起嘴巴，「你告訴他本人這件事了嗎？」

「我寫在信裡了，我告訴他不會再寫信給他了。」

「是喔。所以你要和罪犯哥哥斷絕關係，逃離知道自己過去的人。」平野面帶笑容地說，「這就是你選擇的路啊。」

「我不知道是否正確，但這是為了保護家人。」

平野吁了一口氣。「或許有人會批評你的決定，說你因為在意世人眼光，而和家人斷絕關係算什麼？或是服完刑期的人回歸社會時，只能依賴家人，家人怎麼可以捨棄受刑人？」

「如果我沒有結婚，又沒有女兒的話，或許我會選擇別條路。但是我有了新的家人，我現在認為，想同時拯救犯罪的哥哥和無辜的妻小，是個錯誤。」

「你完全沒錯，就人的立場，你應該是正確的。但實際上，沒人能說什麼才是正確的，就像剛才你說的一樣。不過，我要先告訴你，你所選的不是一條簡單的路。就某個層面而言，說不定會比之前更艱辛。畢竟，沒有了堂堂正正這面旗幟。你一個人攬下所有祕密，即使發生問題，你也必須獨自解決。唉，不過你太太或許有時會助你一臂之力吧。」

「我已做好了心理準備，」直貴看著平野的眼睛說，「我也不打算給內人添麻煩。就算賭上性命，我也會保護她們。」

平野頻頻點頭。「你恨你哥哥嗎？」

「這……」直貴想說，我恨他。但他總覺得一旦說出口，將會毀了一切。直貴淡淡笑了。「我已經和他斷絕關係，所以沒有什麼恨不恨的。他只是個毫無關係的人。」

「是喔，那就好。」平野從瓦楞紙箱上起身，走向直貴，伸出佈滿皺紋的右手。「這件事也讓我上了一課。能夠遇見你真好，謝謝你。」

直貴心想該說點什麼，但是想不出適當的話。他默默握住社長皮包骨的右手。

8

寺尾祐輔來電聯絡，是在暑氣漸消的九月中旬。聽見電話裡的聲音時，直貴沒有馬上想到是他。好久沒聽見他的聲音也是原因之一，總覺得他的聲音比以前更低沉了。

「平常都在唱歌，至少說話的時候想讓喉嚨休息，只用氣音小聲說話。不過我也老大不小了，要是用那種說話方式，人家不把我當成獨當一面的男人看待，那可就慘了。」寺尾重新蹺起一雙穿著黑色皮褲的腿，笑道。他從學生時代就是竹竿身材，現在似乎更瘦了，而且臉色也不太好。

兩人在池袋車站旁的咖啡店裡相對而坐，因為寺尾說想見個面。直貴在附近的電器店上班，工作到晚上八點，下午三點到四點休息一個小時。他利用休息時間和老友敘舊。

「又是換工作，又是搬家，你好像發生了很多事。」寺尾說。

「是啊。」直貴點頭。搬家通知他只寄給了極少數的人。直貴和寺尾很少聯絡，但是寺尾每年都會寄賀年卡來，於是將他列入通知名單。

「樂團怎麼樣？一切順利嗎？」直貴試探性地問。

「撐得很辛苦。這一陣子幾乎沒上電視，我想你應該察覺到了，公司的人說不定也快放棄我們了。暫定要出下一張CD了，但是遲遲不見具體內容，不曉得會怎麼樣。」

直貴將咖啡含在口中，心想：果然和自己想的一樣啊。他常看音樂節目，也常讀音樂相關雜誌。當然，這是因為關心寺尾他們，但是他已經想不起來，上次看見Specium這個樂團名是什麼時候了。

「這一陣子，我父母老是跟我發牢騷，要我差不多該找個正職工作了。在父母眼中，我們看起來不像是在工作。」寺尾面露苦笑。

「其他團員怎麼樣？大家都還繼續嗎？」

「至少，目前是。」寺尾霎時垂下視線。

「目前是，是什麼意思？」

「你記得浩太吧？那傢伙跟我說他想退團。」

直貴驚訝地看著寺尾。「你要怎麼做？」

「既然他說想退團，我也不能強迫他留下吧？唉，如果那傢伙退團的話，敦史和健一大概也會心生動搖。」寺尾笑著嘆氣。「已經是風中殘燭了吧。」

聽寺尾說完，直貴低下頭。如果當時自己也一起玩樂團的話，會怎麼樣呢？這個想像掠過腦海。不可能這麼一來就會成功，音樂的世界大概更嚴峻吧。如果當時一起繼續玩下去的話，自己現在就和寺尾站在相同的立場。這麼一想，雖然說不過去，但或許抽身才是正確的。直貴心情變得五味雜陳。

「你怎麼樣？女兒叫實紀是嗎？我在電話裡聽見了一點聲音，你家裡的氣氛很和樂嘛。」

「嗯，還可以。我薪水微薄，老是讓我太太吃苦。」

「由實子沒問題的。」寺尾點頭，稍稍挺直背脊看著直貴。「你哥哥怎麼樣？你們還有聯絡嗎？」

「我和我大哥……，」直貴隔了一個呼吸之後，說：「斷絕關係了。現在完全沒有聯絡，我也沒告訴他現在的住址。」

「是喔……」寺尾好像有點困惑。

「現在公司裡的人，沒人知道我大哥的事。無論是鄰居，或實紀幼稚園裡的人，做夢也想不到我們是強盜殺人犯的親人。正因為這樣，我們才能過著安穩的生活。實紀也是搬到新家後，才變得開朗的。」

「在那之後，你果然發生了很多事。」

「〈想像〉啊。」

直貴的話，令寺尾瞠目結舌，「咦」了一聲。

「沒有歧視或偏見的世界，那只是想像中的產物。人是一種不可能沒有歧視或偏見的生物。」直貴注視寺尾的眼睛，以自己都感到驚訝的冷靜語調訴說。別開視線的是寺尾。

「〈想像〉啊……，你第一次在我們面前唱的歌，對吧？」

「我現在還是很喜歡這首歌。」直貴放鬆嘴角線條。

寺尾將眼前的咖啡杯和水杯挪到一旁，雙手撐在桌面，趨身向前。「你要再唱一次〈想像〉嗎？」

「什麼？」

「我說，你要不要和我一起上台唱。你該不會討厭音樂了吧？」

「你這是哪一國的玩笑話？」

「我沒有在開玩笑，我們最近預定要辦演唱會。你要不要以特別來賓的身分登台？如果以現在的說法，應該叫做友情跨刀吧。」

直貴嗤之以鼻。「因為浩太和敦史他們可能要退出，所以要我加入嗎？」

「不是你想的那樣。我認為如果能夠繼續玩音樂的話，哪怕是一個人也無所謂，我已經做好了這種心理準備。其實，從去年起我開始挑戰新的事物。」

「什麼新的事物？」

「關懷演唱會。」

「關懷……」

「為監獄裡的受刑人演唱。敦史他們也參加過，但基本上總是我一個人。」

「為什麼要做那種事？」

「說得冠冕堂皇一點，是摸索。我想再次確認什麼是音樂，還有音樂能夠做什麼，於是我到監獄裡演唱。我不曉得你知不知道，做這個完全賺不了錢。這並不是監獄委託的，所以完全是當義工。」

「是喔……」

直貴心想：樂團都快解散了，這個男人還是沒變，至今仍追逐著夢想。這個夢想，並非單純想以音樂出名。直貴對於自己剛才心想「還好沒有一起玩樂團」，有點感到羞恥。

「下次的表演地點在千葉。」寺尾說完，看著直貴。

直貴縮起下巴，微微抬頭。「所以你來邀我？」

「你可別亂猜！我邀你倒不是因為想製造社會話題。原因之一是，我需要一座連接觀眾和自己的橋樑。至今做了幾次，但和觀眾之間的距離感總是拿捏不好。我想一面確認受刑人和自己之間的相對關係，再試著演唱一次。」

「你要我扮演橋樑的角色啊？」

「這是我的內心話。你和你哥哥的事，我絕對會保密。」

「當然，我認為你不可能為了製造話題才提起這件事。」

「另一個理由是，純粹雞婆。」寺尾說，「當決定要在千葉演唱時，我第一個就想到你。我想，你會不會還為你哥的事所苦。如果能藉此讓你擺脫某種心理障礙的話就好了。反正，你一定沒去會面，對吧？」

直貴垂下視線，抱起胳膊，口中發出低吟聲。他感覺到雖然好幾年不見，這個男人還是肯當自己是好朋友。

「就像我剛才說的，我和我大哥斷絕關係了。」

「這我明白，我也不認為你這麼做有錯。但那是物理上的事吧？精神上又是如何？你不可能因此雲淡風輕吧？」

寺尾的話像細針般刺著直貴的心臟。即使如此，他還是抿著唇搖頭。

「武島……」

「你的好意我心領了。但是，我想到此為止了。」直貴拿著帳單起身。「不過……，我喜歡唱歌。」

他舉步朝門口走去，寺尾沒有叫住他。

和寺尾見面後五天，由實子將一封信放在直貴面前。她臉上浮現複雜的表情。

「這是什麼？」他看見寄件人，微微倒抽了一口氣。因為寄件人是前山；是之前那個搶犯的父親。信封裡裝了信紙和東京迪士尼樂園的入場券，信紙上的內容是再度對自己兒子闖禍致歉、詢問實紀復原的情形、如果需要幫忙的請告知等等。

實紀的額頭上仍留著疤痕，現在是以瀏海遮住，但是醫師建議，等她大一點可以接受雷射治療。

「他為什麼要做這種事呢？我們都已經忘了那件事了。」直貴將信紙和入場券收進信封。

「自我滿足吧，如果這麼做能夠贖罪，多少能夠減輕他們的痛苦。」

由實子沒有表示同意。她沉著一張臉定定地盯著信封。

「妳怎麼了？」

「嗯……，我在想，是這樣嗎？」

「什麼意思？」

「我看到這個，心想：啊，他們還記得。我原本以為，在那之後已經過了幾個月，他們一定只擔心兒子的將來，而忘了被害者。但是他們沒有忘。」

「就算這樣，我們也不知道他們是不是打從心裡感到歉疚。我認為他們做這種事，只是認為自己是好人，自我陶醉。」

「或許是那樣沒錯，但是我覺得，總比什麼都沒做好。好歹寄一張明信片來，至少讓我們知道，他們沒有忘記那件事。就算我們想忘，每當看見實紀的傷也會想起，我們絕對忘不了。但是世人卻會漸漸遺忘，這一點對我們是更嚴重的傷害。所以，光是知道這件事除了我們之外，還有人忘不了，就感到一絲寬慰。」

「真的會感到寬慰。」

「但這是很大的安慰。」

「是嗎？唉，或許是吧。」直貴再度從信封中拿出入場券。「既然人家好意寄來，下次放假我們三個一起去吧。」

由實子沒有回應，以許久不曾用的「直貴」叫了丈夫一聲。

「我順著你的做法。你和你哥哥斷絕關係，我也沒有說什麼，對吧？但是，我想你必須記得：忘不了你哥哥的事件的人，不是只有你一個人；有人比你更痛苦；因為隱瞞你哥哥的事，我們現在過得很幸福，但是這世上有人隱瞞不了。我們應該好好為這件事劃下句點。」

「妳究竟想說什麼？」直貴瞪視著她。

由實子默默垂下目光，彷彿在說：那種事我不說你也知道吧？

「我去洗澡。」他說完起身。

直貴坐在狹窄的浴缸裡抱膝，反芻妻子的話。每個人都說同樣的話，寺尾也是如此。他說，如果能藉此讓你擺脫某種心理障礙的話就好了；由實子說，應該為這件事劃下句點。而他們說的絕對沒錯。

直貴步出浴缸，用冷水洗臉，看見鏡中瀏海濡濕的臉，自言自語說：「去看看吧……」

9

隔天是星期六，店裡沒有休息，但直貴沒有值班。他吃完午餐後，沒有交代去哪裡就出門了。由實子也沒有多問，或許是察覺到他的目的，因為他不上班時幾乎都不穿西裝。

到了池袋，在百貨公司買了綜合西點。店員問他需不需要禮籤，他回答不用了。因為他不曉得該用何種名目。

搭丸之內線，轉地下鐵東西線，到達木場車場，然後步行。

他默默走在幹道旁的人行道，車子不斷從身旁經過，其中也有搬家業者的卡車。一看見卡車，他不由得想起哥哥。為了賺弟弟的學費，哥哥每天都在搬沉重的行李。弄壞身體的他，因為「必須賺錢」的焦慮情緒，使心魔有機可乘。當時，浮現在他腦海的就是這個城鎮。

極度缺乏計畫，可說是衝動性犯罪……，這麼說的人是公設辯護人嗎?直貴認為，他說的一點也沒錯。畢竟，剛志之所以鎖定那戶人家作為下手目標，是因為對那裡的老太太有印象，說到令他留下印象的理由，是她和藹地鼓勵他。

既然要當小偷，找討厭的客人家下手就好了，直貴心想，但剛志就是沒辦法做那種事。

當他邊回溯記憶邊走路時，緒方商店這四個字冷不防地躍入眼簾，四個字就寫在停車場的看板上。直貴慌張地環顧四周，馬路對面有一棟街門呈西式造形的兩層樓建築。

那扇門很眼熟，剛志犯案之後，直貴曾信步來過。然而房屋的造型變了，原本是平房。他察覺到大概是改建過了吧。

直貴想起之前來這裡時的事。他當時心想「得向遺族道歉」，而一旦看見他們的身影，卻落荒而逃。

或許我至今還在還當時欠下的債……，回首至今發生的事，直貴心想。如果當時向他們道歉的話，或許就會出現另一條路。至少，說不定不會變得像現在這麼卑微。

直貴接近門柱，將手伸向對講機的按鈕。他發現自己到了這個節骨眼，還希望對方不在家，因而對自己感到厭惡。

他按下按鈕，屋中門鈴響起。直貴做了一個深呼吸。

過了幾秒，他聽見一個男性嗓音問：「哪位？」
「抱歉，突然上門打擾。敝姓武島，請問緒方先生在家嗎？」
隔了一會兒，對方問：「請問是哪位武島先生？」
直貴又做了一次深呼吸。「我是武島剛志的弟弟。」
他們不可能忘記他的名字。直貴想嚥下唾液，但是口乾舌燥。
玄關大門忽然打開，出現一名身穿POLO衫的男人。他好像比上次見到時胖，白髮看起來也變多了。
他面無表情，目不轉睛地盯著直貴走向他，雙唇緊閉，抿成一條線。
兩人隔著一扇門對望，直貴點頭行禮。
「抱歉，突然上門打擾，因為我不曉得府上電話號碼。」說完他再度觀察對方，男人還是面無表情。
「你有什麼事？」男人聲音低沉而平穩地問直貴。
「您大概會覺得我現在來太遲了，但是我想請您讓我上個香。是我哥哥託我，請您讓我這麼做的。我應該早點來的，但是怎麼也提不起勇氣，結果過了好幾年。」
「那麼，你為什麼突然想到要來呢？」
「這是因為……」直貴說不出話來。

「你的問題嗎？」

直貴低下頭。我將這件事擱在一旁好多年，這次為了整理自己的心情，所以突然前來造訪……，他覺得這種行為非常自私。

緒方先生打開門，說：「請進。」

直貴驚訝地看著對方的臉。「方便嗎？」

「你是為了這個目的而來的吧？」緒方先生稍微放鬆了緊抿的嘴唇。「再說，我有東西想讓你看。」

「有東西想讓我看？」

「嗯，進來再說。」

緒方先生帶直貴到一間並排著咖啡色皮沙發的客廳，請他坐下，直貴坐在三人沙發的正中央。正前方有一台大型的寬螢幕電視。直貴想起了聽說剛志偷完東西後沒有馬上逃走，而是坐在沙發上看電視。

「不巧的是，內人帶孩子出門了。與其說是不巧，或許應該說是好機會。」緒方先生坐在有扶手的單人沙發上，將茶几上的菸灰缸和香菸拉向自己。

「呃，這是一點小意思。」直貴遞出百貨公司的禮盒。

「不，那請你帶回去。」緒方先生不正眼看他地說，「我想盡可能不告訴內人你來過。別說你是不速之客了，她討厭我隨便讓人進門。再說，那看起來是食物。坦白說，一想到我該以什麼心情吃，就覺得鬱卒……。我好像說了令人不舒服的話。」

「啊……，我知道了。」直貴將禮盒放回自己身旁。他從一開始就做好了對方拒收的心理準備。

兩人尷尬地沉默許久。緒方先生吐煙，定定地盯著別處，似乎在等直貴開口。

「改建過了嗎？」環顧室內後，直貴問道。

「大概三年前改建的。我們原本住在別的地方，但也不能讓這間房子老是空著，又不可能找得到房客，我們就決定搬進來了。但是內人說她討厭之前的樣子。我也有同感，所以心一橫就把房子改建了。」

緒方先生的話中，隱約暗示那件事帶給他們家人的負面影響。找不到房客和妻子不喜歡，都是因為這是一間發生過凶殺案的房屋。

「呃，那麼緒方先生，」直貴抬起頭來，「我剛才也說過了，能不能請您讓我上個香。」

「恕我拒絕。」緒方先生沒有抑揚頓挫的聲音說。

立刻遭到拒絕，直貴顯得不知所措，眼睛不知該看哪裡而低下頭。

「我希望你別誤會，這麼做並不是因為恨你，反倒正好相反。你和事件無關吧？殺害我母親的人不是你，所以沒有理由讓你上香。我希望你也這麼向你哥哥轉達。」

「我哥哥？」

「你等一下。」緒方先生從座位上起身，離開客廳。

等待時，直貴定定地盯著茶几表面。伴手禮和上香都被拒絕，他實在不知該如何是好。

緒方先生回來了，右手提著一個紙袋，他將紙袋放在茶几上。直貴看見紙袋中裝的是一疊信封。

「你哥哥寄來的，他入獄之後，每個月都寄來。大概沒有一次漏過。」

「我哥哥也寄信給緒方先生……」

直貴完全不知道這件事，也不記得哥哥的信中提過這件事。

緒方拿出一封信。

「這大概是第一封信。我原本想撕破丟掉的，但是轉念一想，覺得那是在逃避現實，所以就留下來。當時萬萬沒想到會積成這麼多。」說完他用下巴指了指那封信，「你看一看。」

「可以嗎？」

「由你來看才有意義。」緒方先生說完再度站起來，「你也可以看其他的信件。我失陪一下。」

緒方先生離開後，直貴打開第一封信。信紙揉得皺巴巴的，八成是緒方先生揉的吧。

直貴瀏覽內容。

「緒方忠夫先生：

我明知這麼做很不禮貌，但是無論如何都想向您致歉，於是寫了這封信。如果您看到一半感到氣憤難耐，敬請撕破丟棄。我知道我沒有資格道歉。

真的、真的非常抱歉。就算道歉幾千次，不，幾萬次，我也不認為能夠得到您的原諒，但是現在的我只能道歉。我做了沒人性的事，沒有辦法替自己找藉口。關在拘留所的期間，我動過好幾次尋死的念頭。但是這麼一來，就不算道歉了。我接下來要服刑，將來有天出獄，我想拼命贖罪。

我現在最大的心願，就是設法在緒方女士靈前道歉。您可能會問我，那麼做有什麼用？但是我只想得到這個道歉的方法。

但是，我現在就連上香都辦不到。於是我拜託弟弟務必替我上香。所以我想，我弟弟遲早會去府上。不過，請別責備我弟弟。他和事件無關，全部都是我一個人做的。

如果您看完了這封信，我會非常感謝。

武島剛志　上」

直貴想起剛志入獄後不久，就不斷寫信要他去緒方家。同時，他也寄出這封信。

直貴瀏覽別封信。每一封信的內容都差不多，深切地述說自己做了對不起緒方家的事、如果有道歉的方法，自己任何事都肯做、每晚都懊悔不已等等的心情。而每封信都以某種形式，提到了直貴。弟弟好像辛苦地開始唸大學了、弟弟好像找到工作了、弟弟好像結婚了，我很開心……，這些內容道出了弟弟是他唯一的生存價值。

不知不覺間，緒方先生回來了。他低頭看著直貴問：「怎麼樣？」

「我完全不知道我哥寫了這些信。」

「就是這樣。」緒方先生坐回剛才的位子，「不過，我知道他有寫信給你。畢竟他在信中經常提到你。」

「會不會是……，除此之外沒有事情好寫？」

「或許是。但老實說，這對我而言是令人不愉快的信。」

緒方先生的話，令直貴挺直背脊。

「我很清楚他後悔自己犯下的過錯。但無論他再怎麼道歉，或再怎麼反省，都無法消除我心中因母親遭人殺害的憤恨。」緒方先生用手指彈了彈裝滿信的紙袋，「就連他把你的近況告訴我，都令我感到生氣。我甚至覺得，他明明在坐牢，卻享受著幸福。我好幾次都想回信告訴他，別再寄信來了。不過就連這麼想都覺得很愚蠢，於是我決定徹底漠視他。我心想，如果我不回信，久而久之他就不會再寄來了。但是他卻一直寄信。不久，我發現了，這是他的般若心經。只要我不阻止他，他就會一直寫下去。那麼，阻止他好嗎？於是我心中產生了迷惘。阻止他寫信，就意謂著事件完全結束。讓事件結束好嗎？坦白說，我當時還沒下定決心接受事件結束。」

緒方先生又從口袋中拿出信封，將它放在直貴面前。

「就在那個時候，我收到了這封信。就結論而言，這是他寄來的最後一封信。」

直貴心頭一怔，交替看著緒方先生和信封。

「看完這封信，我下定了決心，讓事件結束吧。」

直貴將手伸向信封。「我可以看嗎？」

「我大概不希望你看吧，但是我認為你應該看。那封信給你吧。」

直貴雙手拿著信，沒有勇氣拿出信紙。

「你叫直貴是吧？」緒方先生說，「我想，放下吧。一切就到此為止吧。」

「緒方先生……」

「我們都痛苦太久了。」說完緒方先生眨了眨眼，抬頭看天花板。

尾聲

再度凝視已經看了無數次的樂譜，直貴做了一個深呼吸。心臟依然怦怦跳，沒有減緩的跡象。他轉而嘆了一口氣，心想，在一切結束之前，大概無法擺脫緊張的情緒吧。

寺尾看他這樣，面露苦笑。「你那是什麼丟人的表情？又不是在日本武道館現場演唱。放輕鬆唱，放輕鬆。」

直貴皺起眉頭。「就是因為沒辦法放輕鬆，我才頭痛啊。畢竟我已經好幾年沒當眾唱歌了，連在KTV都沒有。」

「你沒問題的啦。再說，今天的現場演唱無須讓觀眾聽見好歌聲。他們要的是心靈治療，你只要娛樂觀眾就行了。」

「嗯，這我知道。」直貴點頭。

他望向窗外，操場上沒半個人。他心想，受刑人如何使用這個操場呢？他從前曾在深夜節目中，看過受刑人打棒球的電影。剛志是否也會奮力狂奔呢？

操場前方有一面灰色牆壁；隔絕外界的牆。完全看不見牆外的景物，唯有一片藍天。即使嚮往外面的世界，在這裡也只能想像。大哥已經看著這幅景象過了幾年呢……？直貴從窗戶別開目光。

直貴上個月打電話給寺尾，說他想參加關懷演唱會。寺尾似乎嚇了一跳，說不出話來。

「我知道突然這麼說很任性。但是，我無論如何都想參加關懷演唱會。這是因為……」

說到這裡，寺尾打斷他的話。「不用跟我解釋。你有這個意願，我就很高興了。久違的現場演唱，加油吧！」這句話像是看透了直貴的想法。

後來，寺尾也沒有多問。直貴打算等這場現場演唱順利結束後，回程路上再告訴他原因。這並非裝模作樣，而是他沒有自信可以好好表達。但是他覺得一切結束後，內心應該會出現足以形容自己心情的話語。

除此之外，也得告訴由實子。這一個月來，她察覺到丈夫的改變，但沒有過問原因。就連直貴說要參加關懷演唱會時，她也只是笑著說：「你得努力練習喲！」

一名頭髮梳整得宜的年輕監獄長官走進休息室，臉上帶著些許緊張的神情。

「呃，你們是……『想像』二人組嗎？會場準備好了。受刑人也已入座等候，你們隨時可以開始。」

「想像」是兩人的團名，只有今天一天的團體。

寺尾看著直貴起身。「好，那我們走吧。」

直貴默默點頭。

出了休息室，前往會場，會場在體育館。

走在監獄長官身後，直貴的心臟跳得更快了，喉嚨乾渴。他擔心這種狀態下能唱歌嗎？內心越來越緊張。想逃離這裡和不能逃離的念頭激烈交戰。

從體育館後門進場，館內鴉雀無聲。直貴從前參加過幾次小型現場演唱會。無論觀眾再少，喧嘩聲總會傳進後台。這裡的異常氣氛令他感到困惑。

「我已經說過好幾次了，你千萬別想炒熱氣氛喲！」寺尾似乎察覺到直貴的心情，在他耳畔低聲道，「就某個層面而言，今天的觀眾不准太high。總之，要將歌聲傳入觀眾的心裡。」

「我知道。」直貴動了動口說，但無法順利發出聲音。

「那麼，你們在我介紹之後再出場就可以了。」監獄長官說。

「好。」兩人齊聲答道。

監獄長官率先走上臨時搭設的舞台，說完注意事項後，介紹今天接下來要展現歌藝的二人組歌手。當然，內容幾乎都是在說寺尾，只用一句「他的朋友」帶過直貴的部分。

直貴看著自己的雙手；手心全是汗水。他閉上雙眼，反覆深呼吸。我只能做到這件事，所以我得盡全力，因為這是最後一次讓大哥看見弟弟的身影了……，他如此告訴自己。

與緒方先生的對話在耳畔響起。不，或許應該說是回想起緒方先生給自己的信件內容。正因為看了那封信，所以直貴今天才會以表演者的身分站在這裡。

那封信他不曉得反覆看了幾次，現在幾乎能夠一字不漏地背誦。

剛志寄給緒方先生的信內容如下：

「緒方忠夫先生：

我今天想告訴您一件重大的事，所以寫了這封信。

前幾天，我收到弟弟的來信。對受刑人而言，再也沒有比收到親人的來信更令人安慰的了。我滿心雀躍地開始讀信。

然而看了信的內容，我嚇了一跳。信上寫著，他再也不會寫信給我，再也不會收我的信了。弟弟提到，理由是為了保護家人。除此之外，那封信裡還悲切地寫著因為有一個強盜殺人犯哥哥，讓他吃了多少苦頭，如今他依舊受苦，而他的妻子和女兒遭到何種折磨，並附述他的負面預測，如果這樣下去的話，將來肯定會累及女兒的婚姻。所以弟弟告訴我，要和我斷絕手足關係，希望我出獄後，也別和他們聯絡。

您能明白我看完這封信時所受到的打擊嗎？這份打擊並非來自弟弟要和我斷絕關係，令我震撼的是，他長年因為我的存在而吃盡苦頭這個事實。同時，我理應預料到那些事，但在弟弟寫這封信告訴我之前，我竟渾然不覺。我對自己的愚蠢程度感到厭惡，甚至到了想自我了斷的地步。我真該死，我身在這種地方，卻完全沒有痛改前非。

我弟弟說的很對，我不該寫信。同時我發現到，我寄信給緒方先生，恐怕對您而言，也只是罪犯的自我滿足，這肯定令您感到非常不愉快。我想為這件事向您道歉，於是寫了這封信。

當然，這是我最後一次寫信給您。非常抱歉。祝您身體健康，萬事如意。

再啟　我也想寫封信向弟弟道歉，但是我已經沒辦法讓他過目了。

武島剛志　上」

看完那封信時，直貴淚流不止。那封宣告斷絕關係的信，連自己都覺得內容冷酷無情。他猜想，剛志想必心懷不滿吧，但是哥哥的想法完全出人意料。

我不該寫信……

直貴心想：大哥，沒那回事。正因為有那些信，才有今天的自己。如果沒有收到那些信，自己也許不會受苦，但也無法摸索人生這條路。

「那麼，讓我們歡迎『想像』二人組。」

監獄長官的聲音令直貴回神。直貴看了寺尾一眼，他默默地用力點頭。

兩人走上舞台，沒有人拍手，也沒有歡呼聲。直貴在一片靜默中緩緩抬起頭來，那一瞬間，他倒抽了一口氣。一群理光頭、身穿相同衣服的男人定定地看著自己，他們的眼神中充滿了期待與好奇，他們是如此期望與外界的人接觸。不但如此，直貴還感覺到，他們的眼神中帶有近乎嫉妒的目光；對於住在外面世界的人、能夠跨越那面灰色牆壁的人的嫉妒之情。

「午安，我們是『想像』二人組……」寺尾以開朗的語氣開場。他有過幾次經驗，大概習慣了這種氣氛吧。他適度地穿插玩笑話，進行自我介紹。觀眾的表情也逐漸變得緩和。

直貴緩緩環顧觀眾席。大哥在哪裡？但是所有人服裝、髮型一致，要找出大哥並不容易。

寺尾說：「那麼，我們的團名是來自約翰藍儂的〈想像〉，我想先請大家聽這首歌。」

寺尾坐在準備好的鋼琴前，對直貴點頭示意。直貴也對他點了個頭，然後再度面向觀眾。

大哥在某個地方聽我唱歌，我要盡全力唱，至少今天我要為大哥而唱……

伴奏開始了。寺尾用鋼琴彈出〈想像〉的前奏。直貴將目光落在麥克風上，接著環顧觀眾，輕輕吸了口氣。

這時，直貴的目光停在觀眾席的一個點。後方偏右，唯有那一帶突然閃現淚光。

那個男人低垂著頭，看起來比直貴記憶中的身影更加渺小。

看見他的姿勢，直貴感覺身體深處忽然湧現一股暖意。男人在胸前合掌，像是在道歉，又像是在祈禱。直貴甚至連他在微微發顫都感覺到了。

大哥……，直貴在心中呼喊。

大哥，我們為什麼會出生在這個世上呢……？

大哥，我們能有幸福的日子嗎……？我們能對彼此傾吐心聲嗎？就像我倆替母親剝栗子殼時那般……

直貴凝視著那一點，佇立於麥克風前。全身彷彿麻痺般動彈不得，就連呼吸都很勉強。

「喂，武島……」寺尾反覆彈奏前奏的部分。

直貴總算開口準備唱歌。
但是他發不出聲音。
怎麼也發不出聲音……

（全文完）

解說　陳國偉

難以言喻的哀傷與溫度

生命的謎底

從看完《信》這本小說到開始撰寫本文，雖已經過數星期的時間，但我卻總是不由自主地反覆閱讀書中往來的書信，然而每次只要讀到結尾，仍會難過得不能自已。

一個為了弟弟的學費，鋌而走險犯罪殺人的哥哥；一個背負著哥哥期待幸福的枷鎖，卻也因為哥哥的罪行從此墜入社會歧視的輪迴，不斷重複被宿命無情嘲弄歷程的弟弟。這樣的兩個人，因為命運的擺佈，同時在有形及無形的牢籠裡受苦，這樣一個典型的社會悲劇，在東野圭吾的筆下，沒有冷靜的凝視，沒有批判的煙硝，卻多了一點特殊的溫柔與無奈。

善於透過謎團再現人性的東野圭吾，這次所要探勘的，不再是人性惡意的極限，不是犯罪的真相與謎底，而是在這樣的宿命擺弄下，還有多少人性能存留下來？善意還能在心底搖曳著多少微光？延續著他獨特的「人本學」式思考（*1），在《信》中他想要描繪的，是人所生存的樣態，就像小說最後弟弟直貴心中所探問的，「我們為什麼會出生在這個世上呢？」關於這一切再真實也不過，卻也是最難解的「生命的謎底」。

當罪愆沿著血脈蔓延而來

《信》是東野圭吾二〇〇三年的作品，日文原名《手紙》，它不僅讓東野第四度入圍直木獎，更創下文庫本出版一個月就銷售一百萬本的輝煌紀錄。有別於東野所擅長的推理／犯罪類型的故事結構，《信》自一開始的犯罪事件後，就完全將主軸放置於犯罪者家屬的生存問題之上，完全跳脫了類型小說的格局。雖然如此，但在小說的概念上，仍延續著東野圭吾九〇年代以後幾個重要主題：宿命、自我犧牲與救贖，並將其交織在一起。

自一九九〇年的《宿命》後，「宿命」就成為東野圭吾小說世界的重要主旋律，潛伏在他的作品中；《信》中兩兄弟的遭遇，尤其充滿著宿命的色彩。哥哥剛志因為腰傷無力工作，但又希望能夠完成母親遺願，逆反家族的階級宿命，讓弟弟直貴上大學唸書，走投無路之下只好闖空門偷盜；然而他卻在得手之後，因想起直貴喜歡吃糖炒栗子，於是折返餐桌拿取，而後竟因腰傷復發無法動彈，一時衝動失手殺了屋主。而此後，直貴背負著殺人兇手家屬的身分，在社會上獨力求生，經歷了求職、愛情、理想的破滅後，他體認到再也無法擺脫這樣的羈絆，最後決定走上脫離兄弟關係的決絕終局。

剛志對於糖炒栗子記憶的錯置，就像是個悲劇宿命啟動的隱喻。若他記得其實愛吃栗子的是已逝的母親，而非直貴，那麼他必定不會滯留在犯罪現場，也不會犯下一連串的錯誤，然而就從那裡開始，兩兄弟的命運指針開始撥動，剛志走向監禁，而直貴則走向充滿橫逆的人生。

編劇家野島伸司曾在《世紀末之詩》中，對於親情有過一段相當精采的譬喻：「當長時間一起生活，呼吸相同的空氣，相互增生為彼此的血肉，所以一旦分離時，便會感受到血肉分離的痛。(*2)」剛志與直貴因為分離而疼痛，但那只是一時的，隨著直貴須獨力生活，但又得背負著哥哥的罪時，兩人的心註定走上歧徑，從此遠離。

因為剛志被監禁，自此他的時間停滯了，感情也停滯在當初那個犧牲自我，去換取弟弟未來的濃度。但對直貴而言，時間卻是疾行的，而且是無情的，當那個感情的對象已經自身旁消失，溫度也無法再傳遞時，殘酷與冷漠也隨之滋生，直貴再也無法靠著過去與哥哥的回憶、那

---

*1 關於東野圭吾的人本學，請參見筆者在其另一作《單戀》的解說〈W／M的悲劇〉一文中的說明，在此恕不再贅述。《單戀》亦由獨步文化出版。

*2 野島伸司，一九六三年出生，新潟人，日本九〇年代最重要的人氣編劇家。代表作如《101次求婚》、《一個屋簷下》、《美人》、《蛋糕上的草莓》、《黃金保齡球》和《冰上悍將》等，曾以《高校教師》、《人間・失格》及《未成年》校園三部曲寫實劇，觸及校園師生戀、霸凌、升學等畸形現象，引發社會爭議，並三度獲得日劇學院獎最佳編劇獎。《世紀末之詩》是他一九九八年秋季檔的作品，以竹野內豐、山崎努所主演角色的辯證形式呈現，被譽為野島伸司純愛論的至高作。該台詞便是出自該劇第四話〈星星王子〉。

些已然遙遠的親情，去抵禦生活中那些瑣碎、但沉重得嚇人的惡意與歧視，那沾染了生命的重量，以及因違逆社會道德所點燃的正義怒焰所累積而成的願力。

更重要的，而且是複雜且無奈的是，那是由哥哥所帶來的，由血脈所蔓延過來的罪愆，那裡面埋藏著因奪取了他人（死者）等待了一生的幸福，所加總起來龐大時間的遺憾，以致必須以家人的數倍人生來償還那樣深沉的罪的懲罰。雖然那是為了要打造自己的幸福，但卻也同時斷送了自己的幸福，甚至是生存的基本條件，所以直貴最終必然走向與哥哥斷絕關係，割斷兩人相連的血脈（也就是過去），為了自己的新家庭與生命（象徵著未來的孩子）。當他能夠揮別沉重的親屬關係後，才能獲得生命的輕盈，以及那輕盈所帶來的，給自己妻、女呼吸與喘息的空氣。

文字的重量，信紙的溫度

當人類世界進入高度數位化的時代，人與人的溝通已經完全依賴msn或e-mail時，《信》的出現，帶來一種懷舊的氣息，也讓我們逐漸想起，「信件」曾經在我們人類的文化中，扮演著多麼重要的角色。

「信」對很多人來說，有著不可抹滅的意義。在尋常的日子裡，它代表著書寫者的問候、關心，有著感情與時間的重量；在戰爭的時候，它更代表著一種存在與否的宣示，有時它傳達了悲傷的消息，記載著生命的消逝，但有時它讓收信者感到安慰，透過書寫者一筆一畫書寫的重量，傳達了感情與心意，因此也象徵著希望與未來。

而在這本小說中，信紙則成為剛志唯一的自由出口，當他被限制自由時，這是唯一可以傳達對弟弟關心的管道，但他只能單向地輸出，並等待著回音。然而他越是強烈地傳達他的親情，卻越是提醒了直貴，直貴遭遇的逆境都是他造成的。因此，東野圭吾點出最讓人不忍，卻最是真實的是，當信不再是感情的連結、生命的接點後，它開始成為無止盡的懲罰，不斷地提醒當事人，罪的存在，及懲罰仍在進行中，不曾止歇，更不會消失。信不是希望的延續，反而成為殘酷的主體，鞭笞著僅存的情感與人性，直到直貴開始拒絕閱讀，再也不願意收到哥哥的信。

也因此由直貴親筆寫信到斷絕音訊，之後又因由實子代筆，以文字處理機接續，在這樣的過程中，東野圭吾透過這樣一個書寫媒介的轉換，隱喻直貴與剛志心靈關係的變異。從直貴親筆書寫信件，到默許由實子以文書處理機代筆而接續，就像剛志所感受的，由機器打出來的字，冰冷了許多，正是在這個過程中，直貴已經將他的心靈與生命，漸漸地對剛志封閉起來。日文原書名《手紙》，其實點出了這個物件的情感核心，手紙承載著心意，唯有與心血脈相連的手去書寫，才能傳達真正的內心情感，但當手不再觸摸信紙，直貴的心只能尋找另一個表達真我的出口，那便是他的小說中特別的天賦：歌唱。

難以言喻的哀傷

在《信》的電影《手紙》(*1)中，選用了小田和正一九八二年的名曲〈言葉にできない〉（難以言喻）作為插曲，相當成功地傳達出直貴的心情，不論是最初的，還是最終的。

在小說中，東野圭吾很巧妙地選擇了兩種媒介，作為兩兄弟表達自我的主體。剛志因為被監禁，文字書寫成為他唯一的訴說方式，也因此禁錮了「信」這樣一個「發聲」的媒介，文字因而成為剛志的禁咒。然而對於直貴而言，他第一次感覺到自我，便是透過歌聲，唯有在歌唱的過程裡，他才能擁有喜悅，享受生命中極稀有的輕鬆時刻。

可是，這樣的喜悅，終究還是因為哥哥的罪，必然地放棄，自此直貴不再歌唱。然而在此後的人生裡，直貴一而再、再而三眼睜睜地看著幸福與安穩的生活，從自己身邊流失，這些點點滴滴，雖然直貴從來都沒有說出來，卻都隱匿在他的身體裡、心靈的深處，暗自地低語著，磨折著直貴任何單純的想望，以及對生命的未來與希望。

但聲音終究是直貴唯一能夠選擇，救贖自我與哥哥的最後媒介，因此他選擇了歌唱，作為對哥哥最後的告白。然而，每日在平乏、單一的節奏中被監禁的剛志，如何去了解直貴這些年的痛苦呢？而直貴在這麼多年的沉默之後，這麼多的艱辛與苦痛之後，又如何向剛志訴說那些怨懟與哀傷？他該向哥哥表達愛？還是恨？見到哥哥該是喜？還是悲？這些無法以二元對立的愛與恨、是與非來解釋、說明，這些直貴所經歷的龐大殘酷體驗累積在身體內、心靈層面，當他面對哥哥的那一刻，所有的時間一起迸現在他眼前，之前拒絕訴說的他如今該怎麼說？又能怎麼說呢？

正因為親情仍在，所以唱不出聲，正因為兄弟血緣仍深深地烙印在他們的背上，在那從百貨公司回家一路為母親剝栗子殼的風景中，在母親開懷歡笑的難忘記憶裡。所以，直貴終究無法真正地殘酷，以聲音向哥哥告別，因為那不僅否定了哥哥的存在，更是否定了自己的存在，生命的重重無奈，在那樣的寂靜中，兀自地喧囂了。

東野圭吾在這樣的結局裡，寫出了生命的困頓與深度，也寫出了難得的「境界」，當人必須為了生存，而斬斷唯一的至親血緣時，那將是這個世界最大的嘆息與哀傷。但也正因為那樣的無可奈何，讓東野的小說，不再那麼理性冰冷，也少了點疏離冷靜，多了些人味，也多了些溫度。

雖然只是那麼一點小小的溫度，卻已足夠讓我對《信》，久久低迴不已，而那份感動，始終難以散去。

*1 《信》於二〇〇六年被拍成電影，台灣沿用電影日文原片名《手紙》，由山田孝之、玉山鐵二、澤尻英龍華主演，導演則由經典日劇《美麗人生》的名導生野慈朗擔任。

本文作者介紹

陳國偉，筆名遊唱，新世代小說家、推理評論家，現為國立中興大學台灣文學研究所助理教授。

東野圭吾創作年表

一九八五年《放學後》（第三十一屆江戶川亂步獎）

一九八六年《畢業——雪月花殺人遊戲》

《白馬山莊殺人事件》

一九八七年《學生街的殺人》

《11文字的殺人》

一九八八年《魔球》

《以眨眼乾杯》

《浪花少年偵探團》

一九八九年《十字豪宅的小丑》

《沉睡的森林》

《鳥人計畫》

《布魯塔斯的心臟——完全犯罪殺人接力》
《殺人現場在雲端

一九九〇年 《宿命》★
《面具山莊殺人事件》
《偵探俱樂部》
《沒有犯人的殺人夜晚》

一九九一年 《變身》
《迴廊亭殺人事件》
《天使之耳》

一九九二年 《雪地殺機》
《美麗的凶器》

一九九三年 《同班同學》
《分身》
《向忍老師說再見——浪花少年偵探團・獨立篇》

一九九四年 《我以前死去的家》

《操縱彩虹的少年》
《怪人們》

一九九五年
《平行世界的愛情故事》
《天空之蜂》
《那個時候我們都是傻瓜》（散文集）
《怪笑小說》

一九九六年
《誰殺了她》
《惡意》★
《名偵探的規矩》
《名偵探的咒縛》
《毒笑小說》

一九九八年
《祕密》（第五十二屆日本推理作家協會獎、第一百二十屆直木獎入圍作）
《偵探伽利略》★

一九九九年
《我殺了他》
《白夜行》★（第一百二十二屆直木獎入圍作）

二〇〇〇年《再一個謊言》
《預知夢》★
二〇〇一年《單戀》★（第一百二十五屆直木獎入圍作）
《超・殺人事件》★
二〇〇二年《湖邊凶殺案》★
二〇〇二年《時生》
《綁架遊戲》★
二〇〇三年《信》★（第一百二十九屆直木獎入圍作）
《殺人之門》★
《我是非情勤》
二〇〇四年《幻夜》（第一百三十一屆直木獎入圍作）
《挑戰？》（散文集）
《徬徨的刀刃》
二〇〇五年《黑笑小說》
《嫌疑犯X的獻身》★（第一百三十四屆直木獎、第六屆本格推理小說大獎）

二〇〇六年　《夢回杜林》（暫譯　散文集）

《紅色手指》（暫譯）

★表示獨步已出版以及即將出版的作品，其餘的作品名稱爲暫譯。

國家圖書館出版品預行編目資料

信／東野圭吾著；張智淵譯. -- 初版. - 台北市：獨步文化：家庭傳媒城邦分公司發行，2007〔民96〕
面； 公司. --（東野圭吾作品集；11）
譯自：手紙
ISBN 978-986-6954-71-9（平裝）

861.57　　96012828

東　圭吾作品　11　信

原著書名／手紙
原出版者／每日新聞社
作　　者／東野圭吾
翻　　譯／張智淵
特約編輯／關惜玉
責任編輯／王曉瑩

總 經 理／陳逸瑛
發 行 人／涂玉雲
出　　版／獨步文化
　城邦文化事業股份有限公司
　104台北市中山區民生東路二段141號5樓
　電話：(02) 2500-7696　傳真：(02) 2500-1967
發　　行／英屬蓋曼群島商家庭傳媒股份有限公司
　城邦分公司
　台北市中山區民生東路二段141號2樓
　讀者服務專線：(02) 2500-7718; 2500-7719
　24小時傳真服務：(02) 2500-1990; 2500-1991
　服務時間：週一至週五上午09：30-12：00; 下午13：30-17：00
　讀者服務信箱E-mail：service@readingclub.com.tw
劃撥帳號／19863813
戶　　名／書虫股份有限公司

香港發行所／城邦（香港）出版集團有限公司
　香港灣仔駱克道193號東超商業中心1樓
　電話：(852) 25086231　傳真：(852) 25789337
　E-mail: hkcite@biznetvigator.com
馬新發行所／城邦（馬新）出版集團Cite (M)Sdn Bhd
　41, Jalan Radin Anum,
　Bandar Baru Sri Petaling,57000 Kuala Lumpur, Malaysia
　電話：(603)90578822　傳真：(603)90576622
　E-mail: cite@cite.com.my

封面設計／戴翊庭
排　　版／浩瀚電腦排版股份有限公司
印　　刷／鴻霖印刷傳媒股份有限公司

□2007年（民96）8月初版
□2021年（民110）8月10日二版十六刷
售價／340元

Printed in Taiwan

 ISBN 978-986-6954-71-9

請於此處用膠水黏貼

獨步文化 APEX PRESS

讀者回函卡

謝謝您購買我們出版的書籍！請費心填寫此回函卡，我們將不定期寄上城邦集團最新的出版訊息。

姓名：______________________ 性別：□男 □女

生日：西元__________年__________月__________日

地址：______________________

聯絡電話：______________________ 傳真：______________________

E-mail：______________________

學歷：□1.小學 □2.國中 □3.高中 □4.大專 □5.研究所以上

職業：□1.學生 □2.軍公教 □3.服務 □4.金融 □5.製造 □6.資訊

□7.傳播 □8.自由業 □9.農漁牧 □10.家管 □11.退休

□12.其他 ______________________

您從何種方式得知本書消息？

□1.書店 □2.網路 □3.報紙 □4.雜誌 □5.廣播 □6.電視

□7.親友推薦 □8.其他 ______________________

您通常以何種方式購書？

□1.書店 □2.網路 □3.傳真訂購 □4.郵局劃撥 □5.其他__________

您喜歡閱讀哪些類別的書籍？

□1.財經商業 □2.自然科學 □3.歷史 □4.法律 □5.文學

□6.休閒旅遊 □7.小說 □8.人物傳記 □9.生活、勵志 □10.其他

對我們的建議：______________________

____

____

____

請於此處用膠水黏貼